Hausfrauen haben immer frei
Luna Lubaya

Hausfrauen haben immer frei

von Luna Lubaya

© 2020 by Luna Lubaya
Herausgeber: Martina Urbanek, Golfweg 2a,
9551 Bodensdorf, Österreich
Cover: Luna Lubaya
Herstellung und Verlag: BoD – Books on Demand, Norderstedt
Mit freundlicher Genehmigung von MUSIK FÜR DICH, Rolf Zuckowski OHG, Hamburg
2., überarbeitete Auflage. Erscheinungsjahr der 1. Auflage: 2016
ISBN: 978-3-7412-6204-3

Über die Autorin

Als Mutter und leidenschaftliche Kindergärtnerin bemerkte ich, Luna Lubaya, dass wir Mütter alle etwas Besonderes sind und dass es uns im Alltag mit Beruf, Familie und Haushalt allen gleich ergeht. Auf unseren Schultern sitzen nicht das Engelchen und das Teufelchen sondern der Perfektionismus, es allen recht machen zu wollen und die Liebe zu dem was wir sind- Hausfrau und Mutter!

Mit dieser Ersterscheinung will sie allen Hausfrauen mitteilen, dass sie Großartiges leisten und sie die besten Köchinnen sind, wenn sie ihr Leben mit einer Prise Ironie würzen.

Inhaltsverzeichnis

Vorwort 8
1. Film ab! 10
2. Wenn ich groß bin 17
3. In die Wiege gelegt 23
4. Nebenjobs 28
5. Muttertag 35
6. Babypause 42
7. Das ist richtig guter Stoff 51
8. Geschichten vom Maxi 56
9. Ist Hausfrau eigentlich ein Beruf? 61
10. Berufsbegleitend 69
11. Ohne dich 77
12. Das geht doch nebenher 80
13. Endlich Wochenende 83
14. Tischgespräche 95
15. Beim Bügeln siehst du so zufrieden aus 101
16. Kinderverletzungen 106
17. Männerverletzungen 110
18. Hilfe, Mama ist krank! 115
19. Von Blindschleichen und Schlangen 124
20. Schatz, hörst du mir eigentlich zu? 131
21. Wo ist denn das Weihnachten? 134
22. Mann, hat der Osterhase Eier! 145
23. Putzteufel und Sch(m)utzengel 148

24. Ich bin 153
25. Danke! 156
26. Stellenausschreibung: Mutter 159
27. Der Geruch der Kindheit 161
28. Shoppingmum 168
29. King of Shopping 173
30. Kindergeburtstag 184
31. Das Roboterkind 190
32. Eine Schachtel voll Kindheit 197
33. Als ich neulich träumte! 201
34. Zeitausgleich 211
35. „Partnerschaft" oder
    „Was den Partner schafft" 215
36. Basima hat gelächelt! 223
37. Schuldig in allen Anklagepunkten 228
38. Hausfrauen haben immer frei 233
39. Kindsein hört nie auf 242
40. Nur eine halbe Stunde 247
41. Das Nagetier 252
42. Rabeneltern 261
43. Die Enigma für Männer 267
44. Und er sah, dass er gut war 274
45. Mr. & Mrs. Perfekt 281
46. Stoßgebete 292
47. Pieps-Geräte 296
48. Das hat sie von mir 303
49. Das Wort zum Sonntag 312
50. Der Elternratgeber 319

Vorwort

Hurra! Es ist ein Mädchen! Hurra! Sie wird eine hübsche Frau! Hurra! Sie wird lebenslänglich mit Menstruations- und Wechseljahresbeschwerden konfrontiert und darf sich über Orangenhaut und Schwangerschaftsstreifen ärgern! Hurra! Sie wird eine Mutter und Hausfrau! Hurra! Sie ist dann eine von Vielen, die sich auf diesem Fachgebiet bestens auskennt!
Aus diesem Grund ist dieses Buch als ein Fach- und Sachbuch zu betrachten. Es geht um die eine wesentliche Sache, die uns täglich und ungeschminkt damit konfrontiert, was wir sind. Uns begleitet jedoch die erbärmliche Tatsache, dass wir nicht dem starken Geschlecht angehören. Was für ein Irrglaube! Irrtümer des Lebens werden uns regelrecht ans Bein gebunden. Wer sagt, dass wir multitaskingfähig sind? Wer sagt, dass wir immer gerne kochen, wenn doch die meisten Starköche männlich sind?
Wer sagt, dass wir Hausputz und Bügelwäsche toll finden, nur weil wir das alles immer erledigen? Und wenn erst einmal Kinder im Spiel sind, ja dann geht die Post ab!
Wo bleiben denn nun die freie Zeiteinteilung und das schöne Leben, weil man ja den ganzen Tag zu Hause ist? Wer zu Hause sein kann, hat quasi Urlaub! Wer zu

Hause ist, hat frei! Frei? Wovon? Wir Hausfrauen verfügen doch nicht einmal über eigene Freizeit! Mir ist unklar, wer diesen fixen Gedanken in die Welt gesetzt hat: Wer daheim ist, hat nichts zu tun!

Spätabends stehe ich, geplagt von selbstzerstörerischen Vorwürfen, hinter meinem Bügelbrett und frage mich, warum ich mein Tagespensum an Hausarbeit abermals nicht geschafft habe. Dabei verbrachte ich doch den ganzen Tag zu Hause! Hätte ich eines Tages nicht endlich die Augen aufgemacht, und mich genauer umgesehen und vor allem umgehört, dann wäre dieses Buch nicht zustande gekommen.

Ich danke allen Hausfrauen und Müttern, denen es gleich ergeht. Und würde es die Geschichten, eure Geschichten des Lebens, nicht geben, wir hätten dann kein unterhaltsames Fernsehprogramm, das uns anspricht und vor allem keinen Gesprächsstoff mehr. Wir Hausfrauen wären dann frei von Humor, und das passt ja nun wirklich nicht zusammen. Unser Geheimnis im Rezept für ein rührendes Leben ist die richtige Prise Ironie. Wer damit richtig würzt, wird auch gerne eine Hausfrau sein!

1. Film ab!

Ich glaub, ich bin im falschen Film, hat sich bestimmt schon jeder von uns mindestens einmal gedacht. Jeder von uns sieht fern, und jeder von uns kann auf das Programm zappen, wonach ihm oder ihr gerade ist. Man könnte doch auch an manchen Tagen sagen: „Heute läuft aber ein klasse Film bei uns zu Hause ab!"

Das Leben zeigt uns Dramen und Komödien und, man glaubt es kaum, manchmal sogar Science-Fiction. Die langweiligen Dokumentarfilme kommen meistens von unseren Müttern oder Schwiegermüttern, aber wir sind alle im Programm des Lebens enthalten. Wer nicht umschalten kann, ist selber schuld. Der muss dann verärgert ins Bett gehen und sich denken: „Warum musste ich diesen blöden Film zu Ende ansehen?". Am nächsten Morgen wacht man dann komplett gerädert auf, schleppt sich irgendwie durch den Tag und nimmt sich fest vor, früher schlafen zu gehen. Dann wartet aber die Bügelwäsche auf uns, und außerdem kommt an diesem Abend, an dem man eigentlich eher zu Bett gehen wollte, ja auch wirklich ein Filmklassiker!

Im Fernsehprogramm gibt es viele Filme, die jeden von uns ansprechen. Klar! Sie wurden auch vom

Leben geschrieben, enthalten am Ende eine Botschaft, und wir fühlen uns verstanden. Wenn man sämtliche Dokus, Spielfilme und Serien wie ein Puzzle aneinanderfügt, dann befinden wir uns mittendrin im Film des Lebens.

Als mein Mann und ich uns kennenlernten, war ich seine *Pretty Woman*. *Unter uns* gesagt war es damals der *Sturm der Liebe* und das war *Alles was zählt*. Genauer genommen *Nur die Liebe zählt*. Er war *Der Bachelor* für mich. *In aller Freundschaft* warnten mich meine *Girlfriends* davor, irgendwann nur mehr als eine *Good Wife* zu funktionieren.

Er aber schenkte mir *Rote Rosen*, und wir lebten keineswegs eine *Verbotene Liebe*. Verliebt bis über beide Ohren beobachteten wir nächtelang die *Sterne des Südens*. Wir hatten damals keine Ahnung, dass es *Star Wars* – Episode Eheleben geben würde.

„*Um Himmels willen!*", schrie mein Vater auf. „*Alle meine Töchter* sind nun weg!", stellte er eines Tages fest.

Aus mir war ein *New Girl* geworden. Eine Sache ließ er sich trotzdem nicht nehmen. Er wollte den Kerl kennenlernen, der ihm seine Tochter von seiner Seite nahm. *Klein gegen Groß* standen sich gegenüber.

Mein Vater belehrte meinen Freund wegen des *Frauentausches*: „Es ist *Eine Frage der Ehre*, behandle sie nie *Hart aber herzlich* sonst gibt's *Bonanza* von mir, und dann befindest du dich auf einer *Gnadenlosen Jagd*!".

Wenn ein Mann die Wahl zwischen *Krieg und Frieden* wegen seiner Frau wählen kann, dann wird er sich wohl nicht auf ein *Quizduell* einlassen.

Mein Freund wollte zwar nicht *The Biggest Loser* sein aber *Gefragt – Gejagt* war auch nicht sein Ding.

Zimmer frei lasen wir auf einem Schild einige Jahre später. Gemeinsam zogen wir in die *Lindenstraße* und waren *Zuhause im Glück – Einzug in ein neues Leben*.

Folge deinem Herzen, riet mir meine Oma immer, als wir nach einer dreijährigen Beziehung in eine kleine *Smallville* in die Stadt zogen. *Sex and the City* pur! Für ihn war ich *Eine wie keine* und deshalb feierten wir endlich unsere *Traumhochzeit* ganz ohne *Wedding Planner*. Diesen Part übernahm nämlich schon *Das Schwiegermonster*. Wenn ich *Zurück in die Vergangenheit* blicke, dann sind alle Mütter *Neben der Spur* wenn ihre Söhne heiraten. Dabei sind wir doch eine *Modern Familiy*.

Mein bestes Jahr erlebte ich mit Abstand als *Mein Baby* unterwegs war. Bis zur Geburt betrieb mein Mann noch *Pfusch am Bau*, damit wir in unserem eigenen Haus wohnen konnten. *Two and a Half Men* arbeiteten also auf der Baustelle, aber unser *Castle* wurde noch bezugsfertig, bis unser *Baby an Bord* kam. Endlich wurden wir *Eine himmlische Familie*, denn *Dr. House* bestätigte uns, dass wir ein gesundes Baby bekämen.

Seither kann ich jede Menge *Family Stories* erzählen. Plötzlich ist es eine Kunst, *Das perfekte Dinner* für seine Familie zu kreieren. Als selbsternannte *Shoppingqueen*

sind wir auch ständig *Auf Schnäppchenjagd* für unsere lieben Kleinen. Als *Die Tatortreiniger* sorgen wir Mütter im Kinderzimmer für Ordnung. Wenn aber unsere Kinder *Im Rausch der Steine* sind, dann sind es unsere *Schicksale*, wenn sie unsere Waschmaschine lahmlegen. Wären wir sonst *Eine schrecklich nette Familie*?
Der *Muttertag* ist jedes Jahr *Unforgettable*. *Die Chefin* bin aber dennoch immer ich in diesem Haus. Trotzdem gleicht der Haushalt oft einer *Wildnis extrem – Tieren auf der Spur*. Wir werden mit den unglaublichsten Lebewesen konfrontiert, die eigentlich nicht von diesem Planeten sein können. Wir Frauen leisten täglich sehr viel für unsere Familien: *Volle Kanne – Service täglich*. Scheinbar ist aber das, was wir tun *Mein Traumjob – Die Chance meines Lebens*. *Denn sie wissen nicht, was sie tun*, denke ich mir oft, aber das ist noch lange kein Grund, sich *Die Supernanny* ins Haus zu holen.
Es ist immer *Ein Fall für 2* wenn sich die Kinder streiten, und dann entscheiden wir Mütter wie *Richterin Barbara Salesch*. Seitdem mein Mann und ich Kinder haben, wünsche ich mir manchmal, wie die *Bezaubernde Jeannie* handeln zu können, während mein Mann lieber *Lucky Luke* wäre. *Mein dunkles Geheimnis* ist aber ganz ein anderes. *Exakt die Story* heitert uns Mütter wieder auf, denn wir wissen ganz genau, dass wir *Im Namen der Gerechtigkeit* für unsere Familien kämpfen.

Es sind unsere *Engel auf Erden*, die unser Leben manchmal gehörig auf den Kopf stellen. In unserer *Private Practice* scheinen wir doch immer das richtige Bauchgefühl zu haben. Und sind wir *Auf Streife* durch unser Haus, dann verfliegt jeglicher Ärger, sobald wir unseren Kindern begegnen, die alle *Verdachtsfälle* von sich weisen. Man stelle sich so einen Familienalltag vor wie *Kosmos im Chaos*.

Es ist schön, wenn wir gemeinsam am Frühstückstisch sitzen und mein Mann den Kindern über *How I Met Your Mother* erzählt, und ich darüber berichte, wie ich als *Die Nanny* mein erstes Geld verdiente. Um *Punkt 12* wird bei uns *Frisch gekocht*, jedenfalls an den Wochenenden. „*Mord ist ihr Hobby*", stellt mein Mann immer gespenstisch fest, wenn in der Küche ein scharfes Messer neben einem gerupften Hühnchen oder einem filetierten Fisch liegt. Das Essen, das übrig bleibt, wird einfach eingefroren: *Cold Case – kein Opfer ist je vergessen*!

Wie in jeder Familie gibt es *Gute Zeiten, schlechte Zeiten*. Aber *Mein Leben ist der Rhythmus* bemerke ich immer und immer wieder, und manchmal bin ich scheinbar *Der Tölpel vom Dienst*, weil abends *Drei auf der Couch* sitzen, während ich *Die Entdeckung der Unendlichkeit* hinter dem Bügelbrett mache. Da gehöre ich dann der Gruppe der *Desperate Houswifes* an, wenn ich gerade alle Böden frisch gewischt habe, und kurz darauf sämtliche Familienmitglieder mit ihren erdigen Schuhen durchs Haus gehen. Ich bin dann *CSI: Den Tätern auf der Spur*, während sich die Täter schon längst *Jenseits von Eden* befinden. Und wenn ich dann doch einen erwische, dann beginnt *Das Schweigen der Lämmer*. Ist doch klar!

Gott sei Dank sind auch unsere Männer Stress im Alltag ausgesetzt. *Zoff für 2* ist vorprogrammiert, wenn er sich im Garten wie *Im Dschungelcamp* befindet. Da richtet er zeitweise einen *Collateral Damage* an und hält sich dann auch noch für den *Last Action Hero*. Er fühlt sich wie *Iron Man*, wenn er mit einem neuen Gerät aus dem Baumarkt eine *Green Mile* aus unserem Garten machen will. *Querbeet* kann ich dann wieder meine *Gartenträume* verwirklichen.

Wir lieben unseren Garten. Wenn er sich aber für *Ich – Einfach unverbesserlich* hält, dann kann es manchmal zum einen oder anderen *Gartenduell* kommen. „*Du und dein Garten*", sagt er dann immer, aber da könnte ich noch einige *Geschichten übern Gartenzaun* erzählen. Vielleicht sollte ich ihn *In 80 Tagen um die Welt* schicken, um die Blumenbeete wieder in Form zu bringen.

George, der aus dem Dschungel kam ist ja auch immer mächtig stolz auf seine Gartenarbeit. „*Stop, oder meine Mami schießt* mit meiner Wasserpistole auf dich!", schreit unsere Große manchmal den Nachbarhund an, wenn dieser versucht, sein Geschäft in einem meiner Beete zu hinterlassen.

Aber wenn wir so *Zurück in die Zukunft* blicken, dann befinden wir uns alle in einer *Unendlichen Geschichte*. *Das Geheimnis meines Erfolges* steht in diesem Buch.

Deshalb freuen wir uns über die Geschichten anderer Leute. Sie erheitern und stärken uns, und wir kommen zu einer unglaublichen Erkenntnis …

2. Wenn ich groß bin …

Beinahe jedes Kind hat in seinem Bekanntenkreis eine meist weibliche Person, die sich durch übertriebene, oft schmerzhafte Liebe, geradezu auszeichnet. Es ist die Rede von jenen gutzi-putzig-sprechenden und pausbacken-zwickenden Tanten, die mit ihrem verzerrten Grinsen gar nicht merken, wie sehr man ihr als Kind am liebsten in den Finger beißen und anschließend davonlaufen möchte! Wo bleibt an dieser Stelle Amnesty International?
Die älteste Cousine der Freundin meiner Mutter war so eine alte Dame, der ich als Kind nie entkommen konnte, weil sie so unberechenbar war. Sie liebte es auch noch, *Tante Irma* genannt zu werden. Sie selbst hatte keine Kinder. Meistens schlich sie sich von hinten an, packte mich mit ihren knorrigen Händen an meinen zarten Schultern und drehte mich zu sich. Sie lachte dabei hämisch, und ich hatte das Gefühl, es machte ihr auch noch Spaß, mich dermaßen zu erschrecken.
Ihre Stimme war übertrieben laut, wie so überhaupt alles an ihr! Sie trug eine dicke, altmodische Brille, die gar nie herunterrutschen konnte, weil ein großes, aufgewölbtes Muttermal auf ihrer Nase genau das verhinderte. Ihre grauen Haare waren immer zu einem

strengen Knoten zusammengebunden, und ihre Kleidung hatte ein Muster, das dem Testbild von einst im Fernsehen stark ähnelte.

Diese Frau wäre die Starbesetzung der Hexe für ein Remake des Märchens Hänsel und Gretel gewesen! Sie freute sich jedes Mal diebisch, wenn sie mich wieder einmal erwischt hatte. Der Name *Tante Irma* entwickelte sich für mich bald zu einem Signal für: Lauf um dein Leben, wenn dir deine Wangen lieb sind!

Bei jedem Treffen mit dieser Frau wurde ich mit der gleichen Frage konfrontiert: „Na du bist aber ein hübsches Mädel geworden! Was willst du denn einmal werden, wenn du groß bist?"

„Mama", gab ich artig zur Antwort.

„Was?", fragte mich Tante Irma mit einem lang gezogenen A entsetzt zurück.

„Ich will eine Mama werden", wiederholte ich etwas lauter mit meiner damals noch sehr piepsigen aber energischen Stimme.

„Aber Mama ist doch kein Beruf!", gab die Alte fassungslos zurück.

Mit meinen fünf Jahren war ich fassungslos über ihre Fassungslosigkeit. Ich liebte meine Mama, und ich war der festen Überzeugung, dass sie ihren Job gut machte. Ich fühlte mich wohl bei ihr, und genau so wollte ich werden.

Als ich in die Schule gekommen war, traf ich eines Tages wieder auf die schrullige alte Dame. Nichtsahnend ging ich mit meiner Mutter einkaufen, als sie plötzlich zwischen zwei Regalen hervortrat.
„Mädel, was bist du doch gewachsen!", rief sie, und alle Leute im Geschäft blickten auf mich.
„Boden öffne dich und lass mich darin versinken!", bat ich innerlich. Ich merkte, wie ich knallrot im Gesicht wurde wie eine sonnengereifte Tomate.
„Was willst du denn einmal werden, wenn du groß bist?", fragte sie neugierig und kniff mir dabei mit ihrem Daumen und Zeigefinger in meine rechte Wange.
„Hierärsin", gab ich gequält zur Antwort.
„Was?", wollte sie wissen und ließ mich los.
„Ich will Tierärztin werden" antwortete ich erneut, während ich mir die schmerzende Wange rieb.
„Aber dafür muss man ja lange studieren – und das als Frau!", äußerte sie sich verwundert und trat dabei einen Schritt zurück, als wären meine Worte eine ansteckende Krankheit gewesen.
Tante Irma hatte schon ein biblisches Alter, und sie schien noch nicht zu wissen, dass auch Frauen inzwischen auf die Universität gehen durften.

Mein zwölfter Geburtstag verlief nicht so toll. Ich stieß auf Tante Irma. Ja, das Böse ist immer und überall. Sie machte genau an diesem Tag ihren Spaziergang in

unserer Straße, und da sie meine Eltern gut kannte, betrat sie unaufgefordert unseren Garten, ohne dass ich es bemerkte. Plötzlich packten mich wieder von hinten, komplett unerwartet, diese faltigen, kargen Hände und sie rief: „Mädel, wie hübsch du doch geworden bist!"
Klar – mir war entgangen, dass ich zuvor das hässliche, kleine Entlein war!
„Was willst du einmal werden, wenn du groß bist?", fragte sie mich abermals und wollte nach meiner Wange greifen.
Groß? Ich war schon groß mit meinen fast dreizehn Jahren! Jedenfalls schon größer als Tante Irma! Im Laufe der Jahre hatte ich dazugelernt und zog meinen Kopf schnell nach hinten. Dieses Mal blieb ich schmerzfrei!
„Lichtdesignerin", gab ich zur Auskunft.
„Was?", krächzte sie zurück. Noch immer mit diesem lang gezogenen A!
„Ich will Lichtdesignerin werden", wiederholte ich meine Aussage.
„Ja, wenn man damit Geld verdienen kann", bemerkte sie spöttisch.
Ich glaube, sie hatte keinerlei Ahnung, was man als Lichtdesignerin so macht. Ich denke, sie wollte auf etwas Bestimmtes hinaus. Einen Beruf, der zu mir passt wie ein alter Pullover, den man nicht wegwerfen

will, weil er doch so gemütlich ist, obwohl er schon ziemlich mitgenommen aussieht.

Ich war zweiundzwanzig, als wir bei Tante Irma zum Geburtstag eingeladen wurden. Viele Gratulanten saßen um ihren runden, hölzernen Tisch mit der gehäkelten, weißen Tischdecke darauf. Der graue Star der Runde war Tante Irma. Dieses Mal hatte ich sie zuerst gesehen, und es war Zeit, mein Schmerzensgeld bei ihr abzukassieren! Sie musste erkennen, dass ich zu groß für sie geworden bin und sie meine Wangen nicht mehr erreichen konnte. Das hielt sie aber nicht von ihrer Standardfrage ab.
„Mädel, was bist du doch gewachsen!", rief sie quer über den Tisch, und ich wartete förmlich und fromm darauf, bis alle Augenpaare der Gäste auf mich gerichtet waren. Eine zahnlose, alte Dame schaltete sogar ihr Hörgerät lauter. Das Wohnzimmer mit den altmodisch gemusterten Tapeten und dem uralten Ohrensessel hinter der Türe war gefüllt mit etwa eintausendeinhundert Jahren.
„Was ist aus dir geworden?", fragte sie mich grinsend.
„Ich habe nicht studiert, und ich kümmere mich täglich um meine Kinder", gab ich artig zur Antwort.
„Was?", japste sie und griff sich an ihren dünnen Hals. Dieses Mal dehnte sie das A so lange aus, bis sie gar keine Luft mehr bekam und sie von einem hysterischen Hustenanfall gequält wurde.

„Mädel, so was darfst du doch noch nicht machen!", sagte sie entsetzt.

Zum ersten Mal, seit ich sie kannte, musste sie ihre dicke Brille zurechtrichten.

„Hättest du bloß etwas Ordentliches gelernt!", fügte sie ärgerlich hinzu. Beinahe beleidigt legte sie ihre faltigen Hände auf dem Tisch zusammen, als wollte sie ein Bußgebet für mich sprechen.

Alle, bis auf meine Mutter und deren Freundin lehnten sich auf ihren Holzstühlen blass zurück und blickten mich fassungslos an. Bevor noch einer der Geburtstagsgäste einen Herzinfarkt erlitt, gab ich meinen wahren Beruf bekannt.

„Tante Irma, ich bin Kindergärtnerin geworden. Ich betreue mir anvertraute, kleine Kinder. Das ist ein schöner Beruf, und ich verdiene mein eigenes Geld damit", erklärte ich ihr.

Ich verschwieg ihr die Tatsache, dass ich völlig unterbezahlt arbeitete. Dieses Mal war Tante Irma still, und sie lächelte mich an. Es tat gut, denn sie hatte keine böse Bemerkung auf Lager. Zum ersten Mal war ihr Grinsen echt. Gleichzeitig verbarg sich in ihrem Lächeln ein Geheimnis. Einzig und allein sie schien zu wissen, dass ich irgendwann völlig unerwartet darauf stoßen würde.

3. In die Wiege gelegt

Mädchen sind in der Schule besser in Englisch oder Deutsch. Jungs sind die geborenen Mathematiker und Techniker. Klar! Den Osterhasen gibt es wirklich, und das Christkind sehe ich jeden Tag an meinem Fenster vorbeifliegen!

Wieso kann man für diese mündlich überlieferten Lügen nicht bestraft werden? Wie soll man da als Kind gegen solche ungeschriebenen Gesetze aufkommen? Diese Grundeinstellungen werden uns schon als Babys in die Wiege gelegt! Mädchen bekommen als Säugling ihre erste Puppe geschenkt, während die Jungs ihr erstes Bobby Car bekommen, obwohl sie noch nicht einmal sitzen können!

Mädchen spielen nicht mit Autos. Mädchen machen nichts kaputt. Mädchen wollen Prinzessinnen werden und stehen auf Glitzer! Buben spielen mit Autos. Buben zerlegen manche Spielsachen. Buben brauchen Werkzeug. Aus Buben soll was Ordentliches werden.

Im Prinzip sind alle Kinder wie Schokolade. Sie sind süß und machen Flecken, die nie wieder rausgehen. Später heißt es dann: Männer sind das starke Geschlecht. Männer müssen eine Familie ernähren können. Männer sind logische Denker. Männer bekommen tolle Arbeitsplätze und ausreichend Lohn.

Frauen müssen nicht die Brötchenverdienerinnen sein. Frauen bekommen reduziertere Gehälter. Frauen sind armutsgefährdet, sobald sie alleinerziehende Mütter oder Rentnerinnen sind. Frauen sind eben nur Frauen. Ich stand neulich beim Einkaufen in der Warteschlange. Da bekam ich ein Gespräch zweier Damen mit, die sich offensichtlich über den Werdegang ihrer Kinder unterhielten.

„Tja. Mein Ältester ist Arzt geworden und hat derzeit eine Stelle im Ausland angenommen. Der andere wurde vor Kurzem zum Abteilungsleiter in seiner Firma befördert und meine Tochter – die hat bloß eine Familie", gab die eine an.

Ich kannte ihre Tochter rein zufällig, und ich wusste, dass sie eine begnadete Schmuckdesignerin war, aber sich wegen ihres dritten Kindes noch immer in Karenz befand.

„Meine Tochter studiert Veterinärmedizin. Der gefällt es, in der Großstadt zu sein!", schwärmte daraufhin die andere.

„Warum lässt du deine Tochter denn so etwas Langes studieren? Irgendwann bekommt sie Kinder und hockt mit denen samt toller Ausbildung nur zu Hause und macht das, was alle Frauen machen müssen!", wandte die eine kopfschüttelnd ein.

Zunächst war ich empört über diese Aussage. Aber dann kam ich doch ins Grübeln. Wir Frauen beenden eine Ausbildung, und viele von uns studieren in

Rekordzeit und noch dazu mit Auszeichnung! Während männliche Studienteilnehmer sich oft erst nach drei Semestern für ein richtiges Studium entscheiden können. Erst nach der Diplomprüfung lernen wir Frauen erst richtig dazu. Einen gut bezahlten Arbeitsplatz als Frau zu bekommen, ist schon schwierig genug. Es dann auch noch in eine Führungsposition zu schaffen, ist einem Lottogewinn gleichzusetzen. Vielleicht kommt das daher, dass wir Frauen keine Mathematiker sind, nicht gut rechnen können und uns mit der mickrigen Zahl rechts unten am Lohnzettel zufrieden zeigen. Für die gleiche Tätigkeit, wie sie die männlichen Kollegen ausüben, das gleiche Gehalt zu bekommen, ist unmöglich.

Eine der wohl herausforderndsten Ausbildungen ist die, eine berufliche Karriere samt Kinder und Mann mit einem ewigen Lächeln im Gesicht hinzulegen. Es schickt sich nicht, zu lange Babypausen in einem Lebenslauf zu erwähnen. Karenzzeiten, die sich über mehrere Jahre hinwegziehen, werden schnell mit Arbeitsunwilligkeit assoziiert. Wer sich nur dem Haushalt und der Babypflege hingibt, hat eindeutig zu viel Zeit und ist am wahren Arbeitsleben nicht interessiert.

„Wir werden uns in Kürze bei Ihnen melden", lautet die Standardfloskel, und man ist eine von vielen Frauen, die die Stelle nicht bekommt, weil sie eine Familie hat oder weil sie eben noch keine Kinder hat, aber bestimmt bald welche kriegen wird und dann wieder zu Hause herumhockt, da ständig eines ihrer Kinder krank ist. Eine Frau mit einem oder mehreren Kindern zieht sich wie eine Schnecke durch die sogenannte richtige Arbeitswelt.

Diese Haushaltsschnecken haben immer für alles Zeit und sind mit absolut nichts aus der Ruhe zu bringen. Meistens kommen sie auch noch zu sämtlichen ihrer Termine zu spät. Wer wird denn schon Hausfrau? Bestimmt nur Leute, die nichts Ordentliches gelernt haben oder nicht zur Arbeit gehen wollen! Karrieremenschen können so ein Leben nicht nachvollziehen und schütteln verärgert ihre Köpfe über diese Hausfrauen, die den ganzen Tag nichts zu tun haben, weil sie ja zu Hause sind! Sie hasten durch den Alltag wie ein gejagter Feldhase. Aber eine Schnecke kann mehr über den Straßenverkehr erzählen als ein Hase, habe ich mal wo gelesen.

Hausfrauen gehören zum Klub der Geächteten. Als ich klein war, und würde man dabei von meinen Kenntnissen am Computer und an diesen blöden Wischhandys ausgehen, dann müsste das kurz nachdem die Dinosaurier ausgestorben waren gewesen sein. Jedenfalls musste meine Mutter irgendein amtliches Formular ausfüllen. In die Zeile, in die der Beruf einzutragen war, schrieb sie *ohne Beruf* hinein. Ihren Zettel legte die Beamtin auf einen anderen Stapel.

Ohne Beruf konnte ich damals schon nicht verstehen und heute erst recht nicht. Die Ausbildung zur Hausfrau beginnt doch schon im Babyalter, sobald man seine erste Puppe geschenkt bekommt, sobald einem das dazu passende Puppengeschirr samt Minikochtöpfen untergejubelt wird, sobald man einen Besen und eine Kehrichtschaufel in Kindergröße erhält und ich weiß nicht, welchem Spielzeughersteller dieser abgedrehte Schwachsinn eingefallen ist, einen Kinderstaubsauger, ein Kinderbügelbrett und ein Kinderbügeleisen herzustellen! Also wer sagt hier jetzt noch, als Hausfrau bräuchte man keinerlei Ausbildung?

Dieser Beruf ist so facettenreich, dass man, wie bei den Asiaten, schon im frühen Kindesalter damit beginnen muss, um alle Anforderungen beherrschen zu können. Nebenbei gibt es die besten Schulen und gute Universitäten und Kinder, mit dem Recht auf Bildung. Diese am Weg der Bildung zu hindern und geschickt umzuleiten, indem man ihnen alte Floskeln vor den Latz wirft, ist denkbar unmenschlich.

Die wahre Ausbildung unserer Kinder haben nur wir Mütter in der Hand. Erklären wir unseren Söhnen, dass Männer und Frauen gleich viel wert sind und dass es kein starkes und schwaches Geschlecht gibt. Und verdammt noch mal keine *Frauen- und Männerjobs*. Stärken wir unsere Töchter, dass sie sich nicht alten Klischees unterwerfen sollen. Dann befinden wir uns auf dem richtigen Weg in eine erfolgreiche und vor allem zufriedene Zukunft, in der es keine Geschlechtertrennung der negativen Art mehr gibt.

4. Nebenjobs

Ich bin jung, nicht dumm und brauche mehr Geld! Das erweist sich aber als schwieriges Unterfangen. Immerhin will man sich sein Leben erst aufbauen. Eine eigene Wohnung samt Einrichtung, Klamotten kaufen und wissen, wie man zur Arbeit kommt. Erreiche ich mit den öffentlichen Verkehrsmitteln die Dienststelle oder brauche ich doch ein eigenes Auto? Denn die älteren Herrschaften, die sich bereits in dicken Gehältern wälzen, werden einen Scheißdreck tun, um den Newcomern der Arbeitswelt ein Stück vom großen Kuchen abzugeben.
Wir kriegen gar nichts gebacken! Wir sollen erst einmal selber backen und das auch noch ohne Rezept! Und wenn, dann bekommen wir ein Rezept für eine Suppe, sollen aber einen Kuchen backen! Ist unser Kuchen fertig und noch dazu gelungen, schneiden sich diese Herrschaften natürlich gerne ein großes Stück davon ab und erzählen allen, dass die Jungen es ohne die Alten gar nicht geschafft hätten. Was bleibt uns also noch anderes übrig, um lebenserhaltende Maßnahmen zu decken? Ein Nebenjob muss her!
Als Jugendliche lasen wir noch Comics und Jugendzeitschriften. In der Arbeitswelt angelangt liest man die Stellenanzeigen in sämtlichen Zeitschriften oder

sieht im Internet nach. Lieber so, als am Arbeitsamt auf einem der unbequemen Stühle zu sitzen und auf einem langen, kühlen Flur zu warten, bis die Nummer, die man vor zwei Stunden aus dem Automaten gezogen hat, aufgerufen wird. Danach werden wir gefragt, ob wir überhaupt arbeiten gehen wollen, weil wir ja noch immer keine Stelle gefunden haben. Wenn wir was anderes, als wir gelernt haben, tun möchten, um endlich ein Gehalt zu bekommen, erhalten wir oftmals eine Abfuhr, weil wir anderen Leuten den Job nicht wegschnappen dürfen.

Nebenjobs müssen neben dem erlernten Job erledigt werden. Man nimmt genug Strapazen auf sich, um am normalen Leben teilnehmen zu können, um sich seine Träume irgendwann erfüllen zu können. Ein Nebenjob ist die ideale Vorbereitung auf den wahren Nebenjob, um den man später als Mutter kaum herumkommt. *Arbeiten von zu Hause aus* klingt gut, aber was steckt dahinter? *Ein Zweiteinkommen zu erhalten, bei freier Zeiteinteilung und einer leicht erlernbaren Tätigkeit* klingt doch vielversprechend. Also was hat denn der Arbeitsmarkt da so alles zu bieten?

Telefonistin in Heimarbeit für Katalogverteilung gesucht, steht da. Ist man dann etwa ein Callgirl, wenn man diesen Job macht? *Selbstständige Heimarbeit zum Vertrieb von Nahrungsergänzungsmitteln*, steht darunter. *Gehaltmodell beruht auf Provisionsbasis.* Also arbeite in jeder freien Minute, die du nur hast!

Gleich zwei Zeilen darunter springt mir etwas Interessantes ins Auge:
Home Office Mitarbeiter/in Outbound Calling. Wir suchen eine verlässliche Persönlichkeit, die kommunikationsfreudig und charmant ist, über einen hohe Kunden- und Serviceorientierung verfügt, eine gute Internetverbindung besitzt und in hoher Eigenmotivation arbeiten kann.
Na das sind ja ganz schön viele Anforderungen für einen simplen Nebenjob! Ich suche weiter.
24-Stunden-Betreuung zu Hause. Hilfe bei der Pflege von kranken oder alten Menschen rund um die Uhr, steht da, alles in Kleinbuchstaben geschrieben. Unter Gehaltsmodell sind keine Angaben zu lesen. Soll ich für jemanden arbeiten, der nicht einmal eine Ahnung von Groß- und Kleinschreibung hat?
Ich lese weiter unter *Produkttester gesucht.*
Wir suchen Leute, die Produkte ausgewählter Firmen im Bereich Lebensmittel, Kosmetika und Putzmittel testen und dokumentieren. Alle Testprodukte dürfen in der Regel behalten werden.
So weit kommt's noch, dass ich mich als Versuchskaninchen zur Verfügung stelle. Da springt mir *Der Nebenjob der Woche* in roten Lettern viel mehr ins Auge. Aber auch wieder nur für kurze Zeit. Solche Anzeigen gibt es zahlreiche bei den Stellenangeboten. Eine von vielen Drei-Buchstaben-Firmen, die mir absolut nichts sagen, brauchen ausschließlich junges, dynamisches Personal im Bereich der unabhängigen Finanzberatung. Über Geld spricht man nicht, lautet meine

Devise. Außerdem habe ich selbst keine Ahnung, wie ich mit meinem Einkommen mein Leben schön gestalten soll. Andere Leute über Finanzen als Nebenjob zu beraten für diese No-Name-Firma scheint mir zu suspekt. Diese Firma sucht Leute, die abermals den Kuchen für sie bäckt. Nein danke!

Nebenjob: Hunde- oder Katzensitter. Flexible Arbeitszeiten, das heißt, arbeiten wann immer es dir gerade passt mit viel Spaß und Freude mit süßen Haustieren. Dein Gehalt beträgt zwischen 13 und 30 Euro pro Tag.

Für mich heißt das übersetzt: 13 Euro für ein junges Kätzchen, das den ganzen Tag verpennt und 20 Euro für einen Golden Retriever, der genauso dumm wie blond ist und dreißig Euro für einen Dobermann oder Pit Bull Terrier, der im Park nicht das Stöckchen zurückbringt, sondern mit einem Kind aus der Sandkiste ankommt.

Du solltest mitbringen: Erfahrungen mit Tieren.

Ja, die habe ich. Ich entsinne mich einer Einladung zu Kaffee und Kuchen bei Tante Irma. Ich saß auf ihrer kleinen Terrasse inmitten eines Gartens, der einem englischen Rosenpark glich. Der Kuchen schmeckte ebenso englisch. Englisch deshalb, weil die Briten aus meiner Sicht von kulinarischen Genüssen keinerlei Ahnung haben. Dass mir in diesem Moment eine kleine Maus in mein Hosenbein schlüpfte und mich knapp oberhalb des Knöchels abartig zu kitzeln begann, war zwar ein Riesenschreck, aber die

Gelegenheit, den Kuchen rein zufällig zu Boden zu werfen, damit er eindeutig nicht mehr zu essen war.
„Aber Benedikt!", rief Tante Irma auf einmal. Erwartete die Alte tatsächlich noch männlichen Besuch?
„Kommst du wieder, um deine Futterration abzuholen?", piepste sie und beugte sich unter den Tisch.
„Du sitzt nämlich auf Benedikts Platz", klärte Tante Irma mich auf.
Diese kleine Feldmaus hatte ihren eigenen Platz auf Tante Irmas Terrasse! Und ich dachte immer, dass Hundebesitzer eine nicht nachvollziehbare Lebensweise mit Tieren haben.
Nein, zu Tieren habe ich seither eine angespannte Haltung.
Schließlich entdecke ich im Supermarkt am schwarzen Brett meinen Nebenjob. Auf einem Großformatzettel erspähe ich ein Foto einer Mutter mit ihrem Kind. In einer äußerst netten Formulierung bittet sie um die Betreuung ihres Kindes, da sie alleinerziehend ist. Eine bunte Kinderzeichnung ziert den Zettel abschließend.
Ja, das ist der Nebenjob, bei dem ich keinerlei Bedenken habe. Ich nehme den Zettel mit und rufe bei dieser Mutter an.
Ich arbeite also ab sofort als Mama auf Probe. Nicht ahnend, wie sehr ich auf mein späteres Leben vorbereitet werden sollte. Nur mit dem kleinen Unterschied, dass ich hierfür bezahlt wurde, wenn auch nur

gering, aber es war immerhin eine finanzielle Anerkennung.

Mit meinem damals sehr jungen Alter hatte ich keine Ahnung, wie oft ich noch *Arbeiten von zu Hause aus* verrichten sollte.

Wie oft soll ich als *Telefonistin für Hausaufgaben und für Schulbuchverteilungen* agieren oder als *Pflege für kranke Menschen rund um die Uhr* bereitstehen?

Wenn ich mich über Flecken ärgere, die aus den Kinderhosen nicht mehr rausgehen und ich zornig das nächste Waschmittel kaufe, obwohl drei ähnliche angebrauchte schon zu Hause auf der Waschmaschine stehen, dann zähle ich wohl oder übel zu den gesuchten *Produkttestern*.

Wenn ich für eine vierköpfige Familie Essen einkaufe, dann ist das so etwas wie *Selbstständige Heimarbeit zum Vertrieb von Nahrungsergänzungsmitteln*.

Ich brauche auch keine *Drei-Buchstaben-Finanzberatung*, um mir über das Haushaltsbudget im Klaren zu sein. Und was meine Einstellung zu Tieren angeht, ja die sollte in meinem Leben nach der Probemutterzeit noch ordentlich ausgetestet werden.

Aber ich lasse mich auf den Nebenjob *Mutter und Hausfrau* ein, denn immerhin werden dafür Leute gesucht, die verlässlich, kommunikationsfreudig und charmant sind, die über eine hohe Kunden- und Serviceorientierung verfügen, eine gute Internetverbindung besitzen und in hoher Eigenmotivation arbeiten können! Freie Zeiteinteilung und flexible Arbeitszeiten sind ein dehnbarer Begriff in diesem Nebenjob.

Und weil ja nur Frauen Kinder kriegen können und wir weiblichen Wesen nicht gut in Mathematik sind, übersehen wir die wesentliche Sache, dass dieser Job keine Bezahlung beinhaltet. Als Mutter und Hausfrau bekommt man Rechnungen präsentiert, die es vorher nie gab, die uns aber dennoch weiterbringen!

5. Muttertag

In letzter Zeit hatte ich aus unerklärlichen Gründen leicht zugenommen. Keinerlei Familienfresstage lagen hinter mir. Ganz im Gegenteil! Ich hatte viel um die Ohren und selten Zeit, um etwas zu essen, und trotzdem zeigte meine Waage plötzlich mehr Kilos als bisher gewohnt an!

Ich ging joggen. Nach zwei Kilometern spürte ich ein Gefühl, als würde ich einen Stein im Magen herumtragen. Es war ein Drücken der bisher unbekannten Art.

Mein Mann und ich haben uns nach einer mehrjährigen Beziehung dazu entschlossen, kein Leben mehr zu führen wie ein junger Hund. Jauuull! Kinder ja, aber jetzt schon? Klar, die biologische Uhr begann zu ticken, aber das Haus war doch noch nicht fertig! Wir lebten noch in dieser Bude von Wohnung und ich bin doch unentbehrlich!

Zack – da war er! Der erste Muttergedanke! U n e n t b e h r l i c h. Ich würde dieses Wort als das Unwort des Jahres vorschlagen. Mutter ist man lebenslänglich. Lebenslänglich unentbehrlich. Nein! Soweit kommt's noch. Wir Mütter sind ohnehin schon zu einer lebenslänglichen Freiheitsstrafe verurteilt, wenn wir andere von uns abhängig machen.

Ein Kind zu bekommen, ist das Schönste, was es auf Erden gibt. Keine Freizeit, kein Schlaf, zu wenig Zeit, um selbst ordentlich zu essen und ständige Anwesenheitspflicht gehen mit dem Wunder Mensch einher. Es ist echt ein Wunder, was Mütter alles zustande bringen. Klar, versucht man, sich ab und zu freizustrampeln, aber das schlechte Gewissen lässt sich nicht wegboxen!

Zu diesem Zeitpunkt hatte ich noch keine Vorstellung davon, wie oft mich das schlechte Gewissen begleiten würde. Das da war jetzt real. Das war kein Produkt, das ich voreilig im Supermarkt gekauft hatte und zu Hause merkte, dass ich es doch nicht brauchen konnte. Ein *Kann ich das zurückgeben?* ging jetzt nicht mehr.

„Ja, aber ich kann ihnen nur eine Gutschrift dafür geben, die sie ein anderes Mal einlösen können."

„Ein anderes Mal einlösen klingt gut."

Das Leben hat mir meine Vorstellungen von Kindern, Haus mit Garten und einem verständnisvollen Mann ernsthaft abgekauft – und das ohne Rückgabegarantie. Obwohl ich erst wenige Wochen werdende Mama war, fühlte ich mich schon miserabel, weil ich mich nicht gleich freute wie eine der Prinzessinnen in all den Walt-Disney-Filmen, wenn der Prinz sie rettet. Wie konnte ich primär ans Hausbauen denken, als an ein Baby, das mein eigen Fleisch und Blut war, das ich bald in den Armen halten würde?

Ich unterbrach meine Joggingrunde kurz. Ich würde mein Baby in den Armen halten. Es sähe mich mit großen Augen an, und ich werde eine Mama sein! Wärme stieg bei diesem Gedanken in mir auf und wenige Wochen später auch der Geruch von gebratenem, warmen Fleisch, Zwiebeln, Knoblauch, Fisch …

Euphorisch, wie am ersten Schultag, kaufte ich mir ein Baby-Buch, in dem stand, dass das Schlimmste was Frau gegen die Schwangerschaftsübelkeit tun können ist, nichts zu essen. Nachdem ich herausfand, was meinen Magen nicht zu sehr aufregte, spezialisierte ich mich auf Äpfel. Auf beinahe jedem Kästchen, Tisch oder irgendeiner Abstellfläche stand ein Teller mit Apfelstücken darauf.

Wie bescheiden man doch wird, wenn der Körper nicht mehr dem Geist angehört! Die erste Hürde auf dem Weg vom Arbeitsplatz nach Hause war der Kebab-Stand. Frischer Duft von gebratenem Fleisch und Zwiebeln! Würg! Ich hätte vieles verwettet, aber dass gleich alle Sinne nicht mehr zu mir gehörten, hätte ich nie gedacht.

Meinen Verstand behielt ich mir dennoch – nahm ich jedenfalls an. Nicht ganz bei Trost waren sämtliche andere Frauen, die mir ihre Schwangerschaften und Geburten so dramatisch als möglich schilderten.

„Der Kollegin der Schwester meines Nachbarn war neun Monate lang schlecht. Die brauchte dann sogar Infusionen!", erzählte mir eine.

„Die Geburt bei meinem ersten Kind war so schlimm. Nach der Entbindung brauchte ich eine Bluttransfusion!", schilderte mir eine andere.

Bei einem Pickel in meinem Gesicht prognostizierten einige einen Jungen voraus, und wenn der Bauch spitzförmig war, sollte es ein Mädchen werden.

Keine Frau, die schon Kinder hatte, erzählte mir, wie schön es ist, ein Kind zu erwarten und wie schön es erst ist, noch dazu ein gesundes Kind zur Welt zu bringen. Lieber hätte ich noch eine Geburt als eine scheußliche Wurzelbehandlung beim Zahnarzt! Demzufolge müsste ich inzwischen schon zehn Kinder oder mehr haben, um sämtlichen unangenehmen Zahnarztbesuchen auszuweichen!

Die Hormonausschüttung nach der Entbindung war bombastisch. Ich blieb die ganze restliche Nacht wach, um mein Baby, meine Emma, die neben mir so friedlich schlief, anzuschauen. Zehn Tassen Kaffee hintereinander hätten diese Wirkung nicht vollbracht.

Ab diesem Zeitpunkt änderte sich der weibliche Verstand dramatisch zum Schutz des Kindes aber zum Nachteil der Mutter.

Ich war leicht verärgert, als die Hebamme meinte: „Im Kreißsaal lässt eine Frau ihr halbes Gehirn liegen."

Frechheit! Überglücklich, und von Erschöpfung keine Spur, kein Gefühl für Zeit und Hunger und einen eingetrübten Blick was die eigenen Augenringe betraf, war ich von nun an eine Mama.

Gott sei Dank lassen auch die Kindsväter einen Teil ihres Gehirns neben dem der Frau liegen. Ab dem Tag der Geburt des ersten Kindes lassen sie ihre Klamotten überall liegen, wissen nie wie spät es ist und verlegen ihre Autoschlüssel samt Geldtasche. Der Kosename *Schatz* kann in einer Frau dann nur noch Aggressionen auslösen. Der Satz, der auf *Schatz* darauf folgt, lässt die Lust zu morden zeitweise aufkommen.

Hormone, die bei der Geburt ausgeschüttet werden, beinhalten eine Langzeitwirkung wie der Zaubertrank bei Obelix, sonst gäbe es bald keine Männer mehr. Vielleicht ist es in diesem Fall besser so, wenn man eine Gehirnhälfte beiseitelegt. Das macht so manche Situation mit Mann und quengelnden Kindern erträglicher.

Zwei Jahre nach Emmas Geburt bekam ich plötzlich wieder den gleichen Druck im Magen wie einst, als ich joggen ging. Dieses Mal trug ich einen Wäschekorb mit nasser Wäsche auf die Terrasse, rannte noch einmal ins Haus, um die Wäschespinne zu holen und befestigte sie mit einem schnellen Ruck in dem dafür vorgesehenen Loch in unserem Garten hinter dem Haus. Dieser Ruck fühlte sich so ganz anders an, als ob mir jemand auf den Bauch schlagen würde!

Nachdenklich richtete ich das Abendbrot. Der Tisch war schon gedeckt, und ich schnitt gerade Wurst auf. Würg! Dieses Mal hatte es mich ganz arg erwischt und zwar so, dass mir eine Schwangerschaftsübelkeit nicht in den Sinn gekommen war. Das musste der Magen-Darm-Infekt sein, den zu diesem Zeitpunkt fast alle meines Bekanntenkreises erlitten, oder eine Blinddarmentzündung, die beinahe jeder schon hinter sich hatte bis auf mich! Es erwischt einen doch auch immer am Wochenende! Meinem Mann kam die Sache komisch vor, und er brachte mich ins Krankenhaus.
Nach ersten Untersuchungen holten die Ärzte ihn zu mir.
„Wir können ihnen leider nicht genau sagen, was ihre Frau hat. Für das, was sie hat, gibt es noch nicht einmal einen passenden Namen!", sagte der Arzt mit einem süffisanten Lächeln.
Mein Mann war komplett irritiert. „Und was sollen wir jetzt tun?", fragte er hilflos.
„Am besten gehen sie jetzt wieder nach Hause, schnappen sich ein Vornamenbuch und entscheiden sich in den nächsten acht Monaten für einen Buben- und einen Mädchennamen. Ich kann ihnen jetzt noch nicht sagen, ob sie Vater eines Mädchens oder eines Jungen werden", erklärte er meinem Mann.
Exakt acht Monate später brachte mich mein Mann wieder ins Krankenhaus. Der gleiche Arzt von damals hatte ausgerechnet Dienst. Er schnappte sich den Kerl

und klärte ihn auf: „Schnell! Meine Frau hat eine Lilly!", berichtete er aufgeregt und keuchend.

Jetzt blickte der Doktor ihn irritiert an.

Mein Mann stemmte die Hände in die Hüften und legte seinen Kopf ungläubig schief. „Der Magen-Darm-Infekt, beziehungsweise die Blinddarmentzündung von einst, die sie nicht diagnostizieren konnten!", erinnerte er den Mann in Weiß und stupste mit dem Zeigefinger auf seine Schulter.

Nun war bei dem Arzt die Erinnerung wieder hergestellt.

Drei Stunden später schrie unsere Lilly dem Doktor entgegen.

„Alles Gute zum Muttertag!", gratulierte mir der Arzt und lächelte unsere Tochter an. „Da bin ich jetzt aber echt froh, dass du auf die Welt gekommen bist und nicht ein Blinddarm!", fügte er hinzu.

6. Babypause

Samstag ist Frisörtag. Nicht jeden Samstag, aber so alle vier bis sechs Wochen, wie man gerade so in Stimmung ist. Wenn einem das eigene Spiegelbild nicht mehr gefällt, dann muss man handeln.

„Warum gehst du nicht unter der Woche am Nachmittag zum Frisör – du hast ja eh genug Zeit. Du arbeitest doch nur halbtags!", höre ich meinen Mann alle vier bis sechs Wochen fragen.

Er wurde noch nach alten Klischees erzogen.

Zwischen diesen Zeilen steht ein männlicher Hilferuf: „Du kannst mich doch mit den Kindern nicht so ganz alleine lassen!"

Hey – ich wasche mir vor dem Frisörbesuch sogar noch die Haare, um Zeit und gemeinsames Haushaltsgeld zu sparen!

Beim Frisör erfährt man den neuesten Tratsch und inhaliert ausreichend Haarspray, um den Inhalt der ganzen Klatschzeitschriften zu verkraften. Ist es nicht aufregend, zu erfahren, wer von wem geschieden, wieder verheiratet ist und welcher Promi sich in *Babypause* befindet?

Bei diesem Wort komme ich regelmäßig ins Grübeln.

B A B Y P A U S E.

Hat man mit einem Baby im Arm überhaupt eine Pause? So, wie die ganzen Promis dargestellt werden, haben die keine Geburten wie normale Frauen. Stimmt. Mit dem Baby kriegen die auch gleich eine Nanny dazu. Abgelichtet wird immer nur eine glückliche Familie, die spazieren geht. Total natürlich! Die Kinder sind nicht dreckig, weil sie eben in eine Pfütze fielen, die ihnen kurz zuvor verboten wurde. Die müssen beim Shooting auch nicht auf die Toilette. Die Väter himmeln ihre Frauen an, weil sie ganz ohne Hollywood-Diät blitzartig nach der Geburt eine Modelfigur besitzen. In den Gesichtern dieser Mütter sind keine Kummerfalten zu erkennen, weil sich zu Hause die Bügelwäsche türmt.

Unter Pause verstehe ich so etwas wie Ruhe geben, in Ruhe etwas essen und genau diesen Moment zu genießen, solange dieser eben dauert. Kann man das mit einem Baby? Spielverderber würden an dieser Stelle einhaken und sagen: „Du hast doch Pause von deinem Beruf. Du bist jetzt für mindestens zwei Jahre zu Hause und brauchst nicht in die Arbeit zu gehen. Du kannst tun und lassen was und wann du willst – den ganzen Tag lang. Eigentlich hast du ein Leben wie ein junger Hund."

Liebe Spielverderber!
Wer es wagt, einer stillenden Mutter, die noch nichts gegessen hat und die seit Tagen von einer gemütlichen, heißen Badewanne

träumt, solche Floskeln vor den verdreckten Babylatz zu knallen, wird für mindestens drei Tage mit tötenden Blicken gestraft! Der junge Hund ist eine ausgewachsene Löwin geworden!

Erörtern wir mal genau, wovon eine Mutter Pause hat, die sich zu Hause um ihr Baby kümmert. Als junger Hund stand ich um halb sieben auf, damit ich um acht Uhr in der Arbeit erscheinen konnte. Ich suchte mir in Ruhe meine Lieblingsklamotten aus, duschte ausreichend und frühstückte eine Kleinigkeit. Nach dem Zähneputzen setzte ich mich in mein Auto und fuhr gemütlich in die Arbeit. Dort freuten sich mindestens fünf Kinder auf eine Person, die ausgeglichen und ausgeruht war, nicht wie deren Mütter, die ihre Kinder in die Kita scheuchten, weil diese verschlafen hatten wegen der Hausarbeit, die nach deren Jobs bis tief in die Nacht dauerte. Auf dem Nachhauseweg überlegte ich mir, was ich wohl als erstes machen würde, radfahren gehen, oder mich erst einmal in Ruhe auf mein Sofa setzen. Egal. Ich hatte Zeit für beides.

Als Mutter stand ich um Mitternacht, um zwei Uhr morgens, um vier Uhr morgens und um sechs Uhr morgens schließlich endgültig auf. Wegen des Schlafmangels fror ich und hätte mich am liebsten in eine heiße Badewanne gelegt. Als glücklich stillende Mutter hätte ich ebensolche auch gern ausgetrunken. Noch nie in meinem Leben verspürte ich ein derartiges Durstgefühl wie beim Stillen! Dem Baby zuliebe zog

ich mich in Windeseile an, denn die Windeln sollten noch gewechselt werden. Zu spät. Emma kam in den Genuss einer morgendlichen Badewanne. Sie strampelte und spritzte vor Freude. Mit meinem nassen Shirt fror ich nun noch mehr als zuvor, aber meinem Baby ging es gut, also war auch ich zufrieden.
Und weil Kleinkinder ausreichend frische Luft benötigen, ging ich jedes Mal zu Fuß und mit Kinderwagen einkaufen. Eineinhalb Stunden waren da meistens weg vom Tag. Kaum zu Hause, meldete die Kleine wieder Hunger an oder musste gewickelt werden. Erst danach hatte ich Zeit, etwas zu essen. Danach staubsaugen, Wäsche aufhängen, bügeln und schließlich Mittagessen kochen, einen Teil davon für Emma pürieren und nebenher an der Haustür die Zeugen Jehovas abwimmeln. *Erwachet!* Sollte das ein Scherz sein? Da geht man die halbe Nacht mit einem vor Blähungen schreienden Kind auf dem Arm spazieren und dann wedelten die am nächsten Tag mit so einer Zeitschrift vor meiner Nase herum! Der einzige *Wachturm* vergangene Nacht war unser Haus. Da konnte ich wirklich zum Exorzisten werden. Oder waren es die beiden Damen vor meiner Haustüre, die glaubten, einen Dämon in mir zu sehen? Ich hatte noch kein richtiges System in meiner Frisur, die Augenlider zog ich nur unter Schmerzen hoch. Über der Schulter trug ich noch die bunt bedruckte Stoffwindel, auf der das letzte

Bäuerchen meines Babys deutlich zu erkennen war. Sie durfte das erste Mal Karottenbrei essen!

„Wir können in direkter Kommunikation mit dem unerwünschten Geist treten und sie von all dem Schlechten in dieser Welt befreien."

„Gut, dann nehmt schon mal meine Bügelwäsche mit!", wollte ich darauf sagen.

Dieser Berg Wäsche hatte eine echt abschreckende Wirkung. Irgendein Dämon scheint da aber wirklich drinnen zu sitzen. Kaum hat man einen Teil gebügelt, wächst er unten scheinbar wieder nach, und seine Lieblingsspeise sind Socken aber immer nur einer pro Paar.

Als die beiden doch endlich gingen, ärgerte ich mich, weil ich so schlecht vorbereitet war. Zu gerne hätte ich der Kleinen dann an diesem Tag ein Babygläschen mit Tomatensoße in den Mund gesteckt.

Oh – die letzte Nacht tat mir offenbar nicht gut. Ja, Schlafentzug kann böse Dinge mit einem anstellen.

Bei allem Respekt an andere Glaubensrichtungen, aber ich glaubte in diesem Moment nur mehr noch daran, dass der Mensch Schlaf braucht, und davon ausreichend!

Meine Kleine saß am Boden, zufrieden mit sich und der Welt, die vor wenigen Minuten noch unterzugehen zu drohte, und aß Erde aus einem meiner Blumentöpfe. Dabei grinste sie mich zuckersüß an, und ich war die glücklichste Mutter, die man überhaupt sein konnte.

„Zwei Hände voll Dreck im Jahr sind gesund!", sagte Tante Irma immer.

Vielleicht konnte ich das Thema Blähungen dann auch abhaken. Außerdem müsste sie jetzt bald müde werden, nachdem sie ja schon die Nacht zum Tag gemacht hatte. Na, dann brauchte ich Emma nur mehr noch zu wickeln, anzuziehen und in den Kinderwagen zu legen, der mit einem kuscheligen Lammfell ausgekleidet war. Zu gerne hätte ich mich da reingelegt, aber Kleinkinder haben nun mal Vorrang.

Erhobenen Hauptes schob ich den grün-rosa Kinderwagen mit modernsten Ausstattungen vor mir her und konnte mich an meinem Baby gar nicht mehr sattsehen. Zu blöd, dass da so viele Straßenlaternen standen, die sind mir vorher gar nie so richtig aufgefallen. Einhundertsiebenundzwanzig Straßenbeleuchtungen und gut zweieinhalb Stunden später, kam ich auf dem Zahnfleisch zu Hause wieder an. Die Kleine schlief nicht.

Ich war gereizt und wartete auf mein nächstes Opfer. Die Zeugen Jehovas hatte ich schon erfolgreich vertrieben. Da kam auch schon mein Mann von seiner Arbeit nach Hause.

Vom Fenster aus beobachtete ich, wie er sich vom Auto bis zur Haustüre schleppte. Innerlich konnte ich

die bedrohliche Filmmusik vom weißen Hai hören. Dann könnte ich ohne Vorwarnung zubeißen, sobald er nichts ahnend die Tür aufmachte. Gesagt, getan.
„Hallo Schatz, wie war dein Tag?", fragte er.
„Äh – ich habe siebenmal die Windeln gewechselt, sauber gemacht, Essen gekocht, war mit Emma stundenlang spazieren und jetzt bin ich hundemüde."
„Warum hast du dich nicht mit der Kleinen etwas hingelegt?"
Leider hatte er sich jetzt ahnungslos dem offenen Haifischmaul genähert.
„Du brauchst heute sicher noch frische Luft. Ich richte dir den Kinderwagen her. Dann gehst du mal mit unserem Energiebündel spazieren", sagte ich zuckersüß.
Es gab nur mehr diese eine Gelegenheit, mich endlich eine halbe Stunde aufs Ohr zu legen.
„Hey, ich hatte heute einen mörderisch anstrengenden Tag. Ich muss mich jetzt erst mal entspannen und eine Runde joggen gehen", brachte er mir nur kühl entgegen.
„Wann darf ich mich mal entspannen?", fragte ich ihn vorwurfsvoll.
„Du warst doch den ganzen Tag zu Hause. Ich gehe arbeiten, damit wir den Kredit für das Haus abbezahlen können."

Klar, verstehe – der gnädige Herr geht arbeiten, während ich zu Hause vor Langeweile umkomme! Pah! Ich bräuchte doch nur eine halbe Stunde Pause!
BABYPAUSE! Pause vom Muttersein und Pause vom Ehefrausein! Pause, um zu schlafen!
„Schatz …"
Das war das Signalwort für mich. Kennen Sie die Leute, die zu sogenannten Schläfern ausgebildet werden, die ein ganz banales Leben führen, dann angerufen werden und bei einem bestimmten Signalwort sogar zum Morden bereit sind?
Wenn er das Wort Schatz mit dieser Beschwichtigung in seiner Stimme ausspricht, dann überkommen mich manchmal echt eigenartige Gedanken, und ich erschrecke mich dann vor mir selbst. Was glauben Sie wohl, wie so manche blutrünstigen Bestseller entstanden sind?
„… wenn du mal wieder arbeiten gehen wirst, dann hast du im Haushalt nicht mehr so viel zu tun, denn dann ist auch keiner mehr zu Hause, der dauernd Schmutz macht."
Wenn du jetzt rausgehst, dann folge bitte den Schildern, die dich dahin führen, wo der Pfeffer wächst! Komm bitte erst wieder, wenn die Kleine ihren Schulabschluss macht, dachte ich mir innerlich.
Diese Aussage klang gerade so, als ob ich der Dreckmacher hier wäre!

Hundemüde saß ich bis spätabends noch vor den Fernseher. Es lief eine Tierdokumentation, unter anderem über Gottesanbeterinnen. Das sind diese Riesenheuschrecken, die aussehen, als ob sie von den Marsmännchen auf den Planeten Erde importiert worden wären. Wie viele irdische Lebewesen gibt es, die das Männchen gleich nach dem Geschlechtsverkehr bei lebendigem Leibe verspeisen?

„Schatz, kannst du mir mal die Beine massieren, die sind vom Joggen ganz schlapp", erklang eine müde Stimme von der anderen Seite des Sofas.

Langsam drehte ich meinen Kopf weg vom Fernseher, hin in die Richtung, aus der das Signalwort zu hören war. Ein Grinsen machte sich in meinem Gesicht breit. Ich konnte mich nicht entscheiden, als Haifisch oder als Gottesanbeterin zu handeln.

Ich betrachtete ihn langsam von oben bis unten, doch mein ästhetisches Empfinden war stärker. Es gibt genießbarere Dinge auf Erden. Es wäre für eine Mutter und Ehefrau doch manchmal echt brauchbar, wenn man sich kurz mal wegbeamen könnte wie in Raumschiff Enterprise. Leider beamte mich nicht Scottie, sondern meine Emma hoch in den ersten Stock.

7. Das ist richtig guter Stoff

Man ist nach der Geburt nicht gleich eine perfekte Mutter oder ein perfekter Vater. Wir müssen mit unseren Kindern erst in Kontakt treten. Das Familienleben erweist sich da manchmal als echt kryptisch.

Der Papa ist immer der Superman und die Mama die gute Fee, obwohl der Papa lieber Catwoman zu Hause hätte. Das Familienoberhaupt verschwindet morgens in Lichtgeschwindigkeit in die Arbeit, während sich die Frau zu Hause wie eine der drei Hexen aus *Charmed* mit Dämonen herumschlagen muss, wie zum Beispiel Staub, Bügelwäsche oder den Zeugen Jehovas an der Haustüre.

Es ist schon seltsam, ein Lebewesen, das sein eigen Fleisch und Blut, aber unserer Sprache noch nicht mächtig, ist, verstehen zu lernen. Man lernt sich jeden Tag besser kennen. Das ist unsere Lebensaufgabe als Elternteil. Es treten immer wieder Momente auf, die wir nicht verstehen. Schade, dass die unsichtbaren Antennen bei manchen abfallen. Die Verbindung ist dann auf einmal abgebrochen. Houston, wir haben ein Problem!

Ein wahres Problem haben wir Eltern dann, wenn unsere Kids mit sogenannten Genussmitteln konfrontiert werden. Die erste Zigarette, der erste Rausch und schließlich der erste Zeitungsbericht über den jüngsten Drogentoten in der Umgebung.

Jahre nach meinem Schulabschluss stieß ich selbst auf eine uralte Droge. Als Schülerin bemerkte ich gar nicht, dass ich schon längst besessen davon war! Wenn man von einer Sache abhängig ist, ist man selbst der letzte, der das bemerkt!

An manchen Tagen war ich fasziniert und bedrückt zugleich. Das kam ganz auf den Stoff drauf an. Neuer Stoff roch auch gut! Irgendwann stellte ich fest, dass ich ohne das Zeug nicht mehr auskam und musste mir manchmal sogar nachts wenigstens eine kleine Einheit geben. Mit einer schmerzender Nase und geröteten Augen stand ich am nächsten Morgen vor dem Spiegel und probierte mit Abdeckcreme zu kaschieren, was nicht mehr zu kaschieren war. Eine Sucht, der man sich schon als Teenager hingab, kann man nicht in zehn Minuten wegreiben!

Als ich meine beiden Kinder bekam, brauchte ich erst recht guten Stoff. Eine Nacht durchschlafen, gehörte zum Luxus, und diesen Luxus wollte, aber konnte ich mir nicht mehr leisten. Als Kleinkinder bedurften sie intensiver Pflege, und als Mutter kann man gar nicht anders, als deren Grundbedürfnisse zu stillen.

Ich rutschte in einen Teufelskreis hinein. Wenn die beiden nach dem Mittagessen schliefen, widmete ich mich vernachlässigten häuslichen Tätigkeiten. Schließlich hatte ich ja Zeit – ich befand mich im

Karenzurlaub! Vor dieser Zeit konnte ich tagsüber genügend Stoff in mich saugen. Als Mutter und Ehefrau, die von dem Gedanken getrieben wurde, perfekt zu sein, blieben mir nur mehr die Abendstunden dafür übrig. Die Qualität des Stoffes war mir zu diesem Zeitpunkt echt schon egal, Hauptsache, ich konnte mich in Ruhe hinsetzen und mir eine kleine Dosis einverleiben!

Eines Tages fiel mir die Einstiegsdroge wieder in die Hände, und ich gab sie meinen Kindern. Ich dachte mir nichts Schlimmes dabei! Gemeinsam mit meinen Kindern saßen wir auf deren Bett und ich gab ihnen das, was sie brauchten, damit sie nach einem ereignisreichen Tag gut einschlafen konnten.

In den Händen hielt ich ein dickes Buch mit Tiergeschichten, in das noch mein Name von Kinderhand hineingekritzelt stand. Schön bunt und ein paar Buchstaben in Spiegelschrift. Die Geschichten waren frech und lustig erzählt und ebenso witzig illustriert.

Beim Vorlesen wurde ich selbst wieder zum Kind. Von nun an gab es kein Gezicke mehr, wenn es abends hieß: „Ab in eure Betten, Kinder!"

Die beiden freuten sich jeden Abend auf eine neue Geschichte. Was war ich für eine böse Mutter, wenn ich ab und an das Vorlesen ausfallen ließ, weil meine Töchter mit ihrer Trödelei es spät werden ließen! Es schürte das starke Bedürfnis, selbst lesen zu lernen, damit sie sich von der mütterlichen Abhängigkeit entziehen konnten. Sie waren von derselben Sucht befallen wie ich in deren Alter, und sie merkten ebenso wenig, dass sie süchtig nach Lesestoff waren.

Mir fiel es aber erst so richtig auf, als ich ständig neue Batterien kaufen sollte, und ich beim Aufräumen des Kinderzimmers meine Taschenlampen in den Nachtkästchen der Kinder wiederfand, die doch eigentlich in den Sicherungskasten gehörten, wenn einmal Stromausfall ist!

Wir einigten uns abends auf eine fixe Lesezeit bei ausreichend Licht. Insgeheim war ich froh darüber, dass ich meine Kinder noch für Bücher begeistern konnte. Schöne Bücher, in die man noch Eselsohren knicken konnte, wenn das Lesezeichen wieder einmal unter das Bett gefallen war. Das kann man bei einem E-Book nicht!

Meine Kinder wachsen mit Computern, Smartphone, iPad und weiß der Geier mit welchen technischen Neuigkeiten noch, auf. Es ist auch gut, dass Technik für sie die normalste Sache der Welt sein wird. Ich bekomme innerliche Schweißausbrüche, wenn ich eine wichtige E-Mail verschicken soll. Trotzdem bin ich froh, dass es das Internet gibt.

Bei all den technischen Fortschritten dürfen wir aber die Bücher nicht vergessen, egal was man schnell mal googeln kann.

Wenn meine Kinder im Geschäft nach dem neuesten Band einer Bücherserie betteln; wenn ich eines Morgens wieder mit geröteten Augen aufwache und meine Nasenspitze platt gedrückt ist und schmerzt, weil mir das Buch doch vor Übermüdung ins Gesicht gefallen war – dann ist das echt guter Stoff!

8. Geschichten vom Maxi

Ich kann mich gar nicht mehr recht entsinnen, wann mir meine Tochter genau von ihrem unsichtbaren Freund erzählt hatte. Auf jeden Fall war sie schon gut zwei Jahre alt, konnte für ihr zartes Alter in schönen Sätzen sprechen und ging schon ein paar Monate in die Kita. Sie fühlte sich wohl unter all den Kindern, mit denen sie zweimal die Woche spielen durfte. Immerhin wollte ich mich auch noch selbst um mein Kind kümmern und sie nicht täglich in eine auswärtige Betreuung geben.

Ein bis zwei Tage nach ihren Kitabesuchen erzählte sie mir in regelmäßigen Abständen von ihrer Betreuerin Elly, die sie zu mögen schien. Sie spielte sehr gerne mit den Kindern und freute sich immer wieder auf jene Tage, an denen sie da hingehen durfte. Folglich wusste sie, was es heißt, einen Freund zu haben. Ich denke, sie hätte gerne ständig, beziehungsweise jeder Zeit abrufbar, ein Kind um sich gehabt. Zu diesem Zeitpunkt existierte ihre jüngere Schwester noch nicht. Manchmal ertappte ich mich sogar dabei, ihr die Geschichten von ihrem imaginären Freund zu glauben, da Emma nie lange überlegen musste, wenn sie mir von ihm erzählte. Stellte ich ihr eine Frage über ihren Freund, dann kam auch prompt eine Antwort.

„Mama, ich hab einen Freund – er ist ein Bub!"
„Und wie heißt dein Freund?"
Das war bisher der einzige Moment, in dem Emma keine passende Antwort einfallen wollte. An diesem Tag wurde Maxi ins Leben gerufen.
„Heißt er, Fabian, Markus, Peter ..."
Somit zählte ich ihr zumindest mal die Namen ihrer ganzen Onkels auf.
„Nein, die gibt es ja schon!"
„Dann heißt er vielleicht Maxi, oder ..."
„Ja Maxi heißt er!", und Emmas Gesicht begann zu leuchten. Ein Leuchten, hinter dem noch mehr stecken musste als nur die Namensgebung.
„Und wo wohnt dein Maxi – etwa auch in unserem Ort?"
„Nein", kam mir eine große Empörung von meinem ungefähr zweiundneunzig Zentimeter großen Mädchen entgegen.
„Der wohnt in Klammhausen, aber nicht in dem Klammhausen, das du kennst, sondern in einem anderen Klammhausen. Er wohnt in einem blauen Haus. Und eine Freundin hat er auch, die heißt Luna. Meine Lilly hat auch eine Freundin, die heißt Ziska. Die ist auch die Freundin vom Maxi und von der Luna."
„Mama weißt du – der Maxi hat auch einen Hund, aber der hat ihm seine fünfzehn Euro weggefressen!"
„Wozu braucht der Maxi denn fünfzehn Euro? Ich denke, er ist so alt wie du?"

Und schon langsam klang die Geschichte, wie die alten Psychowitze, die ich kenne. Sitzen zwei Kühe am Straßenrand und stricken Cola-Dosen. Kam ein Polizist und sagt: „Ihr steht hier im Halteverbot!". Darauf fragen die Kühe: „Was so spät ist es schon?"
„Nein, der Maxi ist schon ein Schulkind, und Auto fahren kann er auch schon. Mit den fünfzehn Euros wollte er zum Supermarkt einkaufen fahren aber leider, leider – jetzt geht das nicht mehr", meinte sie achselzuckend mit ausgebreiteten Armen. Wie süß sie aussah mit ihren kleinen ausgestreckten Ärmchen und ihrem schauspielerischen Talent.
„Was, zu unserem Supermarkt wollte er einkaufen gehen?"
Ich testete Emma manchmal, um herauszufinden, ob sie den Anfang ihrer Maxigeschichten wohl selbst noch wusste.
„Nein, in seinem Klammhausen, da gibt es auch so einen Supermarkt. Zum Maxi muss man über drei so Hügel drüberfahren und gleich nach der Kurve, da ist sein blaues Haus.
Einige Zeit später kam sie zu mir und stellte mich vor vollendete Tatsachen.
„Mama, der Maxi wird bei uns schlafen!", sagte Emma eines heißen Sommertages mit so einer Bestimmtheit, dass ich gar keine Einwände mehr aufbringen konnte!

„Schön, dann sehe ich ihn wenigstens einmal. Wo soll er denn schlafen?"

„In meinem Zimmer."

„Und wie lange wird er bei uns bleiben?"

„Der wohnt jetzt bei uns, weil sein blaues Haus ist mit der ganzen Erde abgerutscht."

Das hat man davon, wenn man sein Kind einmal die Nachrichten sehen lässt, in denen von Unwetterkatastrophen berichtet wird.

„Na dann muss er es eben wieder neu bauen, dass er bald wieder ein eigenes Haus hat", schlug ich ihr vor, um in etwa zu erforschen, wie lange wir ein zusätzliches Familienmitglied haben werden.

„Das geht nicht mehr!", antwortete Emma altklug, „weil in ganz Klammhausen die Erde weg ist. Er kann da kein Haus mehr bauen."

Der blühenden Fantasie meiner Tochter stand absolut nichts im Wege. Ihre Geschichte ging rasant weiter.

„Mama, der Maxi bekommt auch ein Baby. Seine Mama hat schon einen ganz dicken Bauch", teilte sie mir mit, als ich schwanger mit ihrer Schwester war.

Einige Tage später erzählte sie mir.

„Der Maxi hat sein Baby schon – einen Buben."

„Und wie soll sein Baby heißen?"

„Onkel Peter."

„Aber ein Onkel wird man doch erst, wenn man groß ist. Dein Papa ist der Onkel von der Luise, deiner

Cousine, weil ihr Papa der Bruder von deinem Papa ist."

Ich hoffte, Emma würde die Erklärung verstehen, aber sie sah das viel einfacher.

„Nein, das Baby heißt Onkel Peter, weil wenn es einmal groß ist, dann ist es schon ein Onkel und braucht keiner mehr zu werden!"

Alles logo – oder?

9.   Ist Hausfrau eigentlich ein Beruf?

Zusammen mit den Nachbarskindern und meinem Bruder saßen wir einst bei lang anhaltendem Regenwetter im Haus. Es gab zu unserer Zeit noch keine Handys, Gameboys oder Playstations. Also beschäftigten wir uns mit herkömmlichen Dingen wie dem Stadt-Land-Fluss-Spiel. Es gab auch noch keinen Dr. Google oder Wikipedia. Wir waren in diesem Fall die Suchmaschinen. Zu einem Buchstaben des Alphabets eine Stadt, ein Land, einen Fluss, einen Namen, ein Tier und einen Beruf auf ein Blatt Papier zu schreiben. Das regte echt noch zum Nachdenken an. Heute würden Kinder in diesem Alter mit ihrem Smartphone dasitzen und das Spiel in einer umgeänderten Art und Weise spielen. Wer kann am schnellsten googeln? Jedenfalls suchten wir nach den gesuchten Begriffen zum Buchstaben H. Ist doch ein leichter Buchstabe, aber die Punktezahl pro Mitspieler erhöhte sich nur, wenn nicht alle dieselben Begriffe aufs Papier kritzelten. In allen Spalten stand schon ein Begriff, aber bei Beruf einfach nur Handwerker hinzuschreiben, schien mir zu einfach. Der gehört schon genauer definiert. Ich wollte einen originellen Beruf zu Papier bringen. Etwas, was keinem Spielteilnehmer in den Sinn gekommen wäre! Zu diesem Zeitpunkt hatte ich keine Ahnung, welchen Weg ich mit diesem Gedanken einschlug. Um nicht mit null Punkten aus dieser Spielrunde hervorzugehen, fragte ich eine neutrale Person, die nicht direkt am Spieltisch saß.

„Mama – ist Hausfrau eigentlich ein Beruf?"

Meine zierliche Mutter mutierte in diesem Moment zur Löwin, und was sie darauf antwortete, brannte sich in mein Gehirn ein. Natürlich in jene Hälfte, die man später nicht im Kreißsaal liegen lässt. Sie wollte gerade den Raum verlassen, ehe ich ihr jene unachtsame Frage stellte. Alles geschah zunächst in Zeitlupe. Sie blieb stehen, holte tief Luft, ließ langsam die Türklinke wieder aus, drehte sich zu uns um und sah uns alle einzeln tief an. Keiner von uns schrieb auf sein Papier. Keiner von uns schien mehr zu atmen. Alle warteten auf das, was noch passieren würde. Ich erkannte noch ein Blitzen in ihren Augen, ehe sie uns einen eindrucksvollen Vortrag hielt.

„Bevor ihr aufsteht, heize ich im Winter den Ofen ein, damit ihr es bis zum Frühstück schön warm in der Küche habt. Ich putze, ich bügle, ich koche, ich halte den Gemüsegarten in Ordnung, ich stopfe eure Kleidung, helfe euch bei den Hausaufgaben und nachts, wenn ihr wieder schlafen geht, mache ich die Küche sauber und finde dabei meine Tasse Kaffee, die ich am Nachmittag gerne getrunken hätte. Ich trinke ihn trotzdem, weil ich danach für euch noch Pullover oder Socken stricke. Die Tennisstunde mit meiner Freundin musste ich absagen, weil ich beruflich eine Hausfrau bin!"

„Aber der Papa fährt doch jeden Tag mit dem Auto zu seinem Beruf und du nicht weil …"

„… weil ich zu Hause arbeite. Richtig", unterbrach mich meine Mutter belehrend fürs Leben.

Ich schrieb mir den Begriff Hausfrau in die dafür vorgesehene Spalte. Ob das die männlichen Spielteilnehmer auch machten, kann ich nicht mehr sagen. Zu dieser Erkenntnis sollte ich erst viel, viel später kommen. Wie kann man denn einen Beruf haben, wenn man immer zu Hause ist? Jedenfalls war Mama immer präsent, und das schürte Vertrauen, auch wenn sie uns in diesem Moment gehörig einheizte. Beim Spielen verging die Zeit wie im Flug.

Es war Abend geworden und unser Vater kam von seinem Beruf nach Hause. Wir freuten uns jedes Mal mit Begeisterung, wenn er kam, und begrüßten ihn stürmisch. So einen Empfang bekam unsere Mutter nicht so oft, denn sie war ja immer für uns da. Sie hatte immer Zeit. Wie wertvoll für uns Kinder!

„Schatz, ich bin so froh, dass morgen Wochenende ist. Ich hatte heute so einen anstrengenden Tag. Was gibt es eigentlich zum Abendessen?"

Oh – wenn Blicke töten könnten, dann hätte es meinen Vater in diesem Moment gerade schlimm getroffen. Schlimm dabei war, dass der arme Kerl nicht einmal wissen konnte, wofür er sein Leben hergeben sollte.

Scheinbar hat er nie Stadt-Land-Fluss gespielt oder den Beruf der Hausfrau je genauer betrachtet. Scheinbar war für ihn die Welt in Ordnung, dass er der Brötchenverdiener war und seine Frau Zeit für die gemeinsamen Kinder hatte. Zu Hause bekommt man eben keine Anerkennung. Die bekommt man nur einmal im Jahr. Am Muttertag. Es ist verständlich, sich dann wie eine Laborratte zu fühlen. Da wird die kleine weiße Maus ein Jahr lang durch das Hamsterrad gescheucht, bekommt nur Krümel zu fressen, die die anderen Artgenossen übrig lassen und der Schlaf wird ihr entzogen. Dann auf einmal darf sie für exakt einen Tag aus ihrem Käfig raus an die frische Luft, bekommt den feinsten, frischen Käse serviert, und sie soll einen Tag lang nicht in ihr Hamsterrad. Das kann doch kein Lebewesen auf die Reihe bekommen! Da wird man dreihundertvierundsechzig Tage im Jahr so kurz gehalten, dass man die Situation schon fast wieder als Nestwärme empfindet und bekommt zur Belohnung einen Tropfen auf den heißen Stein! Wie würde ein Kind reagieren, wenn ich ihm nie etwas Süßes zu essen gäbe bis auf ein einziges Mal. Ich halte dem Kind ein großes Stück Schokolade hin und sage: „Wir essen die das Jahr über, aber du darfst nur heute davon abhaben!"

Das Kind würde protestieren und in einem Trotzanfall nach mehr verlangen und am nächsten Tag tobend und schreiend wieder von der Schokolade essen wollen. Die logische Gegenfrage wäre dann: „Da gebe ich dir einmal so etwas Gutes und du reagierst so undankbar!"

Man kann es drehen und wenden wie man will. Die Tätigkeiten einer Hausfrau sind so unbeachtet, dass sie offiziell nicht als Beruf anerkannt werden. Denn wer zu Hause sein kann, der hat ja genügend Zeit für alle häuslichen Pflichten. Wer zu Hause ist, hat frei! Es ist also die logische Schlussfolgerung, dass man lieber arbeiten geht und sein eigenes Geld dabei verdient, als von Außenstehenden vorgerechnet zu bekommen, wie viel Zeit man doch zu Hause hat, und dass das Hausfrauenleben mit einem dauerhaften Urlaub zu vergleichen ist.

Wie toll sind aber zumeist Männer, die sich selbstständig machen, sich in den eigenen vier Wänden ihr eigenes Büro einrichten und von zu Hause aus arbeiten als Computerfachmann, technischer Zeichner, Fotograf oder ihr eigenes Gasthaus führen? Die gelten dann als tüchtig! Frauen machen sich als Nageldesignerin, Masseurin oder als Frisörin ebenfalls selbstständig. Das sind Berufssparten, die die Welt nicht wirklich braucht, sagt Mann. Wenn ein Mann sich zum Frisör ausbilden lässt, dann fragen sich alle: „Ist der schwul oder was?" Ich habe echt nichts gegen gleichgeschlechtliche Beziehungen, aber sind Frauen Lesben, wenn sie sich zur Maurerin ausbilden lassen? Nein. Frauen, die Männerberufe ergreifen, gelten als Emanzen. Männer wollen keine Emanze zur Frau, also können die nicht normal sein. Nur wenn eine Frau auch einem typischen Frauenberuf nachgeht, ist sie eine Frau. Eine weibliche Person mit geringem Einkommen. Da will man uns sehen. Sobald aber Männer in Väterkarenz gehen, werden sie hochgelobt. Was muss das für ein toller Mann sein, der den Haushalt samt Kindern und Wäschebergen schafft!

Warum hat sich einer der ältesten Berufe noch immer nicht bis an die Spitze der Bestverdiener katapultieren können? Immerhin würde er in der Jobbörse immer wieder angeboten werden, denn in dieser Berufssparte ist man unkündbar, weil es immer etwas zu tun gibt. Der Beruf der Hausfrau wird von den meisten Männern tunlichst gemieden, weil sie zu großen Respekt davor haben, ständig ohne eine einzige Pause arbeiten zu müssen!

Nun ist es Emma, die mir eine ähnliche Frage stellt: „Mama, ist Hausfrau sein eigentlich eine schwere Arbeit?".

Ich komme ins Grübeln. Soll ich ihr die Wahrheit sagen und ihr ihr bevorstehendes Dasein schon vorzeitig vermiesen, oder soll ich, wie einst meine Mutter reagieren, und die Tatsachen kaschieren? Rezepte sammeln und ausprobieren, die dann doch nicht so gelingen wie in den Frauenzeitschriften beschrieben. Den Waschdurchgang spätabends noch abwarten, während man die Spielsachen der Kinder noch wegräumt. Sich beim Kochen bemühen und beim Zwiebelschneiden zu Tränen gerührt sein, wenn man sich voreilig auf die freudigen Gesichter der Familie einstellt und diese dann noch nur über das Essen murren. Sich zufrieden über frisch bezogene Betten und geputzte Fenster zeigen, während dem Rest der Familie gar nichts auffällt und alle verwundert sind, wenn man total erledigt ins Bett fällt. Persönliche Termine stornieren wegen einer ansteckenden Kinderkrankheit. Vom ständigen Gedanken besessen zu sein, endlich ein kleines bisschen Freizeit zu haben und diese täglich weiterverschiebt, weil die Bedürfnisse einer Hausfrau nicht so wichtig sein können wie die der Familienmitglieder.

Ich antworte schließlich: „Na ja – die Arbeiten sind nicht alle schwer, aber man braucht viel Übung darin, und man muss sie machen. Auch dann, wenn man nicht immer Lust dazu hat und sich lieber vor den Fernseher legen würde. Die Arbeiten einer Hausfrau hören nicht auf, und man muss am nächsten Tag gleich weitermachen. Aber wir machen es trotzdem, weil wir unsere Familien lieben!"

„Dann will ich keine Hausfrau werden", antwortet Emma salopp.

„Du wirst darum nicht herumkommen. Das kannst du dir nicht aussuchen", erkläre ich ihr erfahrungsgemäß.
„Dann organisiere ich mir eben eine Putzfrau", erklärt sie mir kurz und prägnant und fuhr fort: „Ich mache ihnen täglich Pommes frites, und ich spiele mit ihnen jeden Tag, wann immer sie wollen!"
„Na dann sehen wir uns in einigen Jahren wieder, sobald du deinen eigenen Haushalt hast!", dachte ich mir im Stillen und war von ihrer Sehnsucht betrübt. Sie trug den Wunsch in sich, dass ihr ein fein geputztes Haus weniger wichtig erschien als eine Mama, die Zeit zum Spielen mit ihr hatte!

10. Berufsbegleitend

Gegen Ende meiner Babypause, damit meine ich die Ich-kümmere-mich-selbst-um-mein-Baby-Zeit, kreisten meine Gedanken immer mehr um den beruflichen Wiedereinstieg. Schlaflose Nächte war ich bereits gewöhnt. Eine ganze Woche lang gar nicht mehr zu schlafen, nur weil ich wieder in meine wahre Arbeit gehen musste, war ungewöhnlich. Ich hatte die Möglichkeit, mich fast fünf Jahre um meine Kinder zu kümmern. Ich wusste, dass es die wertvollsten Jahre im Leben einer Mutter waren, wenn man so viel Zeit wie möglich bei seinen Kindern zu Hause verbringen durfte. Denn wenn irgendwann meine Töchter mit einem vielleicht noch gemeinsam ausgesuchten Ballkleid für den Schülerball von ihrem Kinderzimmer über die Stiegen herunter ins Erdgeschoss schreiten, dann denkt man als Mutter bei diesem schönen Anblick innerlich an die gemeinsamen Baby- und Kleinkinderzeiten zurück. Mit Tränen in den Augen lassen wir sie gehen. Lassen sie einen schönen Abend haben, während wir zu Hause heimlich in ihren Fotoalben blättern und zu der Einsicht kommen, dass sie viel zu schnell groß geworden sind.

Fünf Jahre Kindererziehung entsprechen gefühlten zehn Jahren Berufsleben! Niemand kann in dieser Zeit so viele Erfahrungswerte erzielen wie eine Mutter, die bestrebt ist, das Beste für ihr Kind zu machen! Wer steht schon vor Arbeitsbeginn drei- bis viermal in der Nacht auf, um lebenserhaltende Maßnahmen für Kleinkinder zu decken? Wer beginnt freiwillig um vier Uhr dreißig morgens zu putzen, weil tagsüber keine Zeit mehr dafür ist, weil man sich mit seinen Kindern aktiv beschäftigen möchte? Und wer rennt nicht gleich zum Arzt, um zusätzliche Freistunden vom sogenannten richtigen Arbeitsleben zu bekommen, nur weil man sich ein Kleinteil von Playmobil in den Fußballen eingetreten hat, unter grippalen Infekten oder einem Migräneanfall leidet, der sich sogar auf den Magen schlägt.

Ich konnte für meine Kinder da sein, wann immer sie mich brauchten, auch wenn es nicht leicht war, aber gerade diese Momente schweißten uns zusammen.

Gleichzeitig verspürte ich auch jenes Gefühl, nach jahrelangem Windelwechseln, mich geistig mehr entfalten zu wollen. Eine Weiterbildung würde ich ebenfalls sehr begrüßen. Ich konnte zu dem Zeitpunkt noch nicht wissen, dass ich den Weg einer berufsbegleitendenden Ausbildung schon längst eingeschlagen hatte und dass dieses Bedürfnis doch nur aufkam, weil mich viele zu fragen begannen: „Ja und wann gehst du eigentlich wieder zur Arbeit?"

Und: „Pass auf, dass du nicht verdummst, wenn du zu lange daheim bleibst!"

Und: „Die wahren Meister der sinnvollen Zeiteinteilung sind die, die auch arbeiten gehen. Hausfrauen verplempern ihre Zeit ja nur und werden deshalb nie mit ihren Tätigkeiten fertig!"

Meine Kinder schliefen inzwischen durch, und nun war ich diejenige, die nachts keine Ruhe fand. Ich steuerte ja auf ein Neuland zu und wollte eine Punktlandung hinlegen. Ich hatte ja keine Ahnung, wie ahnungslos ich in meinen Beruf, nebenher als Mutter, zurückkehrte.

Bevor ich eine eigene Familie hatte, musste ich mich nur um mich selbst kümmern. Jetzt waren noch zwei Kinder anzuziehen, Betten zu machen, Frühstück und Brotzeit für vier Personen zu richten. Pünktlich alle Kinder ins Auto zu kriegen ergaben auf einer Schwierigkeitsstufe von eins bis zehn satte fünfzehn! Denn nebenbei musste ich noch kindliche Proteste durchstehen. Niemals hätte ich damit gerechnet, dass ein zweijähriges Kind sich morgens um sechs nicht anziehen lässt, weil die Farbe der Unterhose nicht zum jeweiligen Tag passte!

Des Weiteren ist es ja auch ein schweres mütterliches Vergehen, den Lieblingspullover in die Wäsche zu schmeißen, den man genau jetzt in diesem Moment anziehen will! In ein empörtes kleines Kindergesicht zu blicken, gehört nicht zum perfekten Start in einen neuen Tag, den man sich gewünscht hätte.

All die guten Ratschläge aus sämtlichen Erziehungsratgebern und für mich beruflichen Erfahrungen schlugen fehl. Mit Beschwichtigungen erreichte ich gleich nach dem Aufstehen, wo ein kindlicher Wille mit Energie geladen war, gar nichts. Eine Erklärung von Konsequenzen machten Emma und Lilly so richtig neugierig, ob denn die Mama ihr Ding auch durchziehen würde, wenn ihre Zeit am Morgen äußerst knapp bemessen war. Ich wäre dann womöglich die erste Mutter gewesen, die ihr Kind mit dem Schlafanzug in den Kindergarten hätte gehen lassen. Ich hätte kein schlechtes Gewissen dabei gehabt! Womöglich würden dann alle über mich zu reden beginnen, wie über eine Bügelfalte im Hemd meines Mannes. Munter sprang die Kleine in ihrem Lieblingskleidchen doch noch zur Kindergartentür hinein. Dort fiel ihr dann auf, dass sie mit mir an diesem Morgen noch gar nicht gekuschelt hatte und dass sie das in der Garderobe vor dem Gruppenraum nachholen wollte. Währenddessen schleifte eine andere Mutter ihr Kind zur Tür herein, das noch seinen Schlafanzug anhatte, während sie in einem feinen Hosenanzug gekleidet war. Ich wäre doch nicht die Einzige gewesen, die den Trotzanfall des eigenen Kindes so zur Schau gestellt hätte. Womöglich hätten sich alle Kinder binnen kürzester Zeit einen Spaß daraus gemacht und wollten genauso wie der coole Kevin in den Kindergarten gehen. Die Kindergärtnerin nutzte die Zeit, um mich an den Bastelnachmittag an diesem Tag zu erinnern. Lassen wir uns genau an diesem Punkt doch mal ausführlich über Zeiteinteilung sprechen!

Mit einem Knödel aus Groll im Magen sollte ich von nun an in Windeseile in die Arbeit fahren. Ich fühlte mich wie nach einem Fünf-Gänge-Menü, dabei hatte ich ganz auf mein Frühstück vergessen! Der Wiedereinstieg war nicht so richtig durchschaubar für mich. Es gab Kolleginnen, die freuten sich, dass ich wieder da war und es gab Kolleginnen, die sahen mich nahezu betroffen an. Die schienen etwas zu wissen, was ich noch nicht wusste!

„Hast du denn heute schon gefrühstückt?", fragte mich eine der beiden mit besorgtem, nahezu mütterlichem Blick.

„Nein, aber heute ist auch mein erster Arbeitstag nach der Karenz. Da ist alles etwas anders, als es vorher war", versuchte ich, mich zu rechtfertigen. Ein Grinsen machte sich auf deren Gesichtern breit.

„Dann kommst du morgen auch nicht zum Frühstücken! Willkommen im Klub der berufstätigen Mütter!", meinte die andere, als hätte sie die Weisheit mit dem Löffel gegessen.

Diese Situation zu Tagesanbruch hielt ich für eine holprige Anfangsphase, die sich schon einpendeln würde. Der Groll-Knödel erwies sich auf Dauer gesehen als chronisch morgendliche Magenschmerzen. Die Kinder liebten den Kindergarten bald mehr als mich, die Mutter, die bisher immer Zeit für alles gehabt hatte und die jetzt begann, alle in der Früh herum zu scheuchen. Trotzdem war ich zufrieden mit mir, denn jetzt wurde ich sinnvoll gebraucht. Ich bekam mein eigenes Gehalt und vor allem wieder mehr Anerkennung.

„Schön, dass du wieder arbeiten gehst. Wir sind stolz auf dich!", konnte ich mir aus verschiedenen Richtungen anhören. Warum hat in den vergangenen fünf Jahren nie jemand so etwas gesagt wie: „Schön, dass du dir für deine Kinder Zeit nimmst."

Die Zeit des Zur-Arbeit-Gehens dauert doch länger als die Zeit, die man für seine Kinder hat! Aber Muttersein hört nie auf, egal ob mit oder ohne erlerntem Beruf. Als Mutter lernt man nie aus. Kaum hat sich eine Situation endlich eingependelt, kommt wieder alles anders!

English For Business konnte ich eines Tages auf der Pinnwand für uns Mitarbeiter lesen.

Weiterbildung in fünf Modulen. Dieser Kurs wird erstmals berufsbegleitend angeboten! Teilnehmerzahl: 15 Personen. Wir bitten um rasche Anmeldung!

Das war genau das Richtige für mich! Ich konnte in die Arbeit gehen, mich nebenher weiterbilden und ….

Error – Fehler im System, zeigte mein Gehirn an. Wir schafften es gerade so, dass alle täglich rechtzeitig in die Arbeit und in Betreuungseinrichtungen kamen. Nach der ersten frühmorgendlichen Hektik arbeitete ich mit voller Konzentration. Danach sollte ich direkt in die Bildungsinstitution zur Weiterbildung nebenher flitzen und erst am Abend nach Hause kommen und einmal pro Monat auch noch am Wochenende! Nebenher sollte ich telefonisch auch noch die Betreuung meiner Kinder managen!

Moment – ich hätte dann gar keine Zeit mehr für meine Familie. Meine Familie und der Haushalt danach waren doch schon berufsbegleitend! Je öfter ich den Zettel mit der berufsbegleitenden Weiterbildung durchlas, desto mehr kam ich zu der Erkenntnis, dass dies nicht ein Bildungsweg, sondern der schnellste Weg in ein Burnout sein sollte!

„Man kann nicht alles haben", hatte meine Großmutter immer zu mir gesagt. Eigentlich hatte ich alles. Einen Mann, für den ich mich einst entschlossen hatte, mein Leben mit ihm zu verbringen. Zwei Kinder, die unserer beider Bereicherung waren, ein eigenes Heim, das wir uns selbst gemütlich eingerichtet haben und Berufe, in denen wir uns wohlfühlten.

Zunächst fand ich es schade und diskriminierend, dass man sich als Mutter nur unter vielen Entbehrungen und Abstrichen weiterbilden konnte. Nun war ich dankbar dafür, dass dieser Zettel hier hing. Ich ärgerte mich zwar manchmal über den vielen Stress, aber nun wusste ich, warum ich das alles auf mich nahm.

Ich entschloss mich, berufsbegleitend Mutter und vor allem auch Ehefrau zu sein. Eine Ausbildung mit unbegrenzten Modulen und ohne Abschlussprüfung, dafür jede Menge Zwischenprüfungen, die einen immer unvorbereitet treffen!

11.   Ohne dich

Ich weiß gar nicht recht, wie ich beginnen soll.
Mein Kopf ist mit Gedanken so übervoll.
Meine ganzen Gefühle überschlagen sich,
denn vieles weiß ich erst durch dich.
Treu bist du mir an allen Tagen.
Dank dir muss ich mich im Haushalt nicht mehr so sehr plagen.
Du stehst mir zur Seite, mit dir geht was weiter,
wann ich will, bist du mein ergebener Begleiter.

Du murrst mich nicht an,
du pfeifst dann und wann,
wenn ich dich mit zu vielen Dingen auf einmal konfrontier'.
Dann gebe ich dir wieder mehr Luft zum Atmen,
denn wir haben so vieles gemeinsam,
ohne einander sind wir doch einsam.

Ziellos irre ich manchmal umher,
und finde oft Kleinigkeiten nicht mehr.
Du stößt mich mit der Nase drauf,
ich schwöre, ich passe das nächste Mal besser drauf auf!

Denn hast du mal was gefunden,
dann ist alle Wichtigkeit plötzlich verschwunden.

Ohne dich würde es mir dreckig gehen.
Ohne dich könnte ich die Welt gar nicht mehr sehen.
Ohne dich hätte ich täglich noch viel mehr Sorgen.
Aus Frust würde ich putzen, bis in den Morgen.

Es käme dann auch schon mal vor,
ich sähe dann zur Decke empor,
ich würde dann reden anstatt mit dir,
oh Gott, wie ich mich jetzt schon dafür genier,
aber ich würde tatsächlich beginnen,
eine Konversation mit all den Spinnen.

Käme eines Tages unerwarteter Besuch in mein Haus,
es wäre für mich der blanke Graus.
Schämen könnte ich mich ohne Ende,
meine Leben bekäme eine glatte Wende.
Jeder würde es mir deutlich ansehen,
und keiner könnte mich je verstehen!
Sie alle würden auf einmal über mich reden:
„Die ist gescheitert mit ihrem Leben!"

Ohne dich würde es mir dreckig gehen.
Ohne dich könnte ich die Welt gar nicht mehr sehen.
Ohne dich hätte ich täglich noch viel mehr Sorgen.
Aus Frust würde ich putzen, bis in den Morgen.

Jede Ecke würde mich an dich erinnern,
meine Augen beginnen dann zu flimmern.
Ich bekäme Schnupfen und schrecklichen Husten,
alle Taschentücher würde ich täglich vollprusten.
Krankheiten hätte ich, die hatte vor mir noch niemand.
Die Ärzte wären ratlos, anhand fehlender Probanden mit ähnlichen Diagnosen,
traurig sind zukünftige Prognosen.

Was soll ich bloß tun?
Ich kann doch nicht ruh'n!
Du fehlst mir so sehr,
ich kann einfach nicht mehr.

So vieles bliebe ohne dich einfach liegen!
Auf der Fensterbank, ein Dutzend toter Fliegen.
Die vielen Brösel unter meinem Tisch,
die stinken irgendwie nach uraltem Fisch.
Diesen Anblick kann ich nicht mehr länger ertragen,
ich leide an chronischem Unbehagen!
Ich hab so ein starkes Verlangen nach dir,
und eines, das schwöre ich mir,
mache ich so schnell nie mehr,
und leihe meinen geliebten Staubsauger her!

12. Das geht doch nebenher

Können sie diese Bilder auch nicht mehr ansehen? Da sieht man in diversen Frauenzeitschriften eine Frau im schicken Hosenanzug, äußerst gutaussehend. In der einen Hand trägt sie ihr Kleinkind in Windeln auf ihrer Hüfte, in der anderen hält sie ihre Aktentasche samt Laptop. Ihr Gesicht ist stilvoll geschminkt, sie strahlt glücklich und kein bisschen übermüdet, ihre Figur ist in Topform. Daneben steht in großen roten Buchstaben geschrieben *Karriere mit Kind*. Und wenn wir Frauen nicht so wie sie alles unter einen Hut bekommen, dann machen wir wohl eine Sache falsch. Schlechtes Gewissen baut sich wiederum auf, wenn ich mich ausschließlich um meine Kinder kümmere. Kindererziehung ist eben keine Karriereleiter!

Für wen oder was soll mit so einer Ablichtung Werbung gemacht werden? Sollen wir Frauen vorgezeigt bekommen, dass wir unsere Kinder schon als Babys in Betreuungseinrichtungen stecken sollen, damit wir dem wahren Arbeitsleben nachgehen können? Karriere mit Kind ist doch ein Kinderspiel! So ein Foto kann doch nur eine optische Täuschung sein!

Das Kind dieser Mutter weint wahrscheinlich nie, wenn sie es am Morgen als erstes in der Kita abgibt. Dieses Kind fragt auch tagsüber nicht nach der Mama – auch dann nicht, wenn es als letztes wieder abgeholt wird, weil seine Mutter einer ganztägigen Karriere nachgeht. Wenn so eine Frau um fünf oder sechs Uhr abends ihr glückliches Kind abholt, dann hat sie bereits alle Lebensmittel eingekauft, und das Essen steht wahrscheinlich auch schon fertig gekocht auf dem Herd. Bügelwäsche liegt in ihrer Designerwohnung auch keine herum, weil so etwas nebenher erledigt wurde. Ihr Kind wird nie krank. Kindergarten- und Schulaufführungen, Freizeitaktivitäten der Kinder und Kindergeburtstage lassen sich spielend mit ihren eigenen Terminen vereinbaren. Abgesehen davon hätte sie noch ausreichend Zeit für eigene Hobbys. Die Pilatesstunden und die regelmäßigen Joggingeinheiten runden denn perfekten Tag ab, um sich in ihrer Rolle als Karrierefrau so richtig wohl zu fühlen.

So liebe Mütter! Ihr seht doch, wie einfach es ist, alles auf die Reihe zu bekommen! Ihr könntet ein Leben führen wie Barbie und Ken. Was gibt es da noch zu jammern? Ihr braucht euch dabei nicht einmal sonderlich anzustrengen. Das geht alles nebenher!

Wem ist wohl diese Darstellung über die Lage der Nation eingefallen? Gar nichts geht nebenher! Ja, wir Frauen sind multitaskingfähig. Wir können Hausaufgaben kontrollieren und nebenbei Radio hören. Wir können mit der Freundin telefonieren und nebenbei auf unsere spielenden Kinder im Garten aufpassen.

Wir können eine Zeitschrift durchblättern und uns nebenbei mit anderen unterhalten, auch wenn das unhöflich erscheint. Dennoch haben wir auch nur zwei Hände und zwei Beine! Wir können nicht kochen und nebenher das Geburtstagsgeschenk für den Freund des Kindes organisieren. Wir können uns nicht um die Bügelwäsche kümmern und gleichzeitig den Gemüsegarten jäten. Wir können nicht die Böden wischen und daneben das Auto waschen. Wir können nicht in die Arbeit gehen und uns so ganz nebenher gleich gut um die Familie und den Haushalt kümmern.

Niemand kann von uns erwarten, dass Tätigkeiten, die häuslicher Natur sind, keine ernst zu nehmenden Arbeiten sind. Ja! Es gibt Putz- und Bügelfrauen, die einer berufstätigen Mutter hilfreich sein können. Das sind aber ebenfalls arbeitende Frauen mit einem Recht auf Familie. Die Entscheidung, ein Kind zu bekommen, liegt bei jedem selbst, und dann hat man sich gefälligst nicht zu beschweren, wenn Beruf und Kinder nicht Hand in Hand gehen können!

Müsste es uns nicht zu denken geben, dass man die Altenpfleger von morgen liebevoll behandeln soll, damit es auch uns im Alter endlich gut geht und wir in unserem Ruhestand auch wirklich zur Ruhe kommen?

13. Endlich Wochenende

„Samstag, oho. Samstag stimmt mich immer froh. Samstag, wie fein. Samstag könnte die ganze Woche über sein!", so ähnlich klang es früher aus einer meiner Kindersendungen.
Komischerweise ist mir dieser Song bis heute im Ohr geblieben. Da steht man von Montag bis Freitag zwischen fünf und fünf Uhr dreißig auf, richtet in Windeseile Frühstück, weckt die Familie auf, bügelt eventuell noch ein Lieblingshemd, hängt die Wäsche auf, die über Nacht gewaschen wurde, hilft den Kindern beim Anziehen, richtet die Vormittagsbrote, während man im Stehen schnell ein paar Schlucke Kaffee trinkt, damit man sich noch schneller bewegen kann und bestreitet den restlichen Tag mit einem merkwürdigen Druck im Magen.
„Schatz, vielleicht solltest du in der Früh einfach den Kaffee weglassen, dann hören deine Magenschmerzen auch auf, und du hast mehr Zeit für die wirklich wichtigeren Dinge am Morgen!" Was bringt einen Mann dazu, solche Behauptungen aufzustellen? Macht ein Mann morgens seine Augen überhaupt auf, oder gehen seine nächtlichen Träume über in Tagträume?

„Meine quälenden Magenschmerzen kommen nicht von der einen Tasse Kaffee in der Früh, sondern von dem Stress, der zu unchristlichen Zeiten schon beginnt", stelle ich eindeutig klar.
„Das redest du dir doch nur ein. Es klappt zu Hause immer alles gut. Es ist stets sauber, wir haben in regelmäßigen Abständen was zu essen, und den Rest erledige dann ich", meint er mit einem männlichen Selbstbewusstsein.
Sollte diese Aussage jetzt ein Lob sein, oder hatte er tatsächlich keinerlei Ahnung, dass ich für diesen Zustand im Haus auch so einiges tun muss? Für ihn bleibt immer alles, wie es ist, während bei mir schon das Weiße aus den Augen verschwindet! Die Grundbedürfnisse einer Mutter reduzieren sich plötzlich auf ein Minimum. Nämlich auf wieder einmal eine Nacht durchschlafen zu dürfen!
„Schatz, du solltest am Abend nicht immer so lange aufbleiben. Kannst du nicht am Tag nebenher deine Hausarbeit erledigen?"
Kein Ofen konnte so heiß angeheizt werden als so eine Diskussion. Außerdem klaffen unsere Meinungen bei diesem Thema sowieso weit auseinander. Ich hätte gerne etwas Anerkennung für meine Dienste, und für ihn sind häusliche Tätigkeiten keine *ernst* zu nehmenden Arbeiten. Darüber haben wir schon zu oft gesprochen, und außerdem steht das Wochenende vor der Tür.

Da läutet am Morgen schon mal kein Wecker, da sitzen alle vereint um den Frühstückstisch zu einer christlicheren Uhrzeit als an den Werktagen, und wir haben einfach Zeit. Oh, ich vergesse immer wieder, dass man Äpfel nicht mit Pflaumen vergleichen darf! Ich sollte meine Erlebnisse, die ich noch als Single hatte, nicht mit denen einer Mutter vergleichen. Um spätestens sechs Uhr morgens kommen die Kinder angekrochen. Sie wollen so viel wie möglich von einem Tag haben, an dem ihre Eltern nicht in die Arbeit rasen müssen. Die beiden schrieben da so ein unsichtbares Familiengesetz. Es handelt sich schon wieder um eine unsichtbare Sache, die sich nicht erklären lässt. Draußen regnet es in Strömen. Ein typisches Wochenendwetter eben. An und für sich ist so ein Wetter ja auch angenehm. Man lümmelt zu Hause gemütlich herum, liest mal wieder ein Buch oder jenes zu Ende, das am Nachtkästchen schon verstaubt oder spielt Brettspiele. Aber das für die nächsten zwölf Stunden? Wenn mein Mann und ich nicht erschöpft in eine neue Arbeitswoche gehen wollen, dann müssen wir eine Umgebung schaffen, die die Kinder von alleine unterhielt, damit wir uns auch einmal entspannen können. Wir sind inzwischen lange genug berufstätige Eltern, um zu erkennen, dass man am Wochenende nicht all das Versäumte der vergangenen Woche nachholen kann. Einen Zug, den man verpasst hat, kann man auch nicht mehr einholen. Man muss auf den nächsten warten.

„Schatz, steh auf! Du musst die Badetasche packen, wenn wir mit den Kindern ins Schwimmbad wollen. Ich mache in der Zwischenzeit das Frühstück."

Eines muss ich ihm lassen. Das Frühstück am Wochenende richtet er sehr geschmackvoll. Daraus zeichnet sich seine Liebe aus, die er für seine Familie empfindet. Rasch und vor allem laut werde ich aus meinen romantischen Gedanken gerissen.

„Hurra – wir fahr'n ins Schwimmbad. Wir fahr'n ins Schwimmbad!", freuten sich die beiden und hüpfen im Takt zu ihrem Wochenendsong in unseren Betten herum.

Meine Gedanken beamen sich ein paar Jahre zurück, als ich Emma das erste Mal Karottenbrei fütterte und sie mit vollem Mund auf einmal niesen musste. Es war ein kleiner Löffel für ein Baby, aber ein großer für mich, den Tisch, die Lampe darüber und den Vorhang dahinter! Danach lachte sie über das ganze Gesicht, und ich war die überglücklichste Mutter auf der ganzen Welt.

Genauso fühle ich mich jetzt wieder. Ich gehöre zum Kreis der Frühaufsteher noch nicht ganz dazu aber das Glücksgefühl, welches die Kinder um diese Uhrzeit in mir auslösen, ersetzen die Tasse Kaffee. Also widme ich mich sinnvolleren Dingen.

Ich versuche mir selbst einzureden, dass ich keine anstrengende Arbeitswoche hinter mir hatte, sondern dass nur frühes Aufstehen schlapp macht! Mit halb geöffneten, noch angeschwollenen Augen taste ich mich die Kellerstiege hinunter, um die Badetasche zu holen. Diese Tasche ist genauso fertig gepackt wie einst der Notfallkoffer fürs Krankenhaus, falls sich der Arzt im Geburtstermin meiner Kinder doch verrechnet hätte. Die Hektik ist die gleiche. Die Freude, dass es endlich losgeht, und trotzdem darf man wichtige Dinge nicht vergessen!

„Schatz, hast du denn keine Butter eingekauft?", ruft er mir bis in den Keller nach. Eine Konversation über mindestens eine Etage will ich nicht führen. Außerdem fällt mir ein, dass er es nicht ertragen kann, wenn ich meine Stimme über ein bestimmtes Maß an Dezibel erhebe.

„Du kannst doch nicht so durchs Haus schreien, Schatz. Das hören doch auch die Nachbarn", ermahnte er mich oft genug, wenn ein gewisser Unruhezustand zwischen den Kindern nicht mehr anders zu bewältigen war. Die gutmütige ruhige Mutter, die ab und an ihre Stimme erhebt, kann manchmal eindrucksvolle Wirkung zeigen.

Ich kann die Nachbarn aber auch wissen lassen, dass er wieder einmal den Wald vor lauter Bäumen nicht sieht.

„Die Butter ist wie immer rechts oben in der Kühlschranktüre eingeräumt!", rief ich hinauf. Mein Mann ist Techniker und Realist und verfügt über ein ausgezeichnet logisches Verständnis, aber die Butter im Kühlschrank fand er noch nie. Das ist genauso, als ob ein Kind im Alter von vier Jahren schon Wurzelrechnungen lösen kann, aber noch immer Windeln trägt! Was macht ein Mann also, wenn seine geistige Qualifikation zum täglichen Überleben nichts beitragen kann? Logisch – verzweifelt nach der Frau rufen! Was sind wir doch für kluge Wesen.
Da ist sie wieder. Die *Von-Montag-bis-Freitag-Hektik-in-der-Früh*. Frühstück richten, Essen einpacken, Betten ausschütteln, die Küche abschließend wieder sauber machen. Die Brösel der Kinder bleiben wie gewohnt von Montag bis Freitag unter dem Tisch liegen, denn wir wollten doch unter den ersten im Schwimmbad sein.
„Schatz!", tönt es aus dem Auto vor dem Haus.
„Was machst du denn so lange? Warum bist du immer die Letzte, wenn wir wohin fahren wollen?", fragt er mich verständnislos.
Gott sei Dank gibt es im Hallenbad genügend Liegestühle. Die Zeitung, die eingerollt vor der Haustüre liegt, nehme ich noch im Vorbeigehen mit. Meine Jacke ziehe ich schon gar nicht mehr an, sondern trage sie unter meinem Arm samt Badetasche und Kühlbox im Dauerlauf zum Auto. Wenigstens komme

ich einmal in der Woche dazu, schnell mal die Schlagzeilen zu lesen, wenn ich im Schwimmbad im Liegestuhl liegen werde. Ich könnte sie aber auch eingerollt lassen, nur so zur Notwehr, wenn er noch einmal *Schatz, wo bleibst du?* ruft. Ich stopfe sie schnell in eine der Taschen und steige ein, während er schon losfährt. Wir sind da. Einen guten Parkplatz in Schwimmbadnähe haben wir auch gefunden. Der Papa nimmt die Kinder an den Händen und geht mit ihnen Richtung Schwimmbad. Ich trage die beiden Taschen und komme damit kaum durchs Drehkreuz. „Schatz, wo bleibst du? Die Kinder ziehen sich in der Kabine schon um und brauchen ihre Badeanzüge!", ruft er mir zu. Mist! Die eingerollte Zeitung habe ich ganz unten in eine der Badetaschen gestopft.

„Ich habe ja auch alles alleine zu schleppen!", ist mein Wink mit dem Zaunpfahl.

„Inzwischen habe ich aber schon den Eintritt für alle gezahlt!", erwidert er und empfindet dies als gerechte Aufteilung.

Für den nächsten Weltfrauentag hätte ich an dieser Stelle eine Idee! Alle Männer sollten an diesem Tag eine Frau sein, mit allem, was dazu gehört! Das wäre echt spaßig! Man stelle sich bloß den lustigen Morgen vor, wenn sie aufstünden und sich als erstes bei ihrer Manneskraft kratzen wollten und dann wäre an dieser Stelle nichts mehr! Oder sie würden sich am Hintern kratzen und stellen eindeutig starke Cellulitis fest! Sie bräuchten länger für ihre Frisur und zum Rasieren. Zwei Achselhöhlen und zwei Beine dauern länger als ein Gesicht. Im Spiegel müssten sie sich nicht nur schnell von vorne betrachten – nein! Sie würden zum ersten Mal ihr Seitenprofil sehen und merken, wie schwer es ist, eine gute Figur dabei zu machen! Wie lange würde ein Mann brauchen, um zum ersten Mal Schminke aufzutragen? Abgesehen davon müssten sie den ganzen Tag lang viele Dinge *nebenher* erledigen, neben Kindern und Partner. Sie müssten Zeit managen, und zwar die von allen Familienmitgliedern, außer der von sich selbst!

Das Sofa würde an diesem Tag keine Körperwärme annehmen, weil die Hausarbeit bis am Abend noch immer nicht fertig wäre. Was würde es den ganzen Tag lang, immerhin fünfmal, zu Essen geben? Frühstück, Essen am Vormittag, Mittagessen, Snack am Nachmittag und Abendessen sollten abwechslungsreich und genießbar sein! Nicht zu vergessen wären die kleinen Aufräumarbeiten nebenher. Wie würden die Männer am Abend reagieren, wenn es ein Familienmitglied gäbe, das mit dem Essen nie zufrieden und sich über die Hausarbeit aufregen würde, wo ihnen doch endlich Ruhe zustünde? Was wäre, wenn ein Mann abends vor lauter Erschöpfung mit dem einzigen Wunsch ins Bett fallen würde, endlich schlafen zu dürfen und die Partnerschaft auf unbestimmte Zeit zu verschieben?

Nach so einem Weltfrauentag, an dem die Männer eine Frau sein müssten, der eine oder andere gerade an diesem Tag sogar ein Kind gebären müsste oder keine Gehaltserhöhung bekäme, nur weil er eine Frau wäre, dann würde es global gesehen nach vierundzwanzig Stunden nur mehr halb so viele männliche Wesen weltweit geben als am Tag zuvor! Bestenfalls!

Die Kinder und mein Mann haben sich die Liegestühle gleich neben dem Erlebnisbecken ausgesucht. Dort gibt es Wasserspiele mit dem Hinweisschild obenauf *Kinder nicht unbeaufsichtigt lassen!*
„Ich muss ja die Zeitung noch nicht jetzt sofort lesen", denke ich mir im Stillen.
„Ich dreh mal für eine Weile meine Runden im Sportbecken", meint mein Mann und war schon verschwunden. Wieder einmal in Lichtgeschwindigkeit.
„Mama, ich will rutschen gehen!", rufen die Kinder hinter meinem Rücken. Das Rutschen ist nur mit erwachsenen Begleitpersonen erlaubt. Ich markiere gutgemeint vier Liegestühle mit unseren Handtüchern und schreite mit den Kindern die Treppen empor zur Wasserrutsche. Den Kindern bedeutet es sehr viel, dass ich mit ihnen die lange Rutsche nütze. Danach macht sich großer Hunger breit und sie verlangen nach ihrer Jause. Der Duft von Pommes frites ist natürlich betörender als der meiner belegten Brote, die

schon vor zwei Stunden gerichtet wurden. Tische sind ja noch genügend frei.

„Schatz, du kannst jetzt schwimmen gehen, das Wasser ist herrlich. Ich gehe mit den Kindern etwas essen", meint mein Mann glücklich.

„Was ist mit der Jause, die ich gerichtet habe?", frage ich zurück.

„Die essen wir sowieso am Abend, dann brauchen wir kein Abendbrot mehr zu richten", ist seine Erklärung.

WIR richten Abendbrot. Der war gut. Schwamm drüber. Jedenfalls kann ich jetzt ein paar Runden alleine schwimmen gehen. Um mein Essen brauche ich mich nicht zu sorgen, denn es bleiben immer noch genug Reste der Kinder übrig. Ein paar Runden nicht Mama sein. Ich schwimme im Becken und beobachte Mütter, wie sie gerade dabei sind, ihre Kinder zu bespielen, abzutrocknen, und wie sie sie am Ende der großen Rutsche erwarten, weil die Väter einen Geschwindigkeitsrekord aufstellen wollen. Wie sie ihnen im Restaurant das Essen aufschneiden, während ihre Göttergatten in den Riesenfernseher glotzen, in dem gerade ein wichtiges Fußballspiel läuft. Willkommen im Klub meine Damen! Das hier ist die bildliche Darstellung eines erholsamen Wochenendes für Mütter.

Ich komme mir vor wie ein großer Walfisch, der ins Wasser eintaucht, um einige Meter danach wieder aufzutauchen, um deutlich hörbar auszuatmen –

pffffffffffffffffff. Für einen Moment ist mir echt egal, was um mich geschieht. Eintauchen, auftauchen – und alles was ich eine Woche lang nicht ausgesprochen habe, deutlich auszuatmen.

Plötzlich stehen am Beckenrand zwei empörte Gesichter. Sie brauchen dringend Verstärkung, denn der Papa hat die Hälfte ihrer Pommes stibitzt und Ketchup war auch zu wenig am Teller und – pffffffffffffffffff mache ich.

Der Papa wird in einem unachtsamen Moment ins Wasser gestoßen und eine anschließende Rutschrally lässt jeglichen Ärger untergehen wie einen Stein.

Tja, lieber *Ernst*, das war ein netter Versuch, aber am Wochenende lasse ich mir keine Steine auf glitschige Fliesen legen!

Die Arme sind schwer vom Schwimmen, der Rücken schmerzt von der Rutschbahn, und die Augen brennen vom gechlorten Wasser. Es ist Zeit, nach Hause zu fahren.

Die Kinder schlafen schon im Auto ein, ehe wir den Parkplatz verlassen. Wir sind alle zufrieden, gemeinsam gelacht zu haben. Es war ein schöner Tag und alle Anstrengungen sind verflogen. Zu Hause angekommen, stecke ich die nassen Badesachen gleich in die Waschmaschine. Die noch eingerollte Zeitung ist feucht geworden und keines Blickes mehr würdig. Auf negative Schlagzeilen am Abend bin ich nicht mehr neugierig. Sie als Waffe in Notwehr zu benutzen ist auch nicht mehr relevant, denn mein Mann schenkt uns in der Küche Rotwein ein. Tja, mein Lieber, da hast du ja gerade noch mal die Kurve gekriegt!

14. Tischgespräche

Nach dem vergangenen Schwimmtag und der morgendlichen Hektik, wollen wir den Sonntag in Ruhe zu Hause genießen. Das Wetter ist besser geworden und die Kinder schlafen länger als erwartet. Mein Tagessieger im Wasserrutschen, der auch sonntags für gewöhnlich gerne früh aufsteht, hat dezente Schwierigkeiten, aus dem Bett zu kommen. Er leidet unter massivem Muskelkater in Armen und Rücken. Diesen aber zuzugeben, gehört zu den absoluten No-Gos! Es fällt ihm keine passende Ausrede dafür ein, dass er sich schlechter als sein eigener Großvater fortbewegen kann. Er muss selbst darüber lachen. Humor ist eben der beste Dünger im Garten des Lebens!
Unserem Garten wollen wir uns an diesem sonnigen Tag widmen. Der Salat soll eingesetzt werden, und wir wollen Radieschen sähen. Die Dekorationen für diverse Beete gehören angebracht, und auch die Himbeerhecke muss dringend aufgebunden werden.
Klingt nach Arbeit? Nein! Andere machen jedes Wochenende einen Ausflug, wir verbringen gerne Zeit in unserem Garten. Lieber habe ich Gartenerde unter den Fingernägeln als angeschwollene Füße von zu langen Autofahrten!

Einen gemütlichen Sonntag erkennt man in unserer Familie auch daran, dass es Frühstückseier gibt und einen saftigen Hefezopf mit Rosinen darin. Während wir unseren frisch gepressten Orangensaft trinken, führen wir bei Tisch auch wieder Gespräche, für die eine ganze Woche lang kaum bis gar nicht Zeit war.

„Schatz, ich muss für ein zweitägiges Seminar morgen weg. Ich komme erst übermorgen Abend wieder!", lässt er mich kauend wissen und beißt gedankenversunken von seinem Weißbrot mit Honig darauf ab.

„Toll – davon weiß ich ja gar nichts!", gebe ich erstaunt zurück und frage mich innerlich, wie man denn so teilnahmslos an einem Sonntagmorgen essen kann.

„War ja auch nie Zeit zum Reden. Jetzt weißt du's ja!", meint er knapp und greift auch noch nach der Zeitung.

„Aber du solltest doch Emma vom Ballettunterricht abholen, weil ich morgen länger in der Arbeit bin wegen einer Krankenvertretung!", lasse ich mein Unverständnis durchsickern.

„Von deiner Vertretung weiß ich gar nichts!", höre ich eine Stimme hinter der Zeitung sprechen.

„War ja auch nie Zeit zum Reden. Jetzt weißt du's ja!", spiele ich den Ball wieder an ihn zurück.

„Du wirst dir das schon irgendwie einteilen. Ich bin auf jeden Fall morgen nicht da", gibt er zur Antwort. Somit ist der Ball der Konversation einfach von ihm in der Mitte des verbalen Spielfeldes abgelegt worden. Spielverderber!

„Mama, was ist ein Seminar?", fragt Lilly.

„Das ist eine Art Schule für Erwachsene. Da treffen sich viele Erwachsene an einem Ort, um etwas Neues zu lernen", gebe ich für ihr Alter entsprechend zur Antwort.

„Hat denn der Papa in der Schule nicht genug aufgepasst?", will Emma mit erstaunten Augen wissen.

„Anscheinend nicht", entgegne ich grinsend. Somit gebe ich dem Ball wieder einen kleinen Stups.

Raschelnd legt mein männliches Gegenüber die Zeitung auf den Tisch.

„Schatz, du musst den Kindern immer von Anfang an alles richtig erklären!", belehrt er mich erst mal. Ungläubig blickt er mich an, ehe er zu einem super Vortrag ausholt.

„Kinder – nur die Besten in der Firma dürfen zu diesem Seminar fahren. Universitätsprofessoren der bekanntesten Unis halten dort hochwissenschaftliche Vorträge über die neuesten Erkenntnisse von Forschungen, die bis jetzt noch geheim gehalten wurden. Mit diesem Wissen kann ich mich beruflich weiter etablieren", erklärt er schwärmend.

Bei Tisch sitzen nun zwei völlig verwirrte Kinder mit offen stehenden Mündern.

„Ich muss Lulu!", ist Lillys Antwort nach einer Schweigeminute, die für mich ewig dauert.

„Also Mamas Erklärung hat mir besser gefallen", gibt die Große zu.
Toll, dass meine Gedanken oftmals von meinen Kindern ausgesprochen werden. Ich sitze auf der Trainerbank, während die anderen das Ballspiel durchführen.
„Die Mama erklärt das so, weil sie es auch nicht besser weiß", will er sich rechtfertigen.
So – für diesen Spielzug gibt es die rote Karte! Wer im verbalen Strafraum so einen Pass schießt, muss mit Konsequenzen rechnen.
„Bin ich dir nicht intelligent genug?", zische ich ihm entgegen.
„Nein, es ist nur …"
„Nur was?", unterbreche ich ihn.
„Hört auf zu streiten!", ruft Emma.
„Wir streiten nicht, wir diskutieren!", geben wir einstimmig zur Antwort.
„Mamaaaa – ich bin feeertig!", ruft Lilly von der Toilette.
Ihr zu Hilfe zu eilen erscheint mir intelligenter, als mit einem Mann über sogenannte fachliche Themen zu diskutieren. Schweigend setze ich mich wieder an den Frühstückstisch. Als die Kleine ihr Hühnerei fertig gegessen hat, beginnt sie von ihrer Erzieherin Anja aus dem Kindergarten zu erzählen.
„Mama, die Anja hat gesagt, dass Hühner nur Eier mit Küken drin legen können, wenn der Hahn sie vorher befruchtet", erzählt sie mir.

„Was heißt denn befruchtet?", will ich erstaunt von meiner fünfjährigen Tochter wissen.

„Der Hahn springt auf die Henne drauf und schlägt dabei mit seinen Flügeln. Danach kann sie erst Eier legen, aus denen Babyhühner schlüpfen sollen", erklärt sie mir die normalste Sache der Welt.

„Mama – hat der Papa dich auch befruchtet?", will sie auf einmal wissen.

„Pfffffffffff!", macht der Papa, als er gerade von seinem frisch gepressten Orangensaft trinkt.

„Hey, der Papa darf das bei Tisch und wir nicht!", protestiert Emma und zeigt mit dem Finger auf ihn.

„Und?", fordert mich Lilly zu einer Antwort heraus und macht dabei erwartungsvolle Augen, während ich mir überlege, wer diesen Schlamassel auf dem Tisch wieder wegwischt.

„Bei den Menschen ist das so ähnlich. Wenn ein Mann und eine Frau sich wirklich lieb haben, dann können sie Kinder miteinander bekommen", erkläre ich ihr und hoffe, auf keinerlei Details eingehen zu müssen.

„Aber ihr streitet doch manchmal", bemerkt Emma altklug.

„Wir streiten nicht, wir diskutieren ab und zu", geben wir zur Antwort wie aus einem Mund.

Manchmal sind eben die Eier gescheiter als die Hühner.

„Der Papa kann dir das bestimmt besser erklären, nachdem er ja der Klügere ist", sage ich überspitzt zur Kleinen.

Ein plötzlicher Hustenanfall verwehrt ihm jedoch jegliche Einwände.

„Ich bin satt. Können wir jetzt spielen gehen?", fragt mich Emma höflich.

„Ja natürlich – was spielt ihr denn?", frage ich zurück.

„Doktor!", antworten beide.

Mein Mann reißt plötzlich die Augenbrauen hoch und steht auf, um ihnen kontrollierend nachzulaufen. Ich zerre ihn möglichst unauffällig auf seinen Stuhl zurück.

„Warum wissen die beiden so etwas schon?", fragt er mich argwöhnisch, als ich ihn sanft mit meinen Händen auf seiner Brust zurück auf seinen Stuhl drücke.

„Sie sind eben genau so gescheit wie ihre Mutter", gebe ich stolz zur Antwort und setze mich zufrieden hin.

15. Beim Bügeln siehst du so zufrieden aus

Ich komme von der Arbeit nach Hause, öffne den Briefkasten und entnehme wieder einmal ein Bündel Rechnungen. Gott sei Dank sind die immer an meinen Mann adressiert. Das Briefgeheimnis soll ja auch unter Ehepartnern eingehalten werden. Nur eine Rechnung erkenne ich schon am Absender und muss mich schon vor dem Öffnen ärgern. Die Fernsehrechnung. Wie ich diese länglichen Briefe hasse! Da zahlt man Monat für Monat Fernsehgebühren, und was bekommt man zu sehen? Nichts als Wiederholungen der Wiederholungen. Mir bleiben zwei Möglichkeiten. Entweder zeitig ins Bett zu gehen oder mich meinem Wäscheberg zu widmen bei einem Film, den ich schon mitsprechen und auf dazu gehörende Bilder verzichten kann. Der Wäscheberg ruft und der olympische Bügelgedanke zählt. Dabeistehen ist alles! Gewisse Wäschestücke scheinen sich schon in der Waschmaschine aufzulösen, aber nur nicht hartnäckige Flecken.

Da stehe ich dann abends, wenn die Kinder endlich schlafen, die Küche vom Abendbrot wieder sauber geputzt und im Haus endlich Ruhe eingekehrt ist, hinter meinem Bügelbrett. Andere surfen abends im

Internet. Wieder andere surfen über Wasserwellen in der Karibik. Ich surfe mit meinem Bügeleisen über Wäschewellen.

„Sag mal, kannst du nicht tagsüber die Bügelwäsche nebenher erledigen? Dein Bügelbrett quietscht, und der Dampf vom Bügeleisen ist so laut. Ich versteh nicht einmal, was die im Fernsehen sagen!", tönt es jedes Mal vom Sofa. Schade. Das Codewort Schatz hat gefehlt!

Stattdessen ist meine Antwort der rote Knopf auf dem Bügeleisen: *Zisch*! Tja, lieber Dieter Bohlen, ich bin auch im Besitz eines Gefällt-mir-nicht-Buttons! Es scheint, als würde ich manchmal beim Bügeln wirklich meine Sünden abbüßen. Vielleicht kommen die Zeugen Jehovas deshalb nicht mehr zu mir, weil sie am Nachmittag beim Vorbeigehen die viele Wäsche im Garten hängen sehen und sich denken: „Bei der ist der Teufel los! So viel Wäsche wie die hat!"

Am liebsten bügle ich T-Shirts und Jeanshosen. Die sind am schnellsten glattzukriegen. Die Kleider der Kinder sind ja noch nicht so groß, und da sie die auch mit großer Freude tragen, bügle ich sie ihnen auch gerne. Hemden sind die Spitze des Eisberges. Trotz heißen Dampfbügeleisens schmelzen die aber nicht weg. Leider werden diese Wäschestücke auch immer bei wichtigen Besprechungen getragen, bei denen Falten höchstens in den Gesichtern der Gesprächsteilnehmer aber nicht auf einem Hemd zu sehen sein dürfen! Des Mannes Ehre wäre ganz schön angekratzt, würde er ein Hemd tragen, auf dem deutlich eine Bügelfalte zu erkennen wäre, nur weil die Hausfrau übermüdet hinter dem Bügelbrett stand!

„Was hat der sich für eine Frau gesucht, die nicht mal seine Hemden bügeln kann? Wenn die auch noch so kocht, wie sie bügelt, dann ist der Kerl echt arm dran!", würden die Kollegen munkeln, während er sich bei seiner Präsentation sehr bemüht, alle von seinem Fachgebiet zu überzeugen. Er wäre womöglich der Verlierer des Tages. Ein Mann, der sich in der Damenwahl schon dermaßen vergriffen hat, der kann im Berufsleben auch keine relevanten Entscheidungen treffen! Sein beruflicher Abstieg wäre wahrscheinlich vorprogrammiert, verursacht von den Bügelfalten seiner Frau!

Allerdings halte ich nichts von Aussagen wie: „Ich bügle ein Hemd in sieben Minuten!" Wer kommt auf den Gedanken, bei so einer Tätigkeit die Zeit zu stoppen? Vier Hemden, vier Blusen, eine Menge Hosen und der ganze Kleinkram der Kinder ergibt dennoch eineinhalb Stunden Stehen am Bügelbrett. Eine Spielfilmlänge also.

Als ich zum ersten Mal mit einem Jungen ins Kino ging, meinte meine Freundin Annika schnippisch: „Seht euch einen Film an, den ihr schon kennt!" Diese Weisheit gilt auch für Bügelabende. Aber bei diesem Fernsehprogramm bekommt man auch keinerlei

Stress, etwas zu versäumen. Als ich mit meinem Mann den ersten Bügelabend verbrachte, hat dieser doch ernsthaft versucht, einen alten Winnetou-Film zu sehen! *Zisch, zisch, zisch!* So langweilig kann diese Arbeit gar nicht sein, dass ich mir eineinhalb Stunden anhöre, wie zwei Blutsbrüder durch die Prärie reiten und hinter Banditen her sind. Wie diese Filme ausgehen, weiß man schon zu Beginn und alle Folgen sind in ihren Handlungen gleich!

„Schatz, können wir nicht auf etwas anderes umschalten? Die beiden galoppieren ja nur die ganze Zeit herum", war meine ehrliche Meinung über einen Film, bei dem man keinerlei IQ braucht.

„Schatzilein!", sagt er immer dann, wenn er der festen Überzeugung ist, dass ich etwas Falsches gesagt habe und er selbst nicht versteht, was ich eigentlich meine.

„Das ist ein Kultfilm. Da kommen Indianer drin vor. Das sind Winnetou und Old Shatterhand! Die habe ich als Kind schon gerne gesehen!"

Zisch, zisch, zisch, zisch!, gebe ich mit meinem heißen Gerät meine Antwort. In einer Partnerschaft muss man auch ab und zu Kompromisse eingehen. Im Laufe der Jahre habe ich mir eine Art Vorrecht eingeholt, was das Fernsehprogramm anging. Derjenige, der bügelt, darf für die Dauer dieser Arbeit den Film auswählen und hat Anspruch auf die Fernbedienung. Ich glaube, ich habe dabei einen Identitätsverlust bei meinem Mann ausgelöst. Da stehe ich dann nun und sehe zweimal die Woche die Folge einer Serie, die zwar meistens keine tragende Handlung hat, aber wenigstens erheiternd ist oder mit einer passenden Schlusspointe endet. Bügelnd schmunzle ich dann vor mich hin und bin froh, den Wäscheberg der ganzen Woche bezwungen zu haben. Es fühlt sich beinahe wirklich so an, als wäre ich am Mount Everest angelangt. Der Aufstieg ist beschwerlich und man muss sich zeitweise aufraffen, weiterzumachen. Bei dem heißen Dampf wäre ein Sauerstoffgerät oft wirklich sinnvoll. Steht man endlich oben auf der Bergspitze, dann ist alle Anstrengung vergessen und man genießt die Aussicht.

Meine Aussicht ist die, dass ich in der folgenden Woche wieder vor einem Wäscheberg stehen werde und mich aufraffen muss, ihn zu bezwingen, wenn doch das Sofa nach einem Arbeitstag viel gemütlicher aussieht. Zufrieden räume ich die zusammengelegten Wäschestapel weg, als mein Mann die beste Aussage vom Stapel fallen lässt: „Schatz, beim Bügeln siehst du so zufrieden aus."

„Meine Füße sind so heiß wie das Bügeleisen selbst, meine Beine sind angeschwollen und vom Stehen habe ich Rückenschmerzen. Was von diesen Begleiterscheinungen soll mich zufrieden machen? Scha-tzilein!", kontere ich zurück.

16. Kinderverletzungen

Ein gellender Aufschrei fährt mir jäh bis in die Knochen! Das ist Lilly! Schnell stehe ich von der hölzernen Parkbank auf und eile ihr zu Hilfe. Da liegt sie unter dem bunt lackierten Klettergerüst und kann nicht mehr aufstehen. Ihr kleines Ärmchen ist unter ihrem Körper begraben! Schnell hebe ich sie auf und suche hektisch nach einer Verletzung. Keine Schürfwunde. Kein Blut. Einfach nur heftige Schmerzen und ein lautes Gebrüll! Das bedeutet nichts Gutes! Mein mütterlicher Instinkt sagt mir, dass da mehr passiert sein muss als nur ein paar harmloser blauer Flecken. Als ich sie aufhebe, kommt mir abermals ein gellender Schrei entgegen und sie will ihre linke Hand gar nicht mehr bewegen und überhaupt tut ihr jede Bewegung weh!

Na toll! Das habe ich nun davon, wenn man seinem Kind einmal den Spielplatz erlaubt, wo mir persönlich Bäume doch viel sympathischer sind! Mir bleibt nichts anderes übrig, als mit der Kleinen ins Krankenhaus zu fahren. Ich fühle mich überhaupt nicht wohl. Wie bereitet man sein Kind auf einen Moment vor, von dem man selbst hofft, dass er nie passieren würde? Ich fahre mit Lilly an einen Ort, von dem sie keinerlei Ahnung hat und von dem man als Erwachsener ent-

weder schlechte Erfahrungen gemacht hat oder sich selbst nicht im Klaren darüber ist, was diese Ärzte jetzt wohl mit seinem Kind machen werden.
Beruhigend rede ich auf sie ein. Das hilft mir ebenfalls. Im Krankenhaus ist alles anders, als ich es noch in Erinnerung hatte. Die Gänge sind viel bunter gestaltet, und der junge Turnusarzt am Samstagnachmittag kümmert sich so freundlich und ruhig um mein Kind, dass sie kaum mehr beschreiben kann, welche Hand denn verletzt war. Die Kleine ist mit ihren Blicken nicht auf mich, sondern völlig auf ihn fixiert. Sie lacht sogar wieder, trotz verweinter Augen! Beide sind leicht unsicher, aber durch ihren Blickkontakt geben sie sich gegenseitig Sicherheit. Ich bin froh, dass sie keine Schmerzen mehr bewusst verspürt!
Während ihr die gebrochene Elle nach der Röntgenaufnahme wieder eingerichtet wird, fragt mich eine Krankenschwester ganz aufgeregt nach der korrekten Schreibweise des Familiennamens. Ist denn die rasche Genesung meines Kindes jetzt nicht wichtiger als diese banalen Formalitäten? Der Gips ist drauf und meine Tochter bekommt eine Tapferkeitsurkunde feierlich überreicht. Der Vor- und Zuname ist richtig geschrieben! Nun bin ich diejenige, die Tränen in den Augen hat. In meiner Tochter kommt mächtiger Stolz hoch und das Wichtigste: Es hat fast gar nicht wehgetan! Der Gipsverband wird von meinem Kind gar nicht als negativ empfunden, ganz im Gegenteil! Wie eine Tro-

phäe hält sie ihren Unterarm hoch und blickt unentwegt auf den Smiley, den der nette Doktor ihr draufgemalt hat.

Ich bin zwar nicht glücklich darüber, dass sich meine Tochter so schlimm verletzt hatte, aber ich bin sehr stolz auf sie. Die überraschten Gesichter zu Hause verwandelt meine Kleine sofort in lachende, denn sie ist stolz darüber, dass nur von ihr auserwählte Personen auf ihren Gips etwas Nettes darauf malen dürfen!

Nach zwei Wochen ist ihr verletzter Arm so bunt verziert, dass sie sich gar nicht richtig davon trennen will. Immerhin hat ihr Freund Flo einen lila Dinosaurier direkt an der Stelle des Handgelenks hingemalt! An mir nagt noch der selbstzerstörerische Gedanke, dass ich sie niemals auf dieses Spielgerät hätte klettern lassen sollen. Lilly kann sich an den Sturz selbst kaum mehr erinnern. Viel angenehmer erscheint ihr die Zeit, in der sich alle besonders rührend um sie kümmern, weil sie diesen Gips trägt!

Meiner Meinung nach sollte das Krankenhaus nicht *Krankenhaus* sondern *Gesundenhaus* heißen. Immerhin geht man in ein übergroßes Gebäude, um gesund zu werden! Meiner Meinung nach sollte es viel mehr solcher Ärzte geben, die sich in einen Patienten noch hineinversetzen können.

Meiner Meinung nach sollten die Arbeitszeiten des medizinischen Personals so gestaltet werden, dass jeder seinen Job gerne und gut macht. Denn wir

Mütter können echte Löwinnen werden, wenn es unseren Kindern nicht gut geht! Seit dieser Begebenheit will meine Tochter Ärztin werden. Na, das soll sie mal schön Tante Irma erzählen!

17. Männerverletzungen

Kennen Sie die amerikanische Fernsehserie *Tool Time – Hör mal, wer da hämmert* mit Tim Allen? Das Drehbuch für diese Serie muss eine Frau geschrieben haben, der die ganzen handwerklichen Pannen der Männer aufgefallen sind. Kein Mann würde je zugeben, dass ihm handwerkliche Missgeschicke passieren würden. Vielleicht wird genau aus diesem Grund den Jungs schon in der Schule im Werkunterricht beigebracht, wie man einen Nistkasten für Vögel baut. Welche Vögel in dieses Kästchen einziehen, bleibt jedem seiner eigenen Vorstellungskraft überlassen. Mädchen lernen unterdessen Hauswirtschaftslehre. Wie eingefahren!
Legen wir die Karten einmal offen auf den Tisch. Wäre nicht genau an dieser Stelle einmal ein Rollentausch angebracht? Klar. Werkzeug ist nichts für Mädchen und die Zahn-Fee gibt es wirklich! Warum finden wir Frauen dann sämtliche Küchenutensilien in der Werkstatt wieder? Ich entsinne mich unter anderem meiner spitzen Handarbeitsschere, die genau einem fehlenden Werkzeug meines Mannes entsprach. Er wollte sie auch nur kurz verwenden. Inzwischen haben die Kinder eine weitere Bastelschere!

Ja, wir Frauen überlegen länger, planen ein und richten uns, wie beim Kuchenbacken, alle Materialien der Reihenfolge nach auf, die wir für unser Vorhaben brauchen. Wir bitten im Baumarkt auch um Rat. Offen gesagt sind wir feinmotorisch besser veranlagt und brauchen also nicht so viel Muskelkraft. Wir wären genauso imstande, einen Nistkasten zu bauen wie ein Mann – sogar noch besser, aber wir überlassen es den Männern. Dann wird es für uns lustiger!

Ich hörte die Kreissäge, mit der er die Bretter auf die gewünschte Größe zuschnitt. Dann den Bandschleifer, mit dem er die Bretter glatt schleifen wollte. Ich betone vorab w o l l t e. Ich unterbrach meinen Mann in seinem Element nur ungern, aber wenn er beschäftigt war, dann musste ich die Kinder aus seiner Umgebung fernhalten und die Zeit für das gemeinsame Essen gut einplanen. Schon beim Öffnen der Werkstatttüre flog ein kleineres Brett in Bauchhöhe waagrecht an mir vorüber.

„Schatz – willst du den Brettern auch das Fliegen beibringen, damit die Vögel in den Nistkasten leichter einziehen werden?", fragte ich überrascht. Er hatte vergessen, das Brett an der Werkbank einzuspannen. Als der Bandschleifer sich zu drehen begann, war das Brett auch nicht mehr da, wo er es hingelegt hatte.

„Witzig – du hast mich jetzt irritiert. Ich bin in einer Stunde fertig", gab er mir hektisch zur Antwort, ohne dabei aufzuschauen.

Das war doch klar wie Kloßbrühe. An Missgeschicken bin in erster Linie immer ich schuld. Ich ließ die männliche Ehre in der Werkstatt zurück und ging in meine Küche, als plötzlich ein verzweifeltes „Schaaaatz" aus der Werkstatt erklang. Danach hörte ich nichts mehr. Sehr verdächtig! Kein Maschinengeräusch mehr, kein Hämmern und keine männliche Stimme mehr. Da musste doch etwas Ernsthaftes passiert sein! Langsam und mit Bedacht schlich ich die Kellerstiege wieder hinunter, als ob sich da unten plötzlich ein Ungeheuer befand. Zaghaft öffnete ich die Werkstatttüre. Darin stand mein Mann und wimmerte nur mehr leise vor sich hin. Oh Gott! Dieser Anblick war tatsächlich erbärmlich! Ein Mann, der sich selbst in eine miese Lage gebracht hatte! Er hielt das Gerät in Händen, in dem sich seine schlabbrige Freizeithose verfangen und eingeklemmt hatte. Der Bandschleifer hing an seiner Hose, und er konnte sich selbst nicht mehr aus dieser gekrümmten Körperhaltung bringen. Wie oft wollte ich diese unattraktive Hose schon in den Müll werfen! Unfähig vor Lachen konnte ich ihm nicht gleich zu Hilfe zu eilen. Das war ein zu schöner Anblick, den ich doch etwas genießen musste. Er hätte doch beinahe seine Männlichkeit glattgeschliffen!

Der Geruch des Bratens im Backofen erinnerte mich an meinen Küchendienst. Beim Mittagessen wollte er nicht angesprochen werden. Als er sein Besteck in die Hand nahm, wusste ich auch schon weshalb.

„Na, da hast du dir ja ordentlich auf den Finger gehämmert!", stellte ich fest, als ich den notdürftig mit blauem Isolierband abgeklebten Finger sah.

„Wie oft hast du dir dieses Mal draufgehauen?", wollte ich wissen. Ein Schmunzeln konnte ich nicht mehr verbergen.

„Geimal", antwortete er mit vollem Mund.

„Wie oft?", bohrte ich nach.

„Dreimal!", gab er genervt zur Antwort und schnitt hektisch auf meinem Braten herum, der dieses Mal wirklich butterweich war. Eintopf wäre heute womöglich das bessere Invalidenessen gewesen. Ich war froh, dass ich mich nicht für Blutwurst entschieden hatte.

Klar macht man keine Witze unterhalb der Gürtellinie aber hey – er hat angefangen!

Wenigstens brachte er seinen Nistkasten noch fertig, denn bei seinen Pannen in der Werkstatt hätten sich alle Vögel im Garten einen Ast kaputtgelacht. Ein Vogelliebhaber nimmt sämtliche Schmerzen in Kauf für seine gefiederten Freunde. Im Garten entschied er sich für den alten Apfelbaum, auf dem sein Werkstück baumeln sollte. Na ja – es sollte schon gut befestigt werden, aber es baumelte anfangs wirklich! Ich schwöre, ich habe ihn nicht angesprochen oder in seiner Umgebung auch nur das kleinste Geräusch verursacht, das ihn hätte irritieren können. Ich sah rein

zufällig aus dem Küchenfenster, während ich das Geschirr aus der Spülmaschine räumte. Bei so vielen kapitalen Pannen tat er mir echt schon leid. Das hölzerne Liebesnest für Vögel stellte er provisorisch auf einen der Äste, um noch die für Vögel geeignete Himmelsrichtung zu finden, als plötzlich der Nachbarshund eine Katze laut kläffend durch die Nachbarschaft jagte! Diese Katze suchte sich ausgerechnet seinen Apfelbaum als Zufluchtsort aus. Gerade als er die Stehleiter korrekt aufstellen wollte, flog der Nistkasten auf seinen Schwitzkasten! Oh, das reimt sich ja und was sich reimt, ist gut. Fluchend wie ein zorniger Pumuckl kam er in meine Küche. Da stand ich, beide Hände fest auf meinen Mund gepresst, um mein Lachen zu verbergen.
„Du hast leicht lachen. Du stehst ja nur da, während ich das Vogelhäuschen aufhänge. Du hättest mir ja helfen können!", prasselte es auf mich nieder.
Eine kleine Beule, die mit einem satten Kratzer von zwei Zentimetern verziert war, konnte ich erkennen.
„Weißt du eigentlich, was das für Schmerzen sind?", fragte er eine zweifache Mutter.
„Ich hab da jetzt eine Narbe auf der Stirn, und so soll ich morgen zu einer wichtigen Besprechung gehen?", kam mir eine große Entrüstung entgegen.
Vielleicht würde eine Bügelfalte in seinem Hemd die anderen von seiner Verletzung ablenken? Kein Vorteil ohne Nachteil, würde ich da mal sagen.

18. Hilfe, Mama ist krank!

An einem Montagmorgen aufzuwachen mit dem Wissen, dass man aufstehen muss, um in die Arbeit zu gehen und sich vorher noch um die Kinder zu kümmern, ist nach einem tollen Wochenende eine gewaltige Umstellung.

An einem Montagmorgen mit Halsschmerzen, verstopfter Nase und einem brummenden Kopf aufzuwachen, bedeutet nichts Gutes. Wir sind als arbeitende Mütter ohnehin schon einer Mehrfachbelastung ausgesetzt. Dann auch noch krank zu werden, lässt den Teufelskreis erst so richtig schließen. Montagmorgens in der Firma anzurufen, um zu verkünden, dass wir nicht zur Arbeit erscheinen können, weil man sich krank fühlt, kommt nicht gut an, weil niemand einen anstrengenden Montag haben möchte!

Als Hausfrau braucht man zwar keinen Chef anzurufen, aber den Vormittag können wir auch nicht im Bett verbringen, um uns zu regenerieren, obwohl wir eigentlich zu Hause sind. Dennoch ist unser Zuhause unser Arbeitsplatz! Ich richte mir anstatt einer Tasse Kaffee ein Glas mit einer sprudelnden Vitamin-C-Tablette darin zum Frühstück.

Nach zwanzig Minuten sind die Schmerzen weg, die Familie merkt nichts, und zum Arbeiten gehen fühle ich mich wieder gut genug. Aber unsere Kinder merken haargenau, wenn es uns Müttern nicht gut geht und beginnen dann erst recht, zu quengeln, und der Tag wird so richtig superanstrengend!

In der Arbeit angekommen, verlautbart der Chef, dass ein Mitarbeiter übers Wochenende krank geworden ist und bis Ende der Woche ausfällt. Weil wir ja teamfähig sind und wir Mütter die Definition für Flexibilität sind, gehen wir nach der Arbeit gleich die Familienpackung Grippetabletten einkaufen, damit wir bis Freitag noch irgendwie durchhalten! Allein der Gedanke durchzuhalten, lässt in mir ungeahnte Kräfte entwickeln!

Des Weiteren kommt auch noch der dumme Gedanke auf, dass wir Frauen mit einem grippalen Infekt nebenher fertig werden! Diese Nebenher-Sache verfolgt uns doch immer wieder! Jedenfalls bleibe ich nach den Erledigungen in der Apotheke noch beim nächsten Supermarkt stehen, um alle Zutaten für eine deftige Hühner-Gesundheits-Suppe einzukaufen. Mich überkommen Zweifel, ob ein in Plastik eingepacktes Suppenhuhn noch gesund sein soll. Sogar das dazu gehörende Gemüse ist schon fein aufgeschnitten und ebenfalls in Plastik abgepackt. Ich nehme die Packung trotzdem. Dann bräuchte ich wenigstens kein Antibiotikum mehr zu nehmen, wenn ich dieses Hühnchen esse! In der bedeutend kürzeren Warteschlange der ersten Kasse schnäuzt sich gerade jemand jämmerlich. Ich bevorzuge Kasse Nummer zwei und reihe mich brav in der längeren Reihe ein. Jenen Mann mit einem Schal umwickelten Hals übersehe ich komplett, als ich meine Waren auf das Förderband auflege. Gliederschmerzen machen sich bei mir bemerkbar, als dieser Mann hinter mir plötzlich niesen muss. Ich will gesund werden und andere Familienmitglieder nicht anstecken, damit ich nicht auch noch meinen Pflegeurlaub in Anspruch nehmen muss, und dieser Kerl verschleudert seine Viren großzügig weiter!

Am Ende stelle ich mich nach meinem beruflichen Alltag auch noch an den Herd, anstatt mich ins Bett zu legen. Eine zweite Brausetablette darf ich laut Beipackzettel auf alle Fälle nehmen! Ich denke dabei an die Zeit, in der ich noch Vollzeithausfrau war. Ich stelle mir vor, während ich mit dem orangenen Kochlöffel die Suppe mit dem Hühnerfleisch, den Karotten, Sellerie und Suppengrün darin gemächlich umrühre, dass ich mich womöglich als Vollzeithausfrau genau in diesem Moment besser fühlen würde, weil ich ja am Vormittag zu Hause gewesen wäre. Ich verschmähe diesen Gedanken, denn ich hätte in dieser Zeit endlich die Fenster geputzt und die Vorhänge gewaschen und all die Wäschestücke geflickt und genäht, die Löcher bekommen haben. Schüttelfrost setzt auf einmal ein und der brennende Gedanke, nicht krank zu werden, macht mich allmählich zornig.

Als mein Mann von der Arbeit abends nach Hause kommt, sieht er fast genauso aus wie jener Mann aus dem Supermarkt, nur ohne Schal. Er freut sich zwar riesig über die bereits dampfende Hühnersuppe, aber er verlautbart, dass er am nächsten Tag krankheitshalber arbeitsunfähig sei und lieber zu Hause bleiben wird. Ich überreiche ihm gleich mein Gesundheits-Sprudelwasser.

„Schatz – du bist doch nicht auch krank?", fragt er verzweifelt, als er nach dem Glas greift.

„Ich habe nur ein bisschen Halsweh, es geht schon", antworte ich und merke genau in diesem Moment, dass mir diese Aussage soeben das Genick gebrochen hat!

Vorzeitig legt er sich in sein Bett. Die Kinder sind um einiges besser drauf als er und verlangen nach Spieleinheiten mit mir, die sonst abends der Papa mit ihnen macht, während ich für das Abendessen sorge. Für ein genussvolles Abendessen zu sorgen, die Kinder zu bespaßen und sich selbst nebenbei gesund zu pflegen, sind vier Faktoren zu viel von dreien. Nach dem Abendessen kommen die Kinder triumphierend aus dem Badezimmer.

„Der Papa hat uns die Tiersendung am Abend im Fernsehen erlaubt! Wir haben auch schon unsere Zähne geputzt!", meinten sie stolz. Das klingt echt nach einem Abend, an dem ich eigentlich früher ins Bett gehen will! Ich bringe ihm eine Tasse Hühner-

suppe ans Bett. Ich würde ebenfalls gerne darin liegen, mit dem fixen Gedanken, dort für mindestens drei Tage bleiben zu dürfen. Doch im Bett befindet sich ein wimmerndes Bündel Etwas und bittet mich: „Schatz, ich habe solche Gliederschmerzen, kannst du mir den Rücken massieren? Ach ja – und eine Wärmeflasche brauche ich auch, mir ist so kalt", japst er.
Na toll! Kranke Menschen, alte Leute, Kinder und Frauen haben Vorrang! Ich fühle mich krank und bin eine Frau und eine Mutter zweier Kinder. Wo bitte befindet sich an dieser Stelle mein Vorrang? Ach ja! Hausfrauen haben keinen Vorrang. Das wurde in dem Film Titanic auch nicht erwähnt: „Kranke Menschen, alte Leute, Frauen, Kinder und Hausfrauen haben Vorrang!"
Wir Hausfrauen gehören also zur Dunkelziffer. Nämlich zu jenen, die arbeiten, ohne das jemand davon weiß.
Auf diesen Tag folgt der nächste. Ich fühle mich schlechter als am Tag zuvor, mein Mann liegt schwitzend im Bett, und ich brauche doch nur die Kinder und mich klarzumachen. Mein Kopf gleicht einem Medizinball, aber es war ja schon Dienstag, versuche ich mir einzureden. Ich hatte ja schon längst vergessen, wie lange ein Tag dauern kann, an dem man sich nicht wohlfühlt! Die restliche Woche zieht sich wie ein Kaugummi, auf den man getreten ist und verzweifelt versucht, ihn vom Schuh wieder abzubekom-

men, ohne die Finger dafür benutzen zu müssen! Am Freitag verkünde ich sanft meiner Familie, dass es mir wirklich nicht gut geht und ich lieber ins Bett gehen würde.

„Ach komm schon Schatz, nimm eine Tablette, dann bist du wieder fit. Jetzt bin ich endlich wieder gesund und will am Wochenende etwas mit euch unternehmen – da brauchst du dich jetzt nicht ins Bett zu legen!", meint er echt ahnungslos. Am Samstagmorgen komme ich absolut nicht mehr aus dem Bett. Das Halsweh ist schlimmer geworden, das Nasenspray hilft auch nicht mehr, und die Temperaturanzeige auf dem Fieberthermometer verheißt nichts Gutes.

„Sag mal, kannst du nicht unter der Woche krank werden, dann hätten wir jetzt alle ein gemeinsames Familienwochenende?", fängt er abermals an.

Er kann und will es nicht wahrhaben, dass ich wirklich krank bin! Das Muttertags-Sonderkommando kann nun zeigen, was es jährlich trainiert hat. Für die Familie gilt nun: Code Red, die Mama liegt im Bett!

Eine Art Fastenzeit war für sie angebrochen. Sie müssen einige Tage auf etwas verzichten, dass sie sonst jederzeit und im Überfluss haben. Die Zeit der Besinnung hat angefangen. Plötzlich wird allen klar, dass gerade die Nebenher-Arbeiten die anstrengendsten von allen sind. Schon bald steuern sie auf den ersten Eisberg zu. Die Technik. Klar. Handy, Computer und Fernseher sind ein Klacks, und das Unverständnis ist immer groß, wenn Mama das E-Mail-Schreiben lieber jemand anderem überlässt. Um ein Gerät wurde aber bisher immer ein großer Bogen gemacht. Die Waschmaschine. Meine Familie hat die Wahl zwischen zwei Möglichkeiten. Entweder achtsamer mit all den Klamotten umzugehen oder sich einmal hinstellen und die Spreu vom Weizen zu trennen. Dunkle, helle und Kochwäsche eben! Kleidungsstücke nur vor die Waschmaschine zu werfen war bisher einfach. Sie danach nochmals anzugreifen ist eine andere Sache. Sie haben es trotzdem ohne mich geschafft, das Ding in Gang zu kriegen. Die Wahrscheinlichkeit, den Lieblingspulli am nächsten Tag wieder zu tragen, ist größer geworden. Wahrscheinlichkeitsrechnungen funktionieren in einem Haushalt aber nicht, meine Herrschaften! Nach drei Tagen Bettruhe sind mein Kreislauf und ich langsam wieder Freunde geworden. Das Fieber ist weg, und ich kann mit wackeligen Beinen wieder aufstehen. Küche, Wohnzimmer und Esstisch sind sauber aufgeräumt. Na bitte, es geht doch!

Weniger aufpoliert schaut meine Familie drein. Große Erleichterung ist ihnen in ihre Gesichter geschrieben, als sie mich kommen sehen. Irgendein Gefühl sagt mir aber, dass ich den Stuhl, auf dem ich mich gerade abstütze, tunlichst nicht auslassen soll! Während die Kinder mir ihre Zeichnungen schenken, kommt mein Mann mit einem Waschkorb voll nasser Wäsche aus dem Keller. Obenauf liegt ein kleiner grauer Kinderpulli, der mich irgendwie an meinen Wollpullover erinnert. Die Spitze des Eisberges! Das will ich mir genauer anschauen und nehme ihn heraus. In meinen Händen halte ich ein steif gewordenes, graues T. Nicht einmal die Ärmel lassen sich abbiegen. Das da ist ein Gipsoberteil geworden, für ein Kind, das sich gleich zwei gebrochene Arme und Serienrippenbrüche zugezogen hat!

„Hast du diesen Pullover in der Waschmaschine gewaschen?", frage ich meinen Mann und weiß nicht, ob ich in diesem Moment heulen oder lachen soll.

„Ja, natürlich. Der war doch schmutzig", gibt mein Mann ganz selbstverständlich zur Antwort.

„Kannst du dich noch an den kalten Wintertag erinnern, an dem wir uns kennenlernten?", will ich von ihm wissen und ihm mit dieser Frage auf die Sprünge helfen.

„Ja, du hattest diese gelbe Mütze auf, die du letztes Jahr verloren hast und einen grauen Pullover", antwortet er stolz.

„Und?", frage ich weiter und wedle mit dem wollenen T herum.

Ich blicke ihn von unten herauf an. Um meine Zweifel auszudrücken, kann ich in solchen Momenten nur eine Augenbraue hochziehen, während die andere tief unten bleibt.

„Den kann man sicher noch irgendwie anderweitig verwenden!", meinte er in dem Moment, in dem er geschnallt hat, dass er einen kapitalen Fehler begangen hat, was den Bereich Wäschewaschen angeht.

„Ja genau! Ich werde ihn als Mahnmal über die Waschmaschine hängen, für diejenigen, die nicht wissen, dass man Wollpullover nicht in die Waschmaschine stecken darf!", belehre ich ihn. Schließlich müssen wir beide über meinen Lieblingspulli lachen. Lachen ist doch die beste Medizin.

19. Von Blindschleichen und Schlangen

Ich hatte einen Einkaufsnachmittag nach meiner Arbeit samt Kindern hinter mir und wollte eigentlich nur noch nach Hause, und das auf dem schnellsten Weg. Der schnellste Weg erstreckte sich auf zwölf Kilometer, die man unter normalen Bedingungen in gut zehn Minuten ohne gröbere Nebenwirkungen bewältigen konnte. An jenem Tag waren es gefühlte einhundertfünfzig Kilometer! Vor mir fuhr ein Lastauto mit Anhänger, gefolgt von einem roten Mopedauto. Für mich ist es sowieso ein Rätsel, wie man diese Nussschale auf vier Rädern Auto nennen darf. In diesen Dingern sitzen meist noch dreihundert Jahre drin samt Brille und Hut! An ein Überholen, noch dazu mit Kindern auf der Rückbank, war nicht einmal zu denken. Langsam überkamen mich ernsthafte Zweifel, ob sich diese Autos überhaupt noch fortbewegten!

Ich entsann mich eines Familienwandertages, an dem wir direkt auf unserem steinigen Weg eine Blindschleiche in der Sonne entdeckten. Sie hielt den Kopf dem Himmel entgegen und schien nicht einmal mehr zu atmen. Meine Kinder wollten sie mit Hilfe eines vertrockneten Grashalmes zu einer Bewegung zwingen, aber das Tier war wie erstarrt. Enttäuscht gingen die

beiden den Wanderweg weiter. Der Physikunterricht fiel wegen Totenstarre aus. *Aktion ist gleich Reaktion* konnte an diesem Tag nicht veranschaulicht werden. An dieser Stelle könnte ich meinem Physiklehrer eine Nachricht hinterlassen. Ich war doch nicht so schlecht in Physik, ich verharrte vor lauter Neugier in Totenstarre! Derselbe Physiklehrer meinte aber einmal: „Niemand hat täglich mit so viel Physik zu tun als eine Hausfrau." Aus seinem Mund klang das Wort Hausfrau gar nicht herablassend, sondern hervorhebend!
Der Unfallstatistik zufolge wollte ich den Überholweg nicht austesten und reihte mich brav hinter dieser Blindschleiche ein. Was zwingt Leute dazu, in einer Geschwindigkeitsbeschränkung von achtzig Kilometern pro Stunde permanente sechzig zu fahren? Warum erfand man diese Mopedautos, und warum gibt es für Lastkraftwagen keine eigenen Straßen? Eine Antwort auf diese Fragen fand ich keine. Die Nachrichten im Autoradio hörte ich schon zum dritten Mal. Die Kleine auf der Rückbank meldete dringendes Lulu an. Wenn ich jetzt, so knapp vor dem Ziel, aus dieser Warteschleife auch noch rechts ran fahre, um meiner Tochter die Verrichtung ihrer Notdurft zu ermöglichen, dann erwartete mich zu Hause ein Tyrannosaurus Rex in der Küche.
„Wie kann man nur shoppen gehen, ohne vorher für ein Essen gesorgt zu haben?", hörte ich eine Stimme neben mir schon fragen.

Wer sprach da zu mir? Egal. Krampfhaft suchte ich innerlich schon nach glaubwürdigen Aussagen, die auch ein männliches Wesen verstehen würde. Stress im Straßenverkehr würde er nicht verstehen. Frauen sind eben andere Verkehrsteilnehmer als Männer. Komisch, dass die Strafzettel aber immer nur an meinen Mann adressiert wurden. Warum gibt es keine Strafzettel für Blindschleichen im Straßenverkehr? Wenigstens hatte ich noch Zeit, um mir ein schnelles Abendessen auszudenken. Ob sich mein Mann heute mit einem Paprika-Risotto abspeisen lässt? Um eine Fertigpizza zu kaufen, müsste ich vorher meinen eigenen Stolz umbringen. Außerdem drängte ja jemand auf die Toilette.

Endlich waren wir zu Hause. Meine Tochter konnte doch nicht mehr alles zurückhalten. Während ich die Badewanne für sie einließ, kam auch schon mein Mann von der Arbeit zurück. Einkaufstage sind auch für Kinder nicht lustig. Also wollten die beiden im Garten noch ihre ganze Energie loswerden. Zwischendurch rief mich auch noch Annika an, um mich daran zu erinnern, dass sie mir ihren Sohn Finn zum Übernachten brachte, weil sie beruflich bedingt zu einer Abendveranstaltung musste.

„Papa, Papa", rief Lilly auf einmal ganz aufgeregt. Ihr Geschrei klang anders als an jenen Tagen, an denen sie schon sehnsüchtig auf ihn wartete. Müde hingen seine Augenlider herunter, aber er freute sich auf seine

Tochter, deren Haare immer so lustig in der Luft auf- und ab hüpften, wenn sie aufgeregt war.

„Ich habe eine Schlange gesehen, auf unserer Terrasse!", verkündete sie. Schon nahm sie ihren Papa an der Hand und zerrte ihn zur Fundstelle. Er wusste, dass nach so einem Berufsalltag eine Schlange in unserem Garten das geringste Problem darstellte. In mir machte sich blankes Entsetzen breit! Ja, ich weiß. Schlangen sind auch nur Tiere. Schlangen sind nützlich. Schlangen können aber auch giftig sein. Beim Anblick einer Schlange habe ich keine Zeit, aufgrund der Körperform herauszufinden, ob sie giftig oder ungiftig ist. Außerdem gehören Schlangen nicht in meinen Garten und schon gar nicht auf meine Terrasse!

„Komm, mein Kind, wir sehen mal nach", meint mein Mann schließlich, als ob täglich so ein Untier auf unserer Terrasse läge.

In den vergangenen Tagen entdeckte ich beim Unkrautjäten seltsame Löcher in unserem Garten. Deshalb wollte ich der Sache ebenfalls nachgehen. Ich habe von anderen schon gehört, dass sich Schlangen gerne in Waschmaschinen verstecken, wenn man Türen zu lange unachtsam offen stehen lässt. Man stelle sich das bloß mal vor: Man will ganz gewöhnlich die Waschtrommel mit ohnehin ekeliger Wäsche füllen, dann zischt einem ein Tier entgegen, das hier absolut nicht hingehört! Ja, erwischt. Ich zische vor der Waschmaschine auch ab und zu vor mich hin, weil manche Kleidung nach dem dritten Waschgang noch immer nicht sauber wurde. Was macht Frau also, wenn so ein schwarzes langes Etwas in einem Haushaltsgerät eingerollt liegt? Eine Antwort auf diese Frage wollte ich gar nicht wissen.

Meine Neugierde fokussierte sich in diesem Moment auf unsere Terrasse. Lilly führte meinen Mann tatsächlich zu einem Tier ohne Beine. Es schlängelte sich geradewegs über unsere Terrasse Richtung Haus!

„Nein, mein Kind", hörte ich eine tiefe Männerstimme sagen. „Das ist keine Schlange, das ist ein Wurm." Beruhigt gingen alle ins Haus. Annika hatte in der Zwischenzeit hastig ihren Finn bei uns abgeliefert. Der Kleine durfte mit meinen beiden Töchtern mit in die große Wanne. Ich war glücklich darüber, alle in einem Raum beziehungsweise in einer Wanne versammelt zu wissen und konnte in aller Ruhe das Abendessen richten.

Lilly kletterte in die Wanne und betrachtete Finn kurz von oben bis unten, bis sie schließlich meinte: „Mama, der Finn hat da einen Wurm!" Mein Mann betrat in diesem Moment das Badezimmer und erklärte Lilly, dass Finn eben ein Bub ist und andere körperliche Merkmale besitzt als ein Mädchen. Aber Lilly wusste schon längst Bescheid darüber: „Du Papa, ich weiß, warum der Finn ein Bub ist und ich ein Mädchen bin!". Sie stand in der dampfenden Badewanne und legte ihren Kopf schief zur Seite. Das machte sie immer, wenn sie altklug erscheinen wollte. Sie zeigte auf die Klamotten, die am dunklen Fliesenboden verstreut herumlagen.

„Der Finn hat einen Spiderman auf seiner Unterhose und ich eine Kitty Katze!", klärte sie uns auf.

Schmunzelnd betrat ich die Küche und entfernte das Etikett meines neu gekauften Nudelsiebes. Ich war stolz darauf, denn bisher hatte ich beim Nudelkochen immer nur improvisiert. Wie oft hatte ich mir die Finger verbrannt, als ich mit beiden Daumen versuchte, den Topfdeckel einzuhalten, während ich das heiße Wasser in den Ausfluss gießen wollte, ohne dabei auch nur einige Nudel zu verlieren. Mit roten Wangen betrat mein Mann die Küche. Die Kinder durften noch etwas länger in der Wanne spielen.

„Sieh mal!", forderte ich ihn auf, mich anzusehen und hielt dabei das weiße Nudelsieb in die Höhe. Das blöde Etikett ging natürlich nicht vollständig ab. Vielleicht geht es ja in der Spülmaschine ab, verstopft das Sieb, und ich ärgere mich wieder über nicht sauber gewordenes Geschirr!

„Schön", meinte er nur knapp, sah das Nudelsieb an und griff nach der Post. Kam mir das nur so vor oder hört er mir manchmal wirklich nicht zu? Ein gewisser Unterton in seiner Stimme verriet mir, dass ich eigentlich für mich alleine redete. Mit einem Hauch von

Missmut räumte ich das Nudelsieb in die dafür vorgesehene Lade ein.

20. Schatz, hörst du mir eigentlich zu?

Einige Wochen später kam er abermals müde nach Hause und wollte all seinen Groll erst einmal bei mir abladen und den Rest durch Sport abtransportieren.
„Was soll ich dir denn kochen?", fragte ich ihn mitfühlend. Es kommt nicht oft vor, dass er sich das Essen aussuchen darf, aber es gibt eben Ausnahmezustände. Manchmal kocht auch er.
„Das, was ich will, kannst du nicht so gut. Ich koche heute selbst!", meinte er so halb über seine Schulter.
Mein Mitleid verflog daraufhin in Lichtgeschwindigkeit. So einer Einstellung soll man nicht im Wege stehen. Lieb gemeint hätte der Satz in etwa so geheißen: „Schatz, ich hatte heute einen schweren Tag, aber deiner war bestimmt auch nicht besser. Lass uns gemeinsam etwas kochen, was wir beide mögen!", wäre eine Variante gewesen. Beim Kochen wären wir uns vielleicht sogar etwas nähergekommen. Wir hätten uns gegenseitig etwas zum Kosten gegeben, und vielleicht wäre es zu einem gemeinsamen Essen gar nicht mehr gekommen. Wir hätten erkannt, was uns wirklich gut schmeckt …
Okay – das kommt nur in Filmen vor. Aber kann man Filme auch mal nachleben lassen? Gespannt wie ein Regenschirm wollte ich wissen, was ich nicht kochen

kann. Er stellte Wasser bereit für ein Nudelgericht. Na dann, koch mal schön.

Die Ursache seiner miesen Laune herauszufinden bedurfte aber einiger Tage. Also versuchte ich, zu reagieren wie eine Blindschleiche. Rühr dich nicht, beweg dich nicht und gib nichts von dir. Irgendwann ziehen böse Außeneinwirkungen enttäuscht von alleine wieder ab. Ich bin ein Typ, der Dinge gleich aus der Welt haben will. Stillzuhalten war also eine äußerst schwierige Übung für mich. Typisch Frau, würde der eine oder andere jetzt sagen. Ich sprach meinen Partner fürs Leben – für den ich mich einst fest entschlossen habe, durch dick und dünn zu gehen, in guten wie in schlechten Zeiten – auf seine schlechten Zeiten an. Voller Entrüstung entgegnete er mir:

„Sag mal, hörst du mir eigentlich nie zu? Ich hab dir doch mehrmals erzählt, dass ich diese Woche viel im Büro zu tun habe. Ich kann mich nicht auch noch mit familiärem Kleinkram abgeben. Dafür bist du zuständig!" Während er mir diese Vorwürfe hinknallte, suchte er in der Küche wie wild nach den Utensilien, die er für sein Menü brauchte.

Eigentlich wollte ich stolz auf meinen Mann sein, der nach seinem Job auch noch kochte. Diese Laune konnte ich aber nicht gutheißen und ich entschloss mich, ihm auch meine schlechte Stimmung entgegenzubringen.

Bei unserer Hochzeit versprach er, mir jeden Abend den schönsten Stern des Himmels für mich zu suchen. In diesem Moment schlug aber ein Meteorit in unserer Küche ein!
Schließlich öffnete er endlich die Lade, in der das Teil drin lag, wonach er hektisch gesucht hatte. Das Nudelwasser kochte sprudelnd, ich deckte nebenher den Tisch. Dabei überlegte ich mir noch weitere unnötige Dinge wie Kerzen und nett gefaltete Servietten, damit der Familienfrieden wiederhergestellt war. Der Anerkennung willen versuchte ich, etwas zu falten, das noch nie auf unserem Tisch zu sehen war, als mich plötzlich eine überraschende Stimme unterbrach:
„Schatz, seit wann haben wir dieses Nudelsieb?"

21. Wo ist denn das Weihnachten?

Dem Christkind auf die Schliche zu kommen, wäre doch zu schön gewesen. Wie kommt es in unser Haus hinein? Hat es Helfer mitgebracht, oder schafft es das alles ganz allein? Sind seine Haare tatsächlich blond und lockig, und kann es wirklich mit seinen weißen Flügeln fliegen?
Die vorweihnachtliche Spannung konnten wir als Kinder immer kaum aushalten. Ich spähte dann immer wieder durch das Schlüsselloch des sogenannten Weihnachtszimmers, das vorher Wohnzimmer hieß. Kein Zeichentrickfilm im Fernsehen des zum Kuschelraum umfunktionierten Schlafzimmers der Eltern, konnte in diesem Moment verlockender sein, als dem Christkind während seiner Arbeit zuzusehen.
Einige Jahre später saßen wir gerade nach dem feierlichen Kirchenbesuch beim Abendessen. Bei einem Fleischfondue fanden wir uns um den Familientisch ein. Die Fondueteller standen auf jedem Platz und rote weihnachtliche Servietten zierten den Tisch, der meiner Mutter für so ein Essen viel zu klein schien. Uns Kindern war das egal. Es war ja schließlich Weihnachten. Unsere Mutter hingegen schwelgte in Vorsätzen für das kommende neue Jahr. Eine neue Küche samt größerem Tisch mit ausreichend Platz für hung-

rige Gäste samt Speisen zu besitzen. Der Tisch steht heute noch in ihrer Küche! Elektrisches Licht war an diesem Abend unangebracht. Es roch förmlich nach Weihnachten. Der Duft von Keksen, Zimt, Kerzenwachs und verbranntem Öl für das Fondue unterschieden diesen Tag von den restlichen dreihundertdreiundsechzig Tagen des Jahres. Immerhin herrscht am Muttertag ebenfalls ein Ausnahmezustand in der Küche!
Festlich dekorierte meine Mutter die ganze Wohnung und stellte überall Kerzen auf. Folglich hatten wir irgendwann unsere Probleme damit, die farbig markierten Fonduegabeln voneinander zu unterscheiden. Gelb oder Rot. Schwarz oder Blau. Da gab es keinen Unterschied, außer einem mürrischen, hungrigen Gesicht am anderen Ende des Tisches, das verzweifelt seine Gabel suchte, auf der das größte Stück Fleisch aufgespießt war. Diese französische Art zu essen glich immer mehr dem Angelspiel, das es für Kinder gibt, bei dem man mit einer Magnetangel Plastikfische aus einem Papieraquarium herausfischt. Meine Gabel war beim Herausziehen leer, obwohl ich unlängst mit meinem Bruder bei unserem Angelspiel geübt hatte. Durch das Herumstochern löste sich mein Putenfleisch von der zweizackigen Gabel, und es schwamm nun irgendwo im heißen Öl herum. Wieder ein gefiedertes Tier, das im Öl verendete! Was für eine Ölkatastrophe! Unser Appetit hielt sich vor Aufregung

in Grenzen. Hastig verschlang unser Vater die Fleischbrocken mit den verschiedenen farbigen Soßen, als ob er noch etwas Dringendes zu erledigen hätte. Seitlich rutschte er nach kurzer Zeit von der Eckbank mit einem unsicheren Grinsen im Gesicht ab, als ob er unbemerkt verschwinden wolle. Meine Mutter zwinkerte ihm aufmunternd zu.

Dann, auf einmal, hörten wir das Glöckchens des Christkindes! Alle Jahre wieder läutet das Christkind, wenn es fertig war mit dem Einpacken der Geschenke und dem Christbaumschmücken. Stellen Sie sich an dieser Stelle vor, es würde die Sirene der Feuerwehr heulen. Alle Feuerwehrmänner laufen eilig zu den Löschwagen und schlüpfen, während sie rennen, in ihre Schutzjacken hinein. Alles muss schnell gehen!

Wie vom Nadelbaum gestochen sprangen mein Bruder und ich einst auf, nachdem das zarte Glöckchen erklang. Unser Vater, oder sollte ich besser, *der Christkind* sagen, rechnete mit diesem Zeitraffer nicht und stand im Vorzimmer mit dem goldenen Glöckchen in der noch erhobenen Hand. Sein Grinsen vereiste an diesem Heiligen Abend, an dem in diesem Jahr noch gar kein Schnee lag.

Es ist doch nahezu komisch. Zuerst freuen sich die Eltern, weil ihre Kinder an das Christkind glauben. Später freuen sich die Kinder, weil sie wissen, dass deren Eltern glauben, dass ihre Kinder noch ans Christkind glauben.

Es wurde trotzdem noch ein schöner Weihnachtsabend. Denn es begann dann doch zu schneien! Stolz betrachteten wir die Tatsache, keine kleinen Kinder mehr zu sein und dass wir unseren Vater entlarvten. Gleichzeitig schätzten wir all die Weihnachtsfeste der vergangenen Jahre, in denen es den festen Glauben an das Christkind gab, in denen unsere Eltern sich redlich bemühten, einen weihnachtlichen Zauber in unsere Wohnung zu bringen.

Weihnachten war und ist etwas Besonderes.

„Das Christkind gibt es wirklich", sagen die einen.

„Wie kannst du deinen Kindern nur vom Christkind erzählen?", sagen die anderen. Stimmt ja auch. Noch dazu wird es als weiblicher Engel in Büchern dargestellt. Männer in Frauenkleidern soll es ja geben. Conchita Wurst ist ja auch eine Frau mit Bart beziehungsweise ein Mann in schicken Kleidern, und sie kann noch dazu himmlisch singen.

Ist es falsch, was wir Mütter unseren Kindern erzählen? Nein! Diese Geschichten gehören schließlich vorweihnachtlichen Ritualen an! Es ist doch ein Brauchtum, den wir leben und weitergeben wollen. Wenn wir uns schon in Illusionen befinden, dann ist der Glaube an den Weihnachtsmann, der mit seinen Rentieren durch die Lüfte schweben kann, genauso absurd. Ich wäre sofort für die Einführung von fliegenden Moped-Autos. Das Alter, so ein Vehikel zu steuern, hätte der Weihnachtsmann ja! Ich käme in der Vorweihnachtszeit auch früher nach Hause, wenn diese Blindschleichen von der Straße verschwunden wären. Also warum sollten diese Dinger nicht in der Luft herumschweben? Ja klar, das klingt jetzt stark nach dem Film *Zurück in die Zukunft, Teil 3*, aber die Amerikaner waren uns schon immer einen Schritt voraus. Vielleicht machten sie einen Schritt mehr nach vorn, weil sie wussten, dass diese Moped-Mobile der Zukunft nicht auf die Straße gehörten!

Als Mutter bin ich nun an der Reihe, meinen Kindern schöne Weihnachten zu bescheren mit der fixen Idee, dass es das Christkind gibt. Das Logistikunternehmen Mama rückt hier wieder stark in den Vordergrund! Weihnachten ist inzwischen die Zeit im Jahr, in der Besinnlichkeit und Stille gar keinen Platz mehr bekommen.

Das Gedicht von Joseph von Eichendorff (1788 – 1857), welches wir als Kinder einst in der Grundschule lernen mussten, sieht inzwischen ganz anders aus:

Markt und Straßen nicht verlassen,
grell erleuchtet jedes Haus,
Kopfschüttelnd geh ich durch die Gassen,
alles sieht so kitschig aus.

An den Fenstern haben Frauen
die Playstation ausgestellt,

tausend Kinder stehn und schauen,
hoffentlich hat's Mami schon im Internet bestellt!

Und ich wandre aus der Stadt.
Hab nach dem Einkauf gar kein Geld,
von heißen Maronis bin ich satt,
bunte Lichter blinken auf am Himmelszelt.

Ständig hört man Handys klingen,
verschwunden ist die Einsamkeit.
Niemand kann mehr Weihnachtslieder singen.
O du stressige Weihnachtszeit!

Also rase ich nach meiner Arbeit in die Stadt, um zu Beginn der Adventzeit den passenden Christbaum auszusuchen. Schon nach kurzer Zeit entdecke ich ein prachtvolles Exemplar, welches unser Wohnzimmer so richtig im Glanz erstrahlen lassen sollte. Trotzdem sehe ich mir noch weitere Bäume genauer an, um am Ende doch beim ersten Baum zu landen. Er ist einfach der Schönste von allen, der in unser Wohnzimmer passen sollte. Ich lasse ihn mir ins Netz einpacken und trage ihn zufrieden zu meinem Auto. Ich komme meinem kleinen Frauenauto näher und muss feststellen, dass mein Hunger auf Weihnachten größer war, als mein Auto vertragen kann! Mein weihnachtliches Schmuckstück passt gerade noch hinein! Die Autotür mache ich so schnell zu, dass andere Passanten glau-

ben könnten, ich hätte das Grünzeug soeben gestohlen.
Zu Hause angekommen, stopfe ich den Nadelbaum rasch durch die Dachbodenluke. Da oben kann sich der zukünftige Christbaum schon mal mit den dazugehörigen Christbaumkugeln anfreunden, und die Kinder würden ihn bestimmt nicht finden. Der ganze Treppenaufgang und das Vorhaus sind nun mit Nadeln übersät! Wenn die Kinder nur eine einzige grüne Nordmannnadel entdecken, war es das mit dem Weihnachtszauber! Der Staubsauger, mein bestes Haushaltsgerät, muss noch schnell treue Dienste leisten und mir beim Verwischen der Spuren helfen. Schon langsam japse ich nach Luft, und mein Körper signalisiert mir, dass er noch nichts zu essen bekam. Dabei muss ich über mich selbst lachen, dass ich mir diesen Stress antue, um den Kindern einen schönen Heiligen Abend zu bescheren, der unvergesslich werden soll. Wie ahnungslos ich doch manchmal bin! Psychologen würden an dieser Stelle sämtliche Termine für mich freihalten, weil ich zur burnout-gefährdeten Klientel gehöre.
Gemeinsam mit den Kindern stelle ich im Wohnzimmer die Krippe auf. Mit flachen Steinen, die nummeriert sind, legen wir den Weg nach Bethlehem auf. Jeden Tag dürfen meine Töchter Joseph und Maria ein Feld weiterrücken. Emsig malen sie einen Brief an das Christkind und legen ihn auf den Balkon.

Es riecht nach frisch gebackenen Keksen, und die Kinder hören ihre Weihnachtsmusik.

Dann ist Heiliger Abend! Im Keller stapeln sich die Keksdosen, alle Geschenke sind organisiert und verpackt. Der Christbaum steht inzwischen fertig geschmückt im Gartenhaus. Ja! Im Gartenhaus. Modernes Wohnen mit offenen Wohnräumen macht es unmöglich, ein Weihnachtszimmer als Sperrzone zu erklären. Das Christkind hat sozusagen Bereitschaftsdienst. Schließlich soll kein einziger Verdacht auf meinen Mann oder mich fallen. Wir befinden uns in einer modernen Zeit, in der auch das Christkind im Besitz eines Handys ist.

„Oh du fröhliche-he" singen wir in der Kirche, während das Christkind Schweißperlen auf der Stirn bekommt, weil es den geschmückten Tannenbaum vom Gartenhaus irgendwie in das Haus bringen, die Geschenke darunter legen und die Christbaumkerzen anzuzünden muss. Stille Nacht, eilige Nacht! Das Christkind steht in der letzten Reihe in der Kirche. Es ist aufgeregt und weiß, dass es als erster von allen die Kirche verlassen muss. In der Kirche riecht es nach Weihrauch und Kerzenwachs und ganz hinten nach Adrenalin. Vorfreude und Erwartungen knistern in der Luft. Einer der Hirten vom Krippenspiel kann seinen Text plötzlich nicht mehr, und der Organist hat ein paar Notenseiten zu Hause vergessen. Einer der Heiligen Drei Könige kann die Melodie auswendig, wirft seine Kutte von sich, steigt die Empore hoch und spielt mit seliger Hingabe das Lied der Hirten auf der Orgel. Die kirchliche Messe ist gerettet. Die Bescherung zu Hause soll eine andere werden.

Das Christkind, männlich, zirka eins achtzig groß, dunkle kurze Haare, Dreitagesbart, mit einem schwarzen Mantel gekleidet, eilt allen voraus, um eine frohe Botschaft zu hinterlassen. Ausgestattet mit einem Handy. Es zerrt den zwei Meter großen Baum vom Gartenhaus durch die Terrassentüre in den Wohnraum hinein, zerbricht dabei einige Christbaumkugeln. Das Christkind flucht und sagt einige unschöne Worte!

Ich schreibe dem Christkind eine SMS: *Wir kommen früher. Die Kirche dauert heute doch keine ganze Stunde!*

Das Christkind schreibt zurück: *Shit!*

Hastig legt es die vorbereiteten, verpackten Geschenke unter den Christbaum. Alles muss schnell gehen. Wie bei einem Boxenstopp in der Formel Eins. Es sucht die Christbaumkerzen.

Schnell schreibt es eine SMS: *Wo sind die Kerzen????*

Ich habe mein Handy auf lautlos gestellt. Ich verpasse vier Anrufe und drei SMS. Der Pfarrer richtet doch noch einige Worte an die Gemeinde.

Ich will dem Christkind schreiben und sehe eine verzweifelte Nachricht am Display: *Kerzen!!!!!!*

Sind im Gartenhaus im roten Karton. Wir gehen bald aus der Kirche!

Kerzen brennen schon!
Wir singen aber noch Stille Nacht!
Ich mach sie noch mal aus! Sag mir Bescheid, wenn ich sie wieder anzünden soll!
Pk.
Pk????
Tippfehler. Sollte Ok heißen!
Wir fahren jetzt los! It's Showtime!, schreibe ich dann endlich.

Es verbrennt sich die Finger beim Anzünden der fünfunddreißig Kerzen am Christbaum. Hastig verwischt das Christkind sämtliche Spuren. Es will das Haus unauffällig verlassen. Es klingelt an der Haustüre! Mist! Ein paar Kindergesichter sehen bei den Terrassentüren herein! Shit! Alle Notausgänge sind versperrt! Das Christkind erinnert sich an seine Sportstunden in der Schule. Es nimmt Anlauf, macht einen Hechtsprung, schaltet im Flug noch das Radio mit der Weihnachts-CD darin ein, läutet mit dem goldenen Glöckchen und landet in Bauchlage unter dem grauen Sofa. Dabei entgleitet ihm sein Handy. Es schlittert neben ihm her und bleibt unmittelbar vor dem Sofa liegen. Das Christkind hält die Luft an. Zaghaft greift es unter dem Sofa hervor und schnappt sich sein Handy, während die glückliche Familie den Wohnraum betritt.

„Ah", sagen die Kinder.

„Oh", sage ich und habe die Weihnachtskatastrophe schon gecheckt. Es zieht wie im Vogelhaus, weil sämtliche Türen offen stehen. Der hell gemusterte Vorhang weht wallend herein und sieht beinahe wie das Christkind aus. Er berührt den Christbaum und fängt Feuer. Mein Mann reißt ihn hektisch von der Vorhangstange herunter und schmeißt ihn hinaus in den Schnee, wo die Flammen schließlich erlöschen.

„Ihr Kinderlein kommet, oh kommet doch all ...", tönt es aus dem Radio.

Piep-Piep macht mein Handy mit folgender Nachricht, während sich mein Mann mit voller Wucht auf das Sofa fallen lässt: *Hilfe, ich bin das Christkind, holt mich hier ra ...*

Piep-piep macht mein Handy kurz darauf wieder mit einer weiteren Nachricht: *Sag meinem Schwager, dass das Christkind ganz schrecklich böse auf ihn ist und er nächstes Jahr keine Geschenke bekommt!* Als Anhang schickt er zornige Smileys.

„Mama, wo ist eigentlich das Weihnachten, in dem das Christkind wohnt?", will Emma auf einmal wissen, als sie das Jesuskind behutsam in die Krippe legt und Josef und Maria in den Stall hineinstellt.

Drei Kilometer vor Ostern, würde ich da mal sagen, und mir kommt auch schon eine weitere Idee, wer den Part des Osterhasen übernehmen würde.

22.   Mann, hat der Osterhase Eier!

Stups, der kleine Osterhase,
fiel andauernd auf die Nase.
Ganz egal wohin er lief,
immer ging ihm etwas schief.

Bis heute wusste ich wirklich nicht,
dass Rolf Zuckowski's Lied der Tatsache entspricht.
Im Haus war alles geschmückt und dekoriert,
das Frühstück war auf alle Teller portioniert,
die Kinder freuten sich schon längst auf die Osterzeit,
doch leider hat's an diesem Tage geschneit!

Der Osterhase bekam ganz schön Stress,
denn die Nester waren nicht wetterfest!
Schnell musste sich der Has' entscheiden,
denn im Haus waren Kinder und die beiden
schöpften schon einen Verdacht:
„Was der Hase bei diesem Wetter macht?"

Jedenfalls hat er die Situation wohl etwas verkannt
und ist Hals über Kopf in den Garten gerannt.
Hektisch begann er, sich zu bewegen,
denn er wollte die Nester ja ins Trockene legen.

Hinter der Buchsbaumhecke war der Platz perfekt,
hier war das allerbeste Versteck.
Den kleinen Teich davor hatte er wohl übersehen,
da war des Hases Unglück dann geschehen.
Bei dieser Wasserstelle hat er sich verspekuliert,
und den Bremsweg falsch einkalkuliert!
Wo vorher der Kopf, nun die Füße zu sehen waren,
der abrupte Halt kostete ihm den Kragen.
Der Hase war nass von oben bis unten,
seine Hose am Gesäß sehr aufgeschunden.
Der Inhalt der Nester lag in der weißen Wiese verstreut,
ach, was für ein lustiger Tag ist heut'!

Die Nester zu finden war leicht, juchee,
man folge einfach den Spuren im Schnee!
Keuchend lehnte der Osterhase in einem Eck,
hoffentlich sind seine Rückenschmerzen bald weg!

Damit die Kinder ihn nicht sehen – Mann, war das knapp,
doch jetzt macht er ganz schön schlapp.
Dann erklärte er mir kurz und bündig,
 in der Zwischenzeit wurden die Kinder fündig:
„Endlich ist das *Hasespielen* vorbei,
nächstes Jahr nehme ich mir an Ostern frei!
Dieser Job ist ja gemeingefährlich,
den Einsatz bringt sonst keiner – ehrlich!"

Er wollte echt kein Weichei sein,
aber was macht Mann nicht alles für die Kinderlein!
Die Kinder kamen endlich angesaust,
des Hases Haare waren noch zerzaust:
„Hey Onkel, schau, au weia, Mann, hat der Osterhase Eier!"

23. Putzteufel und Sch(m)utzengel

Die Haushalts-Zombies sind aus ihrem Winterschlaf erwacht! Sobald der Schnee im Garten weitgehend geschmolzen, die Sonne wärmer scheint und die Luft so herrlich nach Frühling riecht, dann kommen sie. Sie putzen alles, was bei drei nicht auf dem Baum ist! Wie vom Teufel besessen werden Vorhänge gewaschen und gebügelt, Fenster gewischt, die warme Winterwäsche wird verstaut, Böden eingelassen und jeder – ja, wirklich jeder Winkel wird akribisch genau abgestaubt.
Fast auf den Tag genau schlüpfen alle Zombies gleichzeitig aus ihren Löchern. Hinter deren Häusern und auf Balkonen ist frisch gewaschene Wäsche aufgehängt. Zum Essen brauchen diese Wesen kaum etwas. Sie nähren sich an der Zufriedenheit, wenn alles in neuem Glanz erstrahlt. Sie sind ausschließlich hungrig nach Sauberkeit. Trotzdem können sie extrem gefährlich werden! Mit Straßenschuhen ihre frisch gewischten, verfliesten oder mit Parkett ausgelegten Wege zu queren, kann fatal enden. Völlig überraschend und aus dem Hinterhalt werden jene Übeltäter mit beißenden Verbalattacken angegriffen, die sich den Putzungeheuern zu sehr nähern! Sie sind unbesiegbar und dennoch kann es ihnen wie Achilles ergehen. Sie

haben eine Schwachstelle, der sie schutzlos ausgeliefert sind: den Jauchenfässern der Landwirte! Diese leiden nämlich unter dem notorischen Zwang, ihre Gülle und ihren Mist in direkter Nähe der Haushalts-Zombies zu entsorgen, sobald diese ihre Wäsche im Freien trocknen lassen und im Supermarkt sind, um weitere Putzmittel einzukaufen! Jährlich fallen den Bauern viele dieser Spezies zum Opfer. Wenn dann auch noch die Waschmaschine kaputtgeht, wegen ein paar Steinen, die noch in einer Hosentasche waren, dann ist es ratsam, Schutz vor diesen Putzteufeln aufzusuchen.

Wenn sie in Rage sind, werden sie leider unvorsichtig und können sich selbst teilweise schwer verwunden. Sie gefährden nicht nur sich, sondern auch andere schutzlose, haushaltszugehörige Personen. Es kommt zu Verletzungen, die es sonst nicht gibt. Gebrochene Rippen beim Fensterputzen, verstauchte Finger beim Bodenwischen, Schädel-Hirn-Traumen beim Aufhängen der Gardinen, Schnittverletzungen der übelsten Art beim Entfernen von Kleberesten oder Etiketten und Sehnenrisse beim Entfernen von Spinnweben sind leider keine Seltenheit!

Dann kommen s i e. Ohne sie wären die Haushalts-Zombies nicht das, was sie sind. Ohne sie wäre diese Art schon lange ausgestorben und vielleicht nur mehr noch in alten Geschichtsbüchern erwähnt: Die Sch(m)utzengel.

Es sind liebevolle Wesen. Die einzigen, die sich den Putzungeheuern geschickt nähern dürfen. Sie sind da und doch nicht da, aber sie hinterlassen ihre Spuren. Getrocknete Erde, die von den Schuhsohlen abfällt, fettige Handabdrücke auf Spiegeln und Fensterscheiben, leere Schokoladepapiere hinter dem Sofa, Unmengen an Bröseln unter dem Esstisch oder Sammlerstücke in sämtlichen Kleidungsstücken oder unter deren Betten.

Noch nie wurden diese Engel im Hinterlassen der eindeutigen Zeichen ihrer Anwesenheit je gesichtet! Dem Haushalts-Zombie begegnet ab und zu einer, aber er kann ihm nie Auskunft darüber geben, wie die seltsamen Spuren entstanden sind und wer sie hinterlassen hat.

In dem Moment, in dem die Sch(m)utzengel sichtbar werden, hinterlegen sie auch keine Spuren. Ihre Augen schimmern unschuldig und treu und, wie sollte es anders sein, sie sprechen tatsächlich mit Engelszungen! Das gefällt dem Putzteufel. Mit aufblitzenden Augen hat er jemanden im Visier, der ungefähr seiner Körpergröße entspricht. Schnell werden alle Böden gewischt, damit der Täter in die Falle tappen soll. Dann sind die Spuren besonders leicht zu verfolgen. Diebisch wie eine Elster freut sich der Putzteufel wenn, wie so oft, der Mann nichtsahnend über den feuchten Boden spaziert. Dieser befindet sich zwischen allen Stühlen oder besser ausgedrückt zwischen allen

Bodenwischern und hat keine verbalen Waffen parat, um sich wehren zu können. Chancenlos ist der arme Kerl dem Haushaltstier ausgeliefert. Unschuldsbeteuerungen helfen ihm so gut wie gar nicht. Genauso wie eine Katze mit der Maus spielt, bevor sie getötet wird, genauso lässt auch der Putzteufel seine Beute nicht so schnell aus seinen Fängen. Erst wenn das Wasser in den Augen des Ertappten höher steht als das im Putzeimer, lässt er ihn wieder frei.

Des Zombies Feinde im Haus sind Leitern, Stühle und Strom! Es kommt immer wieder vor, dass er vergisst, dass sich Putzwasser und Elektrizität nicht miteinander vertragen und dass Haushaltsleitern sehr schmale Trittbretter und auch ein Ende haben. Zur übermächtigen Kraft, die selbst über der des Putzteufels steht, zählt die Erdanziehungskraft. Dank Sch(m)utzengel, die immer in jenen Momenten erscheinen, in denen er nicht mit ihnen rechnet, werden so manche gefährliche Situationen in gegenseitigem Wohlgefallen aufgelöst und entschärft. Diese himmlischen Wesen brauchen genau dann, wenn der Putzteufel auf seiner *Putz-Kariere-Leiter* am höchsten steht und mit einem feuchten Lappen die eingeschaltete Lampe abstauben will, etwas zu essen oder trinken, oder sie müssen ganz dringend und meistens zu spät auf die Toilette … wie ein Hund, der seinen eigenen Schweif jagen will, scheint sich der Haushalts-Zombie im Kreis zu drehen.

Es ist ein Teufelskreis, der keinen Anfang und kein Ende hat. Was haben diese Putzungeheuer in ihrem früheren Leben angestellt, dass sie zum ewigen Aufräumdienst verbannt wurden? Sie waren Frauen, denen immer und immer wieder erzählt wurde, dass Frauen besser beim Putzen sind und Männer diejenigen sind, die sich um die wirklich wichtigen Dinge im Leben kümmern! Sie haben ihre Seele gegen Putzmittel eingetauscht und sind somit in den Kreis der Verdammnis gezogen worden!

24. Ich bin

Mama ist ein Beruf mit vielen Facetten,
Mamas machen nicht bloß die Betten.
Als Mama – ach ist das nett
hat man Berufe von A bis Z.

Ich bin Archivarin von kindlichen Erinnerungsstücken,
Architektin bei Legolücken.
Bäckerin, Bügelfrau und Betriebsmanagerin,
Chirurgin bei Verletzungen und Chauffeur.
Ich bin Chemikerin beim Reinigen von Wäsche,
Dekorateurin in der häuslichen Fläche.
Ich bin Deponiewartin von Bastelarbeiten,
man erinnert sich doch gern an Kleinigkeiten.
Als Ernährungsexpertin und Essenszusteller
bringe ich nur Vollwertiges auf den Teller.
Und an so manchen Tagen
Bin ich Beraterin in Erziehungsfragen.
Freizeitberaterin bei akuter Langeweile
und als Finanzexpertin am Haushaltsbudget feile.
Ich bin Frisörin und Fotografin zugleich,
aber von all diesen Jobs wird man nicht reich.
Haben die Kinder die Wände beschmiert,
weil sie mit Filzstiften den Dürer-Hasen probiert,

dann lobe ich mich selbst, denn immerhin,
bin ich die perfekte Gebäudereinigerin.
Hausfrau ist natürlich auch ein Beruf,
weil man so vielseitig arbeiten muss.
Ich bin Gärtnerin, Geschichtenerzählerin und Heilmasseur,
nebenbei bin ich Hausaufgabenkontrolleur.
Beim Zimmeraufräumen agiere ich als Innenarchitektin,
denn danach steht alles wieder perfekt drin.
Ich bin Juristin in strafrechtlichen Dingen,
denn ein Tag ohne Streit kann kaum gelingen.
Ich bin Kinderbetreuerin, Köchin und Kalkulantin,
wenn die Kinder sich schminken, bin ich die Probandin.
Gibt's beim Spielen mit Freunden ein Riesentheater,
dann schreite ich ein als Krisenberater.
Ich bin Lebensberaterin und Lehrerin,
bin bei all unseren Terminen auch Logistikerin.
Ich bin Mechanikerin von Spielsachen, den kaputten,
und Möbelbautechnikerin von Tischen für Puppen.
Ich bin Nageldesignerin
und Obst- und Gemüsekonserviererin.
Ich diene als Partyservice und Pharmazeutin
und bin Qualitätsmanagerin und Psychotherapeutin.
Ich bin Restaurateurin von gemalten Bildern,
auch als Reinigungsdame könnte ich einiges schildern.

Schön langsam suche ich eine Geschäftspartnerin,
denn ich bin Suchmaschine und Telefonistin.
Gibt es Fragen in Sachen Haushaltsmist,
dann entpuppe ich mich als Umweltspezialist.
Ich bin Visagistin und Verkehrsberater,
und bei manchen Anliegen schicke ich sie zum Vater.
Doch der sitzt lieber am Sofa vor der Sportschau,
während ich mich wieder übe als Waschfrau.
Wäre ich lieber Weinhändlerin geworden,
aber hätte ich dann weniger Sorgen?
Sind mal wieder nicht waschbare Flecken wo drin,
dann werde ich schnell zur Xylographin.
Ich denke mir schnell ein Muster aus
und male es einfach auf die Flecken drauf.
Als Yogalehrerin bringe ich die Kinder zur Ruh,
und als Zahnärztin entferne ich den Wackelzahn im Nu.
So viele Berufe mache ich gleichzeitig,
als Mutter ist man echt vielseitig.
Wir sind auch kein bisschen burnoutgefährdet,
wir sind stark wie einhundert Pferde.
Dankbarkeit täte uns echt mal gut,
es gäbe uns Kraft und neuen Mut.
Ohne Gehalt werden wir so weiter arbeiten,
und den Alltag mit unseren Familien bestreiten.
Wir Mütter sind so freundliche Wesen,
was wären wir sonst ohne Kinder gewesen?

25. Danke!

Alles Gute zum Muttertag!, lese ich alljährlich ab Anfang April in den Regalen der Geschäfte auf diversen Bonbonieren. Soll das eine Drohung sein oder ein Beileidswunsch? Die echte Warnung würde auf eine Pralinenschachtel nicht drauf passen: *Hey! Der Muttertag wird superanstrengend für dich. Während deine Familie unsicher in der Küche mit den porzellanenen Erbstücken deiner Urgroßmutter hantiert, und sie auch noch davon überzeugt sind, über ausreichende Kochkünste zu verfügen, musst du stark und cool bleiben!*

Der Muttertag ist mit einer Zivilschutzübung zu vergleichen. Einmal im Jahr wird für den Ernstfall trainiert! Sollte Mutti einmal ausfallen, was ja hoffentlich nie eintreten wird. Und überhaupt, weshalb sollte sie denn ausfallen? Freie Tage stehen ihr nicht zu, und krank wird sie auch nicht.

Aber was soll's. Geübt werden muss trotzdem, und wer sich da heimlich aus der Affäre ziehen will, dem wird von den anderen Zivildienern das Rückgrat wieder gerade gebogen. Schummeln gibt's nicht. Jeder hat doch eine Mutter! Und wenn man wenigstens am Sonntag zur Tanke geht, und noch schnell ein paar Blumen kauft. Wer nicht kochen will, lädt Mutti halt ins Gasthaus zum Mittagessen ein. Gezahlt wird ohnehin vom Haushaltsgeld, und Mutti muss die darauffolgende Woche nur Reis und Nudeln kochen oder Pfannkuchen. Ins Gasthaus gehen ist gut. Die Köchin dort ist die Beste weit und breit – zumindest am Muttertag. Deren Kinder haben es ebenfalls gut. Die brauchen für sie an diesem Tag nicht zu kochen. Die scheint auch die einzige zu sein, die selbst keine Mutti hat. Sie hat jede Menge Muttis zu Gast, die sie bekochen muss.

Damit Mutti nicht gleich Fett auf ihren Hüften ansetzt, weil sie am Muttertag ein Menü in einem durchessen kann, wird sie anschließend zu einem Ausflug verdonnert. Surprise! Surprise! Sie darf die Luft der Freiheit für genau einen Nachmittag schnuppern! Dabei richtet sich alles nach den Bedürfnissen der Zivildiener. Je nachdem, wie sie selbst gerade drauf sind. Beginnen wir mit der Gruppe der Gemütlichen.

Diese führen ihre Mütter lediglich auf eine Schifffahrt aus oder machen mit ihnen einen ausgedehnten Spaziergang in der Natur.

Die Gruppe der Einfallslosen lädt am Nachmittag noch die Schwiegermutter zu sich nach Hause ein, und Mutti deckt den Tisch für sie und für den Sohn der Schwiegermutter.

Die Gruppe der Abenteuerlustigen geht mit Mutti in einen Kletterpark auf Survivaltraining, hängt sie in die Seile und hat den ganzen Nachmittag Spaß!

Eigentlich ist der Muttertag der längste Tag im Jahr und nicht der 21. Juni! Die Kinder überraschen ihre Mütter mit ihren selbstgebastelten Geschenken aus Klopapierrollen früh am Morgen, wenn es draußen noch dunkel ist. Die Mädchen quietschen auf ihren Blockflöten ihr Muttertagslied vor und die Jungs zeigen, was sie auf ihren Schlagzeugen für neue Rhythmen gelernt haben.

„Danke!", sagen an diesem Tag die Mütter.

„Danke für dein selbstgemachtes Geschenk. Da hast du dir echte Mühe gegeben und das ganze Tixo verbraucht! Danke für euer gutes Essen. Dafür habt ihr tatsächlich alle Töpfe verwendet."

„Danke, lieber Gott, dass dieser Tag wieder vorbei ist!", stöhnen alle Familienmitglieder.

Der nächste Tag verläuft wieder in gewohnter Eintracht. Ich richte das Frühstück. Ich packe die Pausenbrote ein und hänge zeitig am Morgen die erste Wäsche auf. Meine beiden Töchter sitzen beim Frühstück. Lilly beißt genussvoll in ihr von mir gerichtetes Marmeladenbrot. Sie liebt Marillenmarmelade. Ich setze mich mit einer Tasse Kaffee neben sie und gehe in meinen Gedanken die Checkliste für den kommenden Tag durch. Sie grinst mich verschmitzt mit ihrem orangenen Marmeladenmund an und hält meine Hand mit ihren klebrigen Fingerchen fest: „Danke Mama – du bist die Beste!", sagt sie.

26. Stellenausschreibung: Mutter

ANFORDERUNGSPROFIL

Fähigkeiten:
- Schnelles und genaues Arbeiten (bügeln, waschen, kochen, ...)
- Sehr gute Vorausplanung (Termine!)
- Selbstständiges Arbeiten ohne Hilfe von anderen
- Bügeln in Rekordzeit, textile Fähigkeiten (stricken, stopfen, nähen, evtl. sticken)
- Magische Kräfte bei all diesen Arbeiten
- Hohe Flexibilität
- Extrem hohe Merkfähigkeit

Merkmale:
- Arbeitszeit: rund um die Uhr
- Nacht- und Wochenenddienst
- Kein Urlaub
- Keine Krankenvertretung vorhanden
- Jederzeit verfügbar
- Entlohnungsschema 0, ohne Pendlerpauschale, ohne Urlaubsgeld
- Eigenes Auto
- Arbeitsmittel sind selbst zu organisieren

Eigenschaften:
- Hohe Kritikfähigkeit
- Immer freundlich und gut drauf
- Nie krank
- Nie verletzt
- Falls die oberen beiden Punkte zutreffen: Schmerzen nie erwähnen
- Immer und überall anwesend
- Hilfsbereit zur Seite stehen, wann immer jemand um Hilfe ruft
- Multitaskingfähig

27. Der Geruch der Kindheit

Der Dachboden war der Ort im Haus, vor dem ich mich als Kind immer fürchtete. Notdürftig ausgelegte, ungehobelte Bretter lagen am Boden, die noch dazu knarrten, wenn man sie betrat. Eisige Kälte im Winter und drückende Hitze im Sommer gehörten zu den ungemütlichen Bedingungen am Dachboden. Gespenstische Finsternis herrschte da oben, elektrisches Licht gab es ebenfalls keines! Wenn einem Kind die Finsternis im Nacken saß, dann war das wahrlich kein angenehmes Gefühl. Die Dunkelheit dort oben schien mich wie bei Siegfried aus dem Nibelungenlied an einer einzigartigen verletzbaren Stelle treffen zu wollen.

Also mied ich diesen Ort, sooft es ging. Der Lichtstrahl der Taschenlampe flackerte, weil meine Hände so zitterten, wenn ich bloß die Dachbodenstiege betrat. Die aufklappbare Holzstiege bis an ihr Ende zu betreten, kostete mich große Überwindung. Kindliche Habseligkeiten, die meine Mutter in die Höhle der Finsternis beförderte, blieben unter dem Siegel der Dunkelheit verborgen und gerieten beinahe in Vergessenheit.

Mein Bruder und ich waren bereits mit wehenden Fahnen von zu Hause ausgezogen. Was wir in unseren eigenen vier Wänden brauchten, hatten wir eigentlich mitgenommen. Mein Vater begann daraufhin mit dem Ausbau des schaurigen Dachbodens. Unsere Eltern wollten sich einen *Ich-bin-kurz-mal-weg-Raum* schaffen, als ob das Haus nicht leer genug wäre! In erster Linie sollte das Zimmer meinem Vater als Zufluchtsort dienen, wenn meine Mutter mit dem Staubsauger durch die Wohnung raste. Für meine Mutter sollte es ein Lesezimmer werden, da es mein Vater nicht ertragen konnte, wenn sie abends im Bett noch ein Buch las. Ohne Krimi geht die Mami nie ins Bett! Psychologen meinen ja, dass Paare miteinander nichts mehr anzufangen wissen, sobald die Kinder aus dem Haus sind.

Jedenfalls waren meine Eltern gemeinsam eifrig dabei, das oberste Geschoss des Hauses zu entrümpeln. Notdürftig montierte mein Vater eine Baulampe, deren Strom aus dem Stockwerk darunter entnommen wurde. Sie glich einer Wärmelampe für kleine Kälbchen, wie man sie auf Bauernhöfen oft sieht. Zufällig besuchten genau an diesem Tag mein Bruder und ich unsere Eltern, was nicht einmal an Weihnachten zu schaffen war! Kaum angekommen, zerrte uns unsere Mutter weg von der aufgeklappten Dachbodenstiege. An der Geschwindigkeit, wie die zu entsorgenden Dinge herunterflogen, konnten wir deutlich erkennen, wie oft sich unser Vater schon seinen Kopf am Gebälk angeschlagen hatte.

Nicht zu fassen, was unter diesem Dach im Laufe der Zeit so alles Platz gefunden hatte! Kisten, Schachteln, Tonnen, Blechdosen und alte Koffer kamen immer mehr zum Vorschein.

„Meine ersten Kinderski!", rief ich und zog rot-weiße Plastikski mit Schuppen-Belag aus einer der Tonnen. Vaters Skistöcke fielen auch gleich mit heraus. Nicht gerade, dass die Dinger noch aus Holz geschnitzt waren, aber sie stammten auf jeden Fall aus einer Zeit, in der es den Menschen schon gab! Die Schubhilfen hatten noch Ledergriffe, die Schneeteller waren ebenfalls aus Leder und so groß wie ein Frühstücksteller. Ganz zu schweigen von farbigen Aufdrucken und Firmenbeschriftungen. Ich konnte den Schnee förmlich riechen, und mir fielen die schönen Skitage mit meinem Bruder ein. Nirgends schmeckten der Tee mit Zitrone und der Schokoriegel so gut, wie auf der Skihütte, bei der wir jedes Mal einkehrten. Alle Leute trugen damals noch Skioveralls, und die Länge der Ski sollte noch zwanzig Zentimeter mehr betragen als die eigene Körpergröße! Von Carvingschwüngen waren wir damals noch einige Zitronentees entfernt! Mutters Skiversuche blieben bei ihren Versuchen. Sie widmete sich lieber Dingen, die sie perfekt beherrschte: Kuchen backen für ihre Skifahrer.

Meine Erinnerungsträume wurden von einem lauten Fluchen, das vom Dachboden kam, jäh unterbrochen. Vater war eine weiße Kiste mit bunten Streifen darauf entglitten. Das war unser alter Kassettenkoffer! Der Schnappverschluss sprang auf, alle darin enthaltenen Kassetten fielen heraus. Meine Pumuckl-Hörgeschichten und die Alf-Kassetten meines Bruders lagen am Flurboden verstreut. Sofort stürzten wir uns auf sie, als ob wir einen Einhundert-Euro-Schein gefunden hätten. Der Wert dieser Kassetten war für uns natürlich ein viel größerer. Meister Eder und sein Pumuckl, was war das noch für ein toller Kinderfilm! Die Zeichentrickserie von heute kann man mit dem Original überhaupt nicht vergleichen. Was haben wir abends vor dem Fernseher gesessen und über Alfs Sprüche gelacht. Null problemo! Dazwischen lag noch eine Kassette, auf der Lieder aus den Achtzigern zu hören waren, unter anderem die Titelmusik der Kultserie Miami Vice. Ich kann mich noch gut daran erinnern, dass sehr lange ein Poster von Don Johnson auf unserer Zimmertüre klebte.

Ganz unscheinbar in einer Ecke des Flures lag eine Schuhschachtel. *Jogging High* stand darauf.

„Ich habe gar nicht mehr gewusst, dass ich die noch habe", meinte mein Bruder, als er die verstaubte Schachtel wie eine alte Schatztruhe öffnete. Jeden Tag saß er damals abends auf seinem Bett mit seinen knöchelhohen, weißen Turnschuhen in Händen und tauschte die drei verschiedenfarbigen Plastikbolzen im Fersenbereich der Schuhe aus.

Eine schwarze Uhr lag ebenfalls in diesem Schuhkarton. Es war, für damalige Verhältnisse, keine gewöhnliche Uhr. Sie war viereckig statt rund und hatte viele Miniknöpfe unter dem Digitaldisplay, weil ein Taschenrechner integriert war. Mein Bruder schnallte sie sich um, drückte mit dem rechten Daumen und Zeigefinger auf zwei bestimmte Knöpfe links und rechts der Uhr und meinte mit ernstem Gesicht: „K.I.T.T., komm schnell zu mir, April ist in Gefahr!"

Ich sah Mutters erzürntes Gesicht wieder vor mir. Sie hatte immer das Abendessen so liebevoll gedeckt und wir, inklusive Vater saßen von Montag bis Freitag vor dem Fernseher und sahen Knight Rider. Dabei war die Handlung täglich die gleiche. Devon Miles, der Firmenchef der Foundation für Recht und Verfassung, April, die Mechanikerin von K.I.T.T. und Michael Knight, ein Mann und sein Auto, die gegen das Unrecht kämpften. Jedes Mal kam eine Frau ins Spiel, die noch neben Verbrechern, gerettet werden musste. Am Ende kam der lustige Schlusssatz des sprechenden Autos. Heute sagt man Navi dazu.

Beim Stöbern stießen wir noch auf ein lustiges Spiel, das es sogar heute noch gibt. Ein batteriebetriebenes Angelspiel. Die blaue Drehscheibe kreist permanent im Uhrzeigersinn, während man mit Minimagnetangeln versuchen muss, die darauf liegenden Fische einer bestimmten Farbe zu angeln.

Da saßen wir erwachsen gewordenen Kinder im Flur am Boden zwischen all den Dingen, die uns einst zur Last gefallen waren und spielten wie an Kindertagen im Kinderzimmer.

„Kann mir jemand mal den schwarzen Sack abnehmen!", rief das Gespenst der Finsternis von oben. Es war ein prall gefüllter, schwarzer Plastiksack, der sich sehr weich anfühlte. Er passte kaum durch die Dachbodenluke, bis er letztendlich an einer Seite aufplatzte! Es purzelten sämtliche Stofftiere heraus. Meine Monchhichi-Äffchen, Teddybären und der Schlappi meines Bruders sollten genauso im Flur landen, wie all die anderen Spielsachen auch: hart und mehr oder weniger ungewollt. Weder Schlappis Farbe noch seine Gattung konnten je ergründet werden. Er war eine rätselhafte Mischung aus einem Bären und einem afrikanischen Elefanten. Er hatte zwar keinen Rüssel aber riesige Ohren, und seine Farbe war kein braun, grün oder gelb – aber irgendetwas von allem. Das Besondere an ihm war wohl eher der Name, der seiner Gattung auch am nächsten kam. Dann entdeckte ich sie. Meine Lassie! Mein Ein und Alles! Mein geliebter Stoffhund. Sie bekam einst sogar eine eigene Hundehütte, die für einen Rottweiler geeignet gewesen wäre! Sie sah der Colliehündin aus der damaligen Fernsehserie kein bisschen ähnlich, aber sie war trotzdem meine Lassie! Sofort drückte ich sie an mich. Ihr Fell war an manchen Stellen schon kahl geworden. Ich erinnerte mich an jenen Sommertag, an dem meine Mutter sie doch einmal waschen musste. Gott sei Dank wurde sie nicht in der Waschmaschine zusammen mit den Steinen aus meines Bruders Hose gewaschen! Sie bekam eine nasse Massage im Waschbecken in unserem Badezimmer. Ich stand ihr damals tröstend zur Seite, und wir beide haben diese Prozedur echt gut hinbekommen, aber bis meine Lassie wieder trocken wurde, mussten wir beide echt harte Stunden durchstehen. Meine Mutter klemmte sie mit Wäscheklammern auf der Wäscheleine in unserem Garten auf den Ohren auf! Hilflos stand ich darunter und konnte sie nicht retten. Als sie an jenem heißen Sommertag doch rasch getrocknet war, hatte ich sie lieber als zuvor, und ich ließ sie nie wieder ein Bad nehmen! Obwohl meine Lassie so viele Jahre in der Dunkelheit am Dachboden bei allen Temperaturen verbringen musste, roch sie noch immer gleich wie damals, als ich sie kein zweites Mal mehr waschen ließ! Sie roch nach – meiner Kindheit und die war schön!

28. Shoppingmum

Stellen Sie sich vor, Sie geben fünf Müttern, mit je ein bis drei Kindern 500 Euro und schicken sie damit einkaufen. Stellen Sie sich vor, die Kinder dieser Mütter sind im vergangenen Jahr alle erheblich gewachsen. Es ist Spätherbst, und die Winterstiefel vom Vorjahr könnten unter Umständen nicht mehr passen. Außerdem sind genau die schicken Pullis im Angebot, die im Kindergarten und in der Schule schon einige Kinder tragen.

Würden wir Mütter 500 Euro, wie eine echte Shoppingqueen, ganz alleine für uns alleine ausgeben? Ja natürlich! Wir haben, gerade nach der Karenzzeit, ohnehin nichts mehr anzuziehen! Schön, für zu Hause ist die Kleidung noch gut genug. Jeans mit bunten Farbflecken darauf von der letzten Renovierung des Kinderzimmers, helle Baumwollshirts, die bespickt mit Karottenflecken sind aus der Babyphase und einen Wintermantel, der äußerst mitgenommen aussieht, weil wir Mütter mit unseren Babys und Kleinkindern täglich mehrere Stunden im Freien verbrachten.

Ja, und so richtig feine Schuhe hatten wir schon lange nicht mehr an. Wie sollten wir auch in Stöckelschuhen mit unseren Kindern im Sand oder am Spielplatz spielen? Ein ausgiebiger Besuch beim Frisör täte uns

auch mal wieder gut. Wann haben wir das letzte Mal in einer Drogerie in Schminkutensilien herumgestöbert? Ja, es steht uns nach der Babypause wieder einmal zu, dass wir auf uns schauen und uns wieder einmal so richtig fein aufbrezeln. Die Sabber-Schlabber-Zeit ist vorbei!
Unter diesen Tatsachen gehen diese fünf Mütter in das nächste Einkaufszentrum zum Shoppen. Kleidung ist das erste, was sie brauchen. Auf den Kleiderständern, die im Eingangsbereich stehen, hängen vielversprechende Wäschestücke. Im Geschäft müssen sie sich zuerst durch den Dschungel der Kinderabteilung durchschlagen, um in die Damenabteilung zu gelangen. Gut. Man kann ja mal schauen. Sie wissen ja, dass sie an diesem Tag ohnehin für sich selbst einkaufen werden und dass ihnen ausreichend Zeit zur Verfügung steht. Also kann man ja die Pullover mit den ansprechenden Aufdrucken drauf mal genauer betrachten. Dazu passende Hosen würde es auch noch geben und das ganze Set für nur 19,95 Euro! Gekauft! Es sind ja noch ungefähr 480 Euro in der Geldtasche! Ein Kind hat etwas. Dann braucht das andere auch eine Kleinigkeit. Die Auswahl an warmen Shirts, die obendrein auch noch lustig aussehen, ist groß, und die Hosen sind weich, warm und bequem. Das ist wichtig, wenn die Sprösslinge einige Stunden in der Schule sitzen müssen! Nochmal 21,95 Euro zahlen. Das dritte Kind bei zwei von den besagten fünf Müttern ist noch

klein und benötigt dringend ein paar dicke, warme Strumpfhosen. Zwei Paar für nur 12,99 Euro! Ein echtes Schnäppchen! Drei Packungen landen im Einkaufskorb. Bleiben noch ungefähr 420 Euro für Mutti. Mutti ist zufrieden. Die Kinder bekommen von ihrem Shoppingtag auch etwas ab.

Mutti geht weiter durch das Geschäft. Mutti sieht Anoraks mit warmen Pelzkapuzen in den Größen 104 bis 134. Mutti schaut erst einmal. Der Anorak ist im Einkaufskorb für nur 25 Euro!

So, und jetzt ist Mutti nicht mehr Mutti und geht für sich selbst einkaufen! Anorak, ja! Den braucht sie auch schon dringend! Die Adlersuchaugen sind in der Babypause kein bisschen schlechter geworden, aber der Egogedanke hat deutlich abgebaut. Seitdem wir Mütter sind, schaffen wir es nicht mehr, auch nur eine Stunde nicht an unsere Familie zu denken oder daran, was sie benötigen. Immerhin kostet der Anorak für Mutti über 150 Euro! Bleibt dann noch genug Geld übrig für den Frisör und die Schuhe? Mutti entscheidet sich für den günstigeren für nur 95,99 Euro. Dafür sind die Taschen an den Seiten nur Attrappen, also nicht geeignet zum Händeeinstecken, weil sie zugenäht sind. Egal.

Im Schuhgeschäft gibt es eine Riesenauswahl an Winterstiefeln. Wieder einmal Highheels tragen? Ja, aber nicht im Winter, wenn womöglich Schnee und Eis am Weg liegen. Die Schuhe sollen robust, kälte-

und wasserdicht und geeignet zum Schlittenfahren mit den Kindern sein. 179,90 Euro kosten die Stiefel aus weichem Leder mit guter, dicker Sohle und einem damenhaften Schnitt. Wehmütig denkt Mutti an die alten Winterstiefeletten zurück, die sie im vergangenen Sommer doch nicht hätte wegwerfen dürfen. Bestimmt hätten sie diesen Winter auch noch irgendwie gehalten. Die Verkäuferin überzeugt sie, dass Erwachsene ihre Schuhe bedeutend länger tragen als Kinder, sprich diese Stiefel mindestens drei Winter durchhalten werden, und man eigentlich nur 60 Euro pro Jahr, 5 Euro pro Monat dafür zahlt. Während die Verkäuferin die Schuhe schon zur Kasse trägt, schaut sich Mutti noch in der Kinderabteilung um, einfach nur so. Was für ein Glück wir Mütter beim Einkaufen doch immer wieder haben. Ausgerechnet heute ist der *Nimm-drei-zahl-zwei-Tag* bei Kinderschuhen!
„Kann ich ihnen noch behilflich sein?", bietet sich die Verkäuferin an.
„Nein danke, ich schau mich gern noch ein bisschen um", sagt Mutti. Schauen kostet nichts. Später schon! Später steht Mutti nämlich an der Kasse und zahlt ihre Winterstiefel und zwei von drei Kinderschuhen.
Zufrieden fährt die Shoppingqueen nach Hause. Endlich hat sie die Dinge besorgt, die benötigt werden. Ein paar Schuhe und einen Winteranorak für sich und der Rest ging für die Kinder drauf. Frisör? Ja, aber nicht mehr an diesem Tag und nicht mehr mit einem

Teil von diesen 500 Euros. Die Kaufhausluft ist immer so stickig, dass Mutti echt müde geworden ist. Schade, dass wir Mütter fürs Shoppen nicht von unserer Jury zu Hause geehrt werden, dafür, dass wir auch an sie denken. So würden wir von der Shoppingqueen zur Shoppingmum gekrönt werden.

29. King of Shopping

Es gibt Dinge, die passieren genau einem Menschen von tausend in seinem ganzen Leben genau einmal. Es gibt Dinge, die gehören zur Kategorie *Laune der Natur*. Mit einem Mann einkaufen zu gehen, lässt sich in keine Kategorie einordnen. Das ist ein Zustand! Das ist Survival-Training pur! Das ist echt hardcore! Ein Einkauf im Baumarkt zählt da noch zu den leichtesten Übungen. Da kennt Mann sich aus, während Frau sich ein wenig in der Garten- und Haushaltsabteilung umsehen darf. An der Kasse sieht man höchst zufriedene männliche Gesichter, die alle irgendein tolles Gerät, Materialien zum Fliesenlegen oder Parkettbodenverlegen in ihren Einkaufswagen stolz vor sich herschieben.

Männer kaufen ausschließlich Dinge, die etwas können oder mit denen man etwas Brauchbares herstellen kann. Dann geht man mit ihnen in ein Einkaufszentrum, in dem es zig Geschäfte gibt und in dem für jeden Geschmack etwas dabei ist. Fast! Braucht ein Mann etwas Neues zum Anziehen, dann bedeutet das auf einer Schwierigkeitsskala von eins bis zehn satte neunzehn! Dabei ist es völlig egal, ob ein Mann einfach eine Jeans und ein T-Shirt oder ein Sakko samt Hemd und Krawatte braucht. Dazu passende Schuhe erwähne ich in diesem Kapitel erst gar nicht!

„Schatz, am Samstag müssen wir beide in die Stadt zum Einkaufen fahren", erklärte er mir eines Morgens beim Rasieren.

Ich fühlte mich nicht gleich angesprochen, denn er öffnet jeden Morgen den Schrank, steckt den Kopf hinein und fragt: „Was soll ich denn heute anziehen?"

Als ich mir das letzte Mal etwas zum Anziehen kaufte, meinte er kühl: „Wieso kaufst du dir schon wieder Klamotten? Du hast doch dreimal mehr als ich in deinem Schrank? Schau mich an! Ich komme mit so wenigen Sachen aus!"

Nun war es Zeit für meine gerechte Gegenfrage: „Wieso kaufst du dir neue Kleidung? Du kommst doch ohnehin mit wenig aus!"

„Ich brauche für meine Meetings mehr als nur zwei Sakkos, die ich abwechselnd anziehe. Außerdem steht mir grau nicht!", rechtfertigte er sich. Gut. Das Argument zählte. Also willigte ich nichtsahnend ein, als seine Farb- und Typberaterin mitzufahren.

Auf der Fahrt in die Stadt fühlte ich mich beinahe geschmeichelt, denn immerhin benötigte er meine Ratschläge, also musste er sich einmal etwas von mir sagen lassen. Ich zerrte ihn in ein Geschäft, von dem ich mir sicher war, dass er hier etwas Tragbares finden würde.

Erbost verließ er das Geschäft nach einer Viertelstunde wieder. „Kein Wunder, dass du so oft einkaufen gehst. Die haben hier nur Ramsch und die Angestellten sehen nicht freundlich aus!", schimpfte er.
Entmutigt schlich ich hinter ihm her. Vor dem nächsten Bekleidungsgeschäft standen einige Ständer mit Hemden und Pullovern darauf. Eine Verkäuferin sortierte gerade Kleidungsstücke nach deren Größen. Als sie kurz aufblickte, sprang sie mit einem Satz zwischen den Ständern hervor und begrüßte meinen Mann wie eine Herumirrende in der Wüste, die soeben die lebensnotwendige Oase gefunden hatte. Dabei war er der ziellos Verirrte, der nicht einmal eine Ahnung davon hatte, was er sich zum Bekleiden kaufen sollte!
„Gut siehst du aus, obwohl wir uns schon so lange nicht mehr gesehen haben. Na ja, unser letztes Klassentreffen ist ja auch schon einige Zeit her!", flötete sie und hielt ihn an seinen Ellenbogen fest, streckte ihn von sich weg, musterte ihn von oben bis unten und lächelte ihn zuckersüß an. „Komm mit, ich weiß genau, was du brauchst", meinte sie selbstsicher, und schon waren die beiden im Geschäftsinneren verschwunden.
Toll! Hat mein Mann tatsächlich vergessen, mich vorzustellen, oder hat mich diese Barbie im viel zu kurzen Rock bewusst ignoriert? Wie heißt es so schön? Aus jeder negativen Situation kann man etwas Positives gewinnen. Die Kinder waren gut untergebracht, mein

Mann in, ich weiß nicht welchen Händen, und ich war endlich Single auf befristete Zeit!

Also ging ich in die Damenabteilung, nur so zum Schauen. Ich stöberte gerade seelenruhig bei den Jacken, als hinter mir ein unsicheres *„Schatz ..."* zu hören war. Ich sagte doch – auf befristete Zeit. Die Kinder können sich schon länger mit ihren Freundinnen beschäftigen als er. Er hielt sich ein dunkelblaues Hemd mit hellblauen feinen Streifen darin samt Kleiderbügel an seine Brust.

„Was meinst du? Steht mir das?", fragte er mich.

„Ja, sieht nicht schlecht aus. Intensive Farben passen zu dir", gab ich irritiert zur Antwort.

Schon drehte er sich um, ging zu seiner *Verkäuferin des Monats* und meinte: „Nein, das Hemd nehme ich nicht. Gib mir bitte was, das zu mir passt!" Aus sicherer Entfernung gab ich mein gewonnenes Singledasein auf und verfolgte das Geschehen in der Herrenabteilung weiter. Wie ein Kaufhausdetektiv verschanzte ich mich hinter einem mit Blusen behängten Ständer.

„Du musst bei solchen Dingen schon ein geschultes Auge fragen!", belehrte diese Person meinen Mann.

Mir verging die Lust daran, mich in der Damenabteilung in Ruhe umzuschauen. Ich beschloss, an der Kasse auf die beiden zu warten. *Der Kunde ist bei uns König*, konnte ich auf einem gelben Schild hinter dem Verkaufstresen lesen. Auf *des Kaisers neue Kleider* war ich ja echt schon gespannt.

Schließlich kamen mein Mann und das geschulte Auge lachend mit Sakkos, Hemden und T-Shirts in ihren Armen an der Kasse an. Man stelle sich nun vor, unter all diesen Kleidungsstücken war auch ein anthrazitgrauer Anzug dabei! Ich zog die Augenbrauen hoch und fragte mit verschränkten Armen: „Ich dachte, grau steht dir nicht?"
„Ach, Silke meint, es passt zu mir ausgezeichnet", gab er grinsend zur Antwort, als er seine neuen Kleidungsstücke zum Zahlen ablegte.
Klar! Der graue Zwirn war von allen Anzügen der mit Abstand teuerste. Hatte mein Mann denn nicht gemerkt, dass diese zu klein geratene Person ihn soeben über den Ladentisch zog?
Aus und vorbei. Mein Mann hatte neue Klamotten zum Anziehen, zahlte alles, und ich hoffte, dass er am nächsten Morgen nicht die tägliche Frage in seinen Schrank stöhnen würde.
Das schwierigste Geschäft hatte ich noch vor mir – das Lebensmittelgeschäft! Auf dem Einkaufszettel standen Dinge für den täglichen Gebrauch, nichts Exotisches wie zum Beispiel Kokosnussmilch oder Tabascosoße. Kartoffeln, Äpfel, Milch, Käse, Schinken, Eier, Nudeln, Brot, Mineralwasser und für ihn noch einen Rasierschaum. Ging ich mit meinen Kindern einkaufen, dann erklärte ich ihnen vor der Eingangstüre, wie sie sich im Geschäft zu benehmen hatten. Im Gegenzug beeilte ich mich, nahm das, was mir günstig

ins Auge sprang und auf dem Zettel stand und war innerhalb von zwanzig Minuten mit meinem Einkauf samt Kindern fertig.

Ein Lebensmittelgeschäft mit einem Mann zu betreten ist eine eigene Wissenschaft. Schnell den Euro in den Einkaufswagen gesteckt und ab in die Odyssee von verpackten Lebensmitteln. Natürlich achtete ich beim Kauf von Obst und Gemüse immer auf einheimische Produkte. Der Raum für Entscheidungen war hierbei sehr weitläufig. Festkochend, vorwiegend festkochend, Heurige, große Riesen oder kleine Kartoffeln, im Netz oder im Plastiksack war allein nur bei den Kartoffeln die Auswahl. Statt den günstigeren Riesen sollten die teuren Heurigen im Einkaufswagen landen.

Bei den Äpfeln war mir sonnenklar, dass nur seine Lieblingssorte gekauft werden würde, egal was sie kosteten. Die Milch musste unbedingt eine Biomilch und silofrei sein.

Die Aufschrift BIO auf sämtlichen Produkten stößt mir zunehmend auf. Haben wir nicht alle im Biologieunterricht gelernt, dass BIO aus dem griechischen bios abstammt und nichts weiter als Leben bedeutet? Wird Milch, die nicht die Aufschrift BIO trägt von Mondkälbern gemolken? Werden Eier, die nicht von BIO-Freilandhühnern stammen, künstlich erzeugt? Beim Käse bevorzuge ich meine Lieblingssorte und entschied zwischen zwei Varianten, je nach Preisklasse eben.

„Bist du verrückt!", hörte ich eine entsetzte Stimme hinter mir fragen. „Du musst immer auf den Kilopreis achten! Das Kleingedruckte liest du wohl nie, was?", stellte er verständnislos fest. Ich merkte, dass er sämtliches Haushaltsgeld schon den Bach runterrinnen sah, nur weil ich nicht auf den Kilopreis achtete. Ich brauchte diesen Käse in genau dieser Größe und dieser Gewichtseinheit! Warum sollte ich einen anderen Käse mitnehmen, auf den ich erstens keine Lust hatte, zweitens nicht wusste, wie er schmeckte und drittens er mir zu groß war, um ihn einfach nur zu kosten.

Ich nahm den Käse, der mir zusagte, aber dem war noch nicht genug. Er musste nun auch noch auf seine Inhaltsstoffe und auf den Hersteller geprüft werden – und das von meinem Mann!

Geht man als Frau mit dem Ehegatten Lebensmittel einkaufen, dann müssen jene Produkte, die im Einkaufswagen landen eine strengere Kontrolle durchmachen als Bioprodukte! Milch, Eier, Schinken und Nudeln sollten den gleichen TÜV-Test bestehen. Brot für die Welt, aber nicht für meinen Mann! Was die Auswahl bei den Kartoffeln, waren die Argumente beim Brot. Zu trocken, zu viel Weizenanteile, reines Roggenbrot schmeckt nicht, zu wenig Sonnenblumenkerne und zu viele Emulgatoren.

„Hast du einmal das Haltbarkeitsdatum auf diesem Weißbrot gelesen? Das hält ein dreiviertel Jahr!", stellte er fassungslos fest.

Plötzlich fiel mir die Frau aus der Werbung ein, die mit ihrem Kind einkaufen ging. Zu gerne würde ich mich in die Gänge stellen und laut hysterisch rufen: „Hilfe! Wir werden mit diesen Lebensmitteln alle vergiftet!" Nur mein Mann könnte die Menschheit retten, denn nur er ist allwissend über die Inhaltsstoffe der sogenannten *Überlebensmittel*.

Ich überließ ihm die Entscheidung beim Brot und organisierte mir das Mineralwasser. Bei Wasser könnte man doch nichts falsch machen, außer dass ich kein stilles Wasser einkaufe, denn dann trinke ich lieber zu Hause Wasser aus der Leitung. Kommt aus dem Wasserhahn und nicht aus einer PET-Flasche – echt BIO!

„Willst du dieses Mineralwasser echt nehmen?", fragte eine altkluge, altbekannte Stimme neben mir. „Darin sind viel zu wenig Kationen und im Vergleich dazu, zu viele Anionen enthalten", belehrte er mich.

Dieser Tag hatte mit mir wieder so einiges angestellt, und ich ließ meiner Ironie freien Lauf. Ich nahm eine Flasche stilles Wasser aus dem Regal, hielt es zuerst an mein Ohr, machte ein langweiliges Gesicht und hielt es anschließend meinem Mann ans Ohr.

„Was hörst du?", fragte ich ihn.

„Nichts", gab er irritiert zur Antwort. „Glaubst du denn im Ernst, dass das stille Wasser damit etwas zu tun hat?", fragte er mich und zeigte mir gleichzeitig dabei den Vogel.

„Psssst!", machte ich und hielt eine Flasche prickelndes Mineralwasser an sein Ohr.

„Was wird das?", fragte er genervt und stemmte die Hände in seine Hüften.

„Pssssst!", wiederholte ich und beugte mich über unseren Einkaufswagen und tat so, als würde ich etwas Merkwürdiges darin entdecken. Während ich einen Finger vor meinen Mund hielt, winkte ich mit der anderen Hand meinem Mann zu. Schließlich kam er näher und beugte sich ebenfalls suchend über den Einkaufswagen.

„Hörst du's jetzt endlich?", flüsterte ich ihm zu und blickte ihm dabei tief in die Augen.

„Was soll ich hören?", flüsterte er zurück.

„Du hörst das Gras wachsen!", antwortete ich genervt. „Jetzt lass uns noch Mineralwasser kaufen und dann endlich zahlen. Ich kann das ganze Zeug darin gar nicht mehr essen, weil es mich zu viel Zeit und Geduld gekostet hat, bis wir das alles beisammen hatten!"

„Gras! Gut, dass du mich daran erinnerst!", schoss es ihm plötzlich ein, als wir endlich auf dem Weg zur Kasse waren.

„Ich brauch noch einen Rasierschaum!", war die Aussage, die ich so gar nicht mehr hören wollte. Wissen

Sie, was Rasierschaum alles für Inhaltsstoffe hat? Bedeutend mehr als ein Laib Brot, und bedeutend länger stand mein Mann vor dem Regal mit den Hygieneartikeln.

„Nimm doch den in der dunkelblauen Flasche, den hattest du bisher immer!", wollte ich ihm behilflich sein, damit wir endlich aus diesem Laden gehen konnten.

„Nein, den kann ich nicht mehr nehmen. Der brennt zu sehr auf meiner Haut, und wenn ich sehe, was da alles draufsteht, dann wundert es auch nicht mehr. Ich muss jetzt einen Rasierschaum finden, in dem all diese Inhaltsstoffe nicht enthalten sind", erklärte er mir geistesabwesend, während er den Inhalt der Rasierschaumdose studierte.

„Die schließen hier in einer Stunde. Meinst du, du schaffst das bis dahin?", begann ich langsam zu quengeln. Nach einer Viertelstunde standen wir endlich bei der Kasse. Alles lag auf dem Förderband, auch der Rasierschaum *for men sensitiv*!

Haben Sie das Wort sensitiv schon einmal gegoogelt?

Sensitive Personen sind Leute, die über ausgeprägte paranormale Fähigkeiten verfügen und in Kontakt mit Geisteswesen oder Dämonen kommen können. Paranormal bezeichnet etwas nicht auf natürliche Weise Erklärbares.

Das ist der Beweis! Es ist einfach nicht erklärbar, warum sich Männer beim Einkaufen so verhalten! Ich habe es schon immer gewusst! Das Wesen Mann gehört zu den Bewohnern eines anderen Planeten – wie kryptisch! Mein Mann ist der Superman vom Supermarkt, der Mann, dem die Frauen hinter dem Kleiderständer vertrauen und der Einzige, der die Etikettenaufschrift entziffern kann.

30. Kindergeburtstag

Freudig begrüßte mich meine Kleine, als ich sie vom Kindergarten abholte. Sie hatte nämlich eine wichtige Neuigkeit für mich. Aus ihrer Kindergartentasche zog sie ein rotes Kuvert.
„Da ist eine Einladung von meinem Freund Flo drinnen. Er hat mich zu seinem Geburtstag eingeladen", erzählte sie mir mit funkelnden Augen.
Flo hieß eigentlich Florian. Er war der Frauenversteher in Lillys Gruppe. Jedenfalls verstanden die beiden sich prima. Meistens. Manchmal nicht. Sie konnten teilweise nicht miteinander aber auch nicht ohne einander. Die beiden besaßen die besten Voraussetzungen für eine lang anhaltende Beziehung. Umso mehr freute sie sich, dass er sie eingeladen hatte.
Schön! Mein Kind war glücklich, also war ich es auch, obwohl mich ein Zweifel überkam. Ich hatte nämlich keinerlei Ahnung, was sich Jungs in diesem Alter so wünschten. Wir wollten das zu Hause in Ruhe besprechen. Außerdem musste ich sowieso demnächst in die Stadt fahren.
Zwei Tage später betraten wir einen riesigen Spielzeugladen, der bis an die Decke mit Spielsachen beladen war. Das war ja ein Schlaraffenland für Kinder. Mich überfiel jener ängstliche Gedanke, dass

wir da so schnell nicht wieder herauskommen würden. Also bog ich gleich nach dem zweiten Regal nach links ab. Hier waren alle Baumaterialien aus Plastik in den grellsten Farben eingeräumt.

„Mama, du bist bei den falschen Sachen!", rief meine Tochter am Ende des Regals mir zu. Sie stand da mit gegrätschten Beinen und stemmte ihre Hände energisch in die Hüften. Ihre blonden Locken glichen kleinen Antennen, die völlig unter Strom standen!

„Wieso? Das hier ist doch eindeutig für Jungs?", fragte ich und zog einen gelben Plastikbagger aus dem Regal.

„Mama, Flo wird fünf Jahre alt, der steht schon lange nicht mehr auf Bob den Baumeister. Wir brauchen ein echt cooles Auto!", belehrte sie mich mit verdrehten Augen und zog mich zum nächsten Regal.

Wahnsinn! Wenn meine Tochter jetzt schon so spricht, wie wird sie mit uns sprechen, wenn sie fünfzehn ist? Mit einem Anfängermodell eines ferngesteuerten Autos verließen wir ohne zu Trödeln das Geschäft. Lilly wusste, es ging an diesem Tag um ihren besten Freund und nicht um sie, deshalb versuchte sie erst gar nicht, nach einer Kleinigkeit aus der rosa Abteilung zu betteln.

Flos Vater schien sich auf dessen Geburtstag ebenfalls zu freuen, denn er war top vorbereitet auf all seine fünfundzwanzig Gäste! Als begeisterter Hobbykoch baute er auf seiner Terrasse ein Buffet auf, das es nicht einmal in meinem Betrieb zu Weihnachten gab!

Im Garten hatten Flos Eltern einige Spielstationen aufgebaut. Topfklopfen, Dosenwerfen, Blinde Kuh und Trampolinhüpfen bedeuteten nur den Anfang aller Spiele, die der Kindermeute zur Unterhaltung dienen sollten. Wir Mütter wurden ebenfalls alle eingeladen und saßen auf der wunderschönen Terrasse, die so lieblich dekoriert und bepflanzt war. Gemütlich saßen wir mit einem Glas Prosecco und Lachspastetenbrötchen beieinander und unterhielten uns über das, was Frauen wollen und was sie nicht wollen, dass ich kaum mehr auf die spielenden Kinder achtete. Unser Gelächter beim Ablästern glich dem der Kinder, als Flos Vater mit ihnen im Garten herumalberte. Wir hatten auch genauso viel Spaß daran, wie die Kinder beim Spielen. Nach der offiziellen Geschenkeverteilung neigte sich gegen Abend der Kindergeburtstag dem Ende zu, und alle gingen fröhlich nach Hause. Die Kinder waren müde und wir Frauen moralisch für eine ganze Woche Leben mit Mann und Kindern gestärkt. Ich bog auf die Hauptstraße, da war meine Kleine in ihrem Kindersitz schon eingeschlafen. Ihr Schlaf sollte nicht lange dauern, denn sie wurde wach, als ich von einer Polizeistreife angehalten wurde.

„Guten Abend. Fahrzeugkontrolle. Führerschein und Autopapiere bitte!", grüßte mich der Polizist während sein Kollege wie ein Haifisch, der um seine Beute schwimmt, mein Auto umkreiste.

„Woher kommen sie denn?", wollte er wissen, als er meine Papiere studierte.

„Ich komme von einem Kindergeburtstag", gab ich brav zur Antwort.

Sofort schossen bei dem Mann in Uniform die Augenbrauen hoch!

„Oh – haben Sie etwas getrunken?", fragte er mich mit tiefer Stimme und sah mich dabei genau an. Nahezu durchdringend!

„Na ja, ein Glas Prosecco, aber das ist schon vor über vier Stunden gewesen!", erklärte ich ihm. Da halfen keine weiteren Erläuterungen mehr. Ich musste aussteigen und durchs Röhrchen blasen. Die Promilleanzahl auf diesem kleinen Gerät gefiel dem Polizisten überhaupt nicht! Also musste ich handeln.

„Herr Inspektor, das ist unmöglich. Der Prosecco war ja mit Orangensaft verdünnt, und ich habe auch nicht wenig dazu gegessen!", redete ich um mein Überleben.

„Wie wollen Sie mir das jetzt beweisen?", fragte er mich siegessicher.

Zuerst hoffte ich, die Kleine würde nichts mitbekommen, aber dann sollte sie meine Rettung sein, ohne Strafzettel sicher nach Hause zu kommen.

„Probieren Sie das Gerät doch bei der Kleinen aus!", schlug ich ihm vor.

Ich hätte vieles verwettet, aber dass der Herr Inspektor sich darauf einlässt, schien mir schier unmöglich. Was das Gerät dann anzeigte, als Lilly durch das Röhrchen blies, sorgte für Fassungslosigkeit bei den Polizisten und für meine Bestätigung. Bei ihr stimmte mit der Anzeige auf dem Gerät ebenfalls etwas nicht!
„Gut", brummte der Uniformierte.
„Wir sehen von einem Strafzettel ab und lassen das Gerät überprüfen. Bitte fahren sie vorsichtig nach Hause", sagte er.
Da hatte ich ja ein Riesenglück gehabt. Ich hatte zu diesem Zeitpunkt, in dem ich abermals in mein Auto einstieg, noch keine Ahnung, was für ein Riesenglück! Zu Hause angekommen warf ich erst einmal meine Schuhe in Richtung Garderobe und trug die Kleine in ihr Bett. Sie war sofort nach dem Zwischenfall wieder eingeschlafen. Sie schlief so fest, dass sie nicht einmal mein Handy hörte, das ich salopp in meiner Gesäßtasche trug. Komisch. Wer rief mich so spät am Abend noch an?! Es war Flos Mutter, die sich besorgt um den Zustand meiner Tochter erkundigte.
„Der hat es bei euch heute wirklich gut gefallen, sie ist gleich im Auto eingeschlafen", wollte ich meine Dankbarkeit nochmals äußern, obwohl ich eine leichte Panik aus ihrer Stimme heraushörte. Was sie mir dann erzählte, zog mir fast den Boden unter meinen Füßen weg.

„Flo und deine Tochter sind in einem unachtsamen Moment in unser Wohnzimmer an die Bar geschlichen. Die beiden haben fast die halbe Flasche Nusslikör ausgetrunken! Flo übergibt sich schon die ganze Zeit!", erzählte sie mir.

31. Das Roboterkind

„Es gab einmal eine Zeit", begann die Oma, ihrem Roboterenkel eine Geschichte zu erzählen, „da gab es ganz viele Kinder auf der ganzen Welt. Die meisten Mütter hatten fünf Kinder und meistens sogar mehr. Leider starben manche Kinder während der Geburt oder erlagen etwas später an Krankheiten, die man einfach nicht zu heilen wusste. Die Mütter waren für den Haushalt und für die Erziehung der Kinder zuständig und niemand stellte ihre Tätigkeiten in Frage. Es gab noch keinen Fernseher und ein Telefon hatte auch noch nicht jeder Haushalt. Nicht einmal eine Waschmaschine gab es für diese Großfamilien. Ihre Väter bewirtschafteten die Felder noch ohne Traktoren und Pestizide. Vieles musste noch von Hand gemacht werden und so manche Arbeit gestaltete sich schwierig. Dann bekamen deren Kinder wieder Kinder. Diese durften alle zur Schule gehen. Sie lernten gerne und sehr fleißig. Viele von ihnen waren in ihrem jugendlichen Tatendrang bestrebt, die Welt zu verbessern. Sie suchten nach Neuerungen in der Technik. Arbeitserleichterungen mussten geschaffen werden. Ja, es waren echt einige kluge Köpfe unter ihnen. Die Waschmaschine und die Geschirrspülmaschine wurden erfunden. Auch im medizinischen

Bereich kam es zu vielen Verbesserungen. Dank der Entdeckung der Röntgenstrahlen konnte man tatsächlich in einen Menschen hineinschauen! Viele Kinderkrankheiten wurden erforscht und es bestanden gute Chancen, ein Kind durchzubekommen. Wurde eines der Kinder krank, dann saß die Mutter an seinem Bett, griff immer wieder prüfend auf die heiße Stirn und kam wenig später mit Essigwickel zurück. Über eine Woche lagen die Kinder damals in ihren Betten, während ihre Mütter sie pflegten und mit Hühnersuppe und Lindenblütentee gesund kriegten. Sie erlaubten ihnen den Lieblingspyjama und zogen die Bettwäsche auf, auf der die schönen Motive mit den lustigen Figuren darauf waren. Nachmittags kamen Freunde zu Besuch und brachten kleine Aufmerksamkeiten mit, damit das Gesundwerden nicht zu langweilig wurde."

„Brauchten die Kinder dann nicht zur Schule gehen?", fragte das Roboterkind erstaunt.

„Nein, wie denn auch, es war ja krank!", erwiderte die Großmutter lächelnd.

„Und die Mütter mussten nicht zur Arbeit gehen oder bekamen Probleme mit ihren Chefs?", ließ das Roboterkind nicht nach.

„Nein, mein Kind. Damals blieben viele Frauen noch zu Hause bei ihren Familien", erklärte die Oma und streichelte dem Roboterkind zärtlich über den

Kopf, dem in den vergangenen acht Jahren noch nie wegen Fieber heiß gewesen war.

„Jedenfalls begeisterten sich alle Leute für die fortschreitende Technik. Aber irgendwann musste etwas geschehen sein, dass die komplette Welt veränderte. Plötzlich gab es immer weniger Kinder auf Erden, aber nicht weil sie starben. Nein! Die Frauen bekamen einfach nicht mehr so viele wie früher! Scheinbar lag etwas in der Luft, dass die Frauen weniger fruchtbar machte. Aber es war nicht nur das. Die Denkweise aller Menschen hatte sich radikal verändert! Plötzlich durften die Frauen nicht mehr zu Hause bei ihren wenigen Kindern sein. Dank all dieser modernen Haushaltsgeräte wurden sie in den eigenen vier Wänden nicht mehr weiter gebraucht. Die Frauen sollten endlich richtige Arbeiten verrichten und nicht daheim den Kindern beim Spielen zuschauen. Nur eine Frau, die arbeiten geht, ist eine richtige Frau. Die, die bei ihren Kindern blieben, sah man als faule Nichtstuer an. Diese Denkweise hatte sogar dazu geführt, dass es nochmals weniger Kinder auf Erden gab. Am Ende gab es fast ausschließlich Einkindfamilien. Die armen Dinger mussten ganz alleine aufwachsen, hatten keine Geschwister zum Spielen oder welche, für die sie bereits erste Verantwortungen übernehmen mussten. Ich bin mir sicher, es sei in jener Nacht geschehen, in der ich plötzlich schwitzend aus meinen schlimmsten Träumen erwachte. Mir kamen die ganzen vergangenen letzten Jahre schon seltsam vor, aber irgendeine überirdische Macht musste die Welt komplett durcheinandergebracht haben. Es war die Rede von Bakterien und Viren, die unsere Welt beherrschen und gegen die angekämpft werden musste!", erzählte die Oma in einem fort.

„Oma! Wer sind diese Bakterien und Viren?", fragte der Roboterenkel neugierig nach.

„Bakterien und Viren hat es angeblich schon immer gegeben, aber die Mediziner und Forscher entdeckten sie im Laufe der Jahre. Sie sind winzig klein und machen die Menschen krank", erklärte die Oma sachlich.

„Was passiert, wenn man krank ist?", wollte das Roboterkind wissen.

„Da bekommt man hohes Fieber, das heißt, dass einem unerträglich heiß wird und kurz darauf friert man wieder, sodass drei warme Decken und zwei Wärmflaschen zu wenig sind, um sich wieder wohlzufühlen. Bei ganz hohem Fieber redet man wirres Zeugs, und man sieht Dinge, die gar nicht existieren."

„Ach, du meinst wohl Papa, wenn er ganz spät in der Nacht erst von der Arbeit nach Hause kommt!", wandte das Roboterkind ein.

„Man bekommt Halsschmerzen und kann keinen Bissen mehr schlucken, der Kopf schmerzt wie so überhaupt der ganze Körper. In manchen Fällen bekam man die unterschiedlichsten Hautausschläge, die einfach ihre Zeit brauchten, um auszuheilen. Es war zwischendurch jene Zeit, die die Kinder auch brauchten, um wieder etwas zur Ruhe zu kommen", stellte die Oma rückblickend fest.

„Ruhe ist langweilig!", unterbrach das Roboterkind. „Weißt du Oma, wenn ich eine Woche zu Hause im Bett bleiben müsste, dann könnte ich die ganze Woche nicht in den Hort gehen. Am Montag könnte ich nicht zum Geigenunterricht gehen, am Dienstag würde mein Leichtathletiktraining ausfallen, am Mittwoch hätte ich keine Reitstunden, am Donnerstag gehe ich doch so gerne zum Karatetraining, und am Freitag schickt mich Mama doch immer in den Computerkurs. Oma weißt du, dass ein Computer, der ein halbes Jahr alt ist, schon völlig überaltert ist? Na ja, und am Samstag besuche ich die Sprachschule, denn nur wer viele Sprachen kann, bekommt später einen guten Job, sagt jedenfalls der Papa. Was wir diesen Sonntag machen, weiß ich noch nicht", zählte das Roboterkind auf.

„Wir gingen sonntags immer in die Kirche. Danach gab es immer einen herrlichen Braten zu essen. Es war schön, um den Tisch herumzusitzen mit der ganzen Familie", schwärmte die Oma. „Was macht ihr denn sonntags immer so? Da müssen deine Eltern nicht arbeiten und du hast keinen Unterricht und kein Freizeitprogramm", wollte die Oma wissen.

„Na ja. Letzten Sonntag besichtigten wir das Weiße Haus in Washington. Am Sonntag zuvor gingen wir über den Roten Platz in Moskau, und weil ich für mein Biologiereferat Anschauungsmaterialien brauchte, reisten wir eine Woche davor auf die Galapagosinseln. In den letzten beiden Monaten war ich in jedem Land von Afrika!", meinte das Roboterkind selbstverständlich.

„Aber in Afrika gibt es doch diese vielen ansteckenden Krankheiten!", wandte die Oma besorgt ein.

„Na und?! Ich bin doch sowieso gegen alles geimpft!", antwortete das Roboterkind. „Aber Oma, erzähl weiter. Was ist nach jener Nacht passiert?", drängte das Roboterkind weiter.

„Seit dieser Nacht konnte ich immer und immer wieder Stimmen hören von allen Seiten. Es hieß, wir sollten unsere Kinder vor diesen schrecklichen Viren und Bakterien schützen. Wir sollten alle gemeinsam dagegen ankämpfen. Immerhin erleichtere es auch unsere Arbeit, wenn unsere Kinder nicht ständig im Bett liegen müssten. Wir könnten mehr im Leben erreichen, hieß es. Plötzlich wurden manche meiner besten Freundinnen krank. Sie bekamen keine Grippe. Es tauchten neue Krankheiten auf. Krankheiten, die mit nichts messbar waren. Diese Stimmen waren Leute, die uns Frauen alles möglich einredeten. Sie wurden psychisch krank. Es hieß, sie hätten das Burnout-Syndrom. Noch nie in meinem Leben habe ich von so etwas gehört. Meine Eltern hatten den Krieg überlebt und danach geholfen, die zertrümmerte Stadt wieder aufzubauen. Nebenher zogen sie uns neun Kinder groß, aber keiner von ihnen bekam dieses Burnout! Wir wurden von den Medizinern gewarnt und von den Chefs in den Firmen aufgeklärt, dass man nur dann einen Job bekäme, wenn man keinen einzigen Tag krankheitsbedingt ausfiele!", begann die Oma zu schimpfen.

„Was ist mit den Kindern passiert? Wurden die auch psychisch krank?", fragte das Roboterkind.

„Nein, diese Kinder passen perfekt in die neue Erwachsenen- und Wirtschaftswelt. So wie du eben. Sie werden geschaffen, wann die Erwachsenen es wollen, dank künstlicher Befruchtung. Sie kommen sogar auf die Welt, wann die Erwachsenen es für richtig halten, dank Kaiserschnitt, und wir brauchen dank moderner Medizin keinen Pflegeurlaub in Anspruch zu nehmen. Deine Eltern können sich in der heutigen Zeit glücklich schätzen, ein Roboterkind wie dich zu haben. Du kannst alles, weißt alles und funktionierst immer", fügte die Oma noch hinzu.

„Wie geht es den Kindern aus deiner Geschichte?", fragte das Roboterkind abermals nach. „Na ja, wenn sie nicht gestorben sind, dann wurden sie geimpft!", beendete die Oma ihre Geschichte.

32. Eine Schachtel voll Kindheit

Seit Urzeiten ist bekannt, dass wir Menschen Jäger und Sammler sind. Die Männer gingen auf die Jagd, während die Frauen Beeren und Kräuter sammelten. Heute sind die Männer bestenfalls auf der Jagd nach einer schönen Frau. Die männliche Spezies besitzt eine Briefmarken-, Münz- oder Bierdeckelsammlung, wir Frauen können vor einem Schuhgeschäft kaum Halt machen, und unsere Kinder lieben Stickeralben. Komischerweise geht es bei dieser Sammelleidenschaft nie um Dinge, die man zum Leben wirklich braucht. Was wir aber wirklich zum Leben brauchen, sind schöne Erinnerungen. Leider sind tolle Erlebnisse und die damit verbundenen Gefühle nicht greifbar! Da unser Gehirn vom Primaten abstammt, geraten viele Momente schneller in Vergessenheit, als wir es eigentlich möchten.

Aus diesem Grund besorgte ich einst zwei Schachteln, in denen die Kindheit meiner beiden Kinder aufgehoben werden sollte. Ein Lächeln und ein angenehm warmes Gefühl kommen in mir auf, wenn ich die Nabelschnurklemme oder das kleine Armbändchen aus dem Krankenhaus von Emma und Lilly in Händen halte. Der erste Strampelanzug, in dem ich einst mit Emma das Krankenhaus verließ. Natürlich dürfen in einer solchen Sammelschachtel für Mädchen die ersten Schuhe, mit denen sie ihre ersten Schritte schaffte, nicht fehlen! Das erste Muttertagsgeschenk liegt auch darin. Ganz zuunterst befindet sich ein bunt bemalter Brief mit einem sehr abstrakt gemalten Engel darauf. Der erste Brief ans Christkind! War das damals eine Aufregung für mich, als dieser Brief, der am Balkon deponiert wurde, nicht von mir, sondern tatsächlich von einer himmlischen Kraft entfernt wurde. Ein starker Wind, der uns die ersehnten Schneewolken für Weihnachten bringen sollte, hatte den Brief in Nachbars Rosenstrauch geweht. Gott sei Dank hat ihn mir Klaus heimlich wieder zukommen lassen, bevor ihn die Kleine von selbst fand und der ganze Zauber zu früh durchschaut wurde.

Schade, dass der Puppenwagen nicht in diese Schachtel passt, den der Osterhase so mühsam an einem verschneiten Ostersonntag versteckte! Als Erinnerung liegt ein Plastikei darin, auf dem das Datum steht. Ich knie regelmäßig vor dieser Schachtel, um Stück für Stück Dinge behutsam hineinzulegen, die die beiden später wieder erheitern oder an einen bestimmten Tag erinnern sollen.

Besonders nett finde ich die kleine Blechdose, die es einst als Jubiläumsedition für eine Schokolade gab. Inzwischen sind kindliche Kostbarkeiten darin wie zum Beispiel eine Muschel, die mich an unseren ersten Ausflug ans Meer erinnert. Lilly hatte es an diesem Tag tatsächlich geschafft, mit ihrem Kinderkescher einen kleinen Fisch einzufangen! Ginge es nach ihr, würde sich in dieser blauen Blechdose auch dieser Fisch und der eine oder andere Krebs befinden. Wir einigten uns damals darauf, keine lebendigen Dinge irgendwo einzuschachteln oder einzudosen, nachdem ich den toten Schmetterling liebevoll eingebettet in einer Zündholzschachtel auf ihrem Nachtkästchen fand. Ich war an diesem Tag wohl die verständnisloseste Mutter, die sich ein Kind vorstellen konnte, aber wir Mütter wissen, dass man auch NEIN sagen muss, gerade weil wir unser Kind lieben.

Als ich die kleine Kindergartentasche in der Schachtel erblicke, fühlte ich mich wie Louis Armstrong bei der Mondlandung. Der erste Kindergartentag war ein kleiner Schritt für die Menschheit aber ein großer für meine Tochter und vor allem für mich! Schade, dass das Band der Bindung zwischen Mutter und Kind unsichtbar ist. Zu gerne hätte ich mich an diesem Tag daran festgeklammert. Zu gerne würde ich es ebenfalls in diese Schachtel packen! Ich glaube, es war jene ältere Frau, mit der ich mich vor dem Kindergarten noch kurz unterhielt, die mich auf die Idee mit den beiden Schachteln brachte, indem sie meinte: „Man bekommt ein Kind kleinweise, und man lässt es kleinweise wieder los."

Es sind zwei Schachteln, die mit kindlichen Habseligkeiten angereichert werden, die irgendwann einfach nicht mehr gebraucht werden. Wie eine Schlange, die sich häutet, werden Dinge, die einst so große Bedeutung hatten, einfach abgelegt, weil sich die Kinder für andere Dinge zu interessieren beginnen, um sich weiterzuentwickeln – um den nächsten großen Schritt hinaus in die Welt zu wagen. Ich schließe den Deckel wieder und bin gespannt darauf, was noch alles darin landen wird. Vielleicht kommen auch sie, wenn sie schon längst ausgezogen sind, eines Tages in unser Haus, entdecken ihre Schachteln und erfreuen sich an Dingen, die sie an ihre Kindheit erinnern sollen.

33. Als ich neulich träumte!

Hurra! Es gibt einen Frauentag! Einen Tag im Jahr! Da haben sich über Jahrhunderte Frauen für Frauen eingesetzt, und was haben wir davon? Einen Frauentag. Toll! Diese Frauen bewiesen sehr viel Engagement und Durchhaltevermögen. Zeit, die sie womöglich lieber für ihre Familien gehabt hätten. Niederlagen, die sie nicht verdienten, und dennoch wurde ihr Einsatz nicht ausreichend gewürdigt.
Schön – für uns Frauen wurden sogar Frauenrechte erreicht. Danke! Für Männer gelten trotzdem noch immer die Menschenrechte. Es scheint, als würden wir Frauen, wie einst Rosa Parks, in einem Bus sitzen, der von einem Mann gelenkt wird. Wir dürfen auch noch froh sein, in diesem Bus mitzufahren. Aber die meisten von uns haben Stehplätze. Manche Frauen ergatterten sich einen Sitzplatz, aber noch lange keinen am Fenster. Dann steigen an der nächsten Haltestation viele Männer ein. Einige der Frauen stehen freiwillig auf und machen Platz weil ... Ja, warum eigentlich?
Na ja, ihnen wurden alte Klischees beigebracht. Außerdem steigen sie an der nächsten Haltestelle sowieso aus, weil sie in den Karenzurlaub gehen. Eine Frau machte auf Bitten eines Mannes nicht Platz. Ein paar Männer sitzen in der letzten Reihe und beginnen

zu grölen wie bei einem Fußballspiel. Sie erzählen sich Frauen- und Blondinenwitze, und das auf eine Art und Weise, dass sich diese eine Frau nicht gut dabei fühlt, auf ihrem guten Recht sitzen zu bleiben.

Wir befinden uns heute noch immer in einem riesengroßen Konflikt von uralten Einstellungen. Laut Verfassung sind wir Frauen den Männern ja gleichgestellt. Trotzdem wird uns immer wieder vermittelt, dass die Männer eine Art Vorrecht auf einen guten Sitzplatz haben. Uns droht zwar keine Gefängnisstrafe, aber wir werden mit zu wenig Respekt, Anerkennung und Dank abgespeist. Von gleichberechtigten Bedingungen am Arbeitsplatz sind wir dennoch weit entfernt. Arbeitsplätze, Freiheit und Gleichheit sind drei große Themen, die viele Menschen, über fünfzig Jahre nach der weltberühmten Rede von Martin Luther King, noch immer träumen lassen. Klar dürfen Frauen inzwischen zum Bundesheer und zur Polizeischule gehen. Sind wir Frauen erst dann gleichberechtigt, wenn wir Waffen besitzen, die eigentlich zum Töten da sind? Klar wird in technischen Berufen immer mehr für Frauen geworben, aber mir ist unklar, ob die moderne Umstellung für Frauen auch in den Köpfen aller stattgefunden hat.

Ein Beispiel dafür passierte mir beim Bau unseres Hauses. Der Rohbau stand, die Fenster waren schon eingebaut, der Elektriker hatte seine Arbeiten abgeschlossen. Nun sollte ich hier auf den Herren der

Sonnentechnik warten, um ihm zu erklären, wie wir uns die Sache mit den Solarplatten vorgestellt hatten.
Bei seiner Ankunft begrüßte er mich, sah mich dabei nicht einmal an, sondern schweifte mit suchenden Blicken über meine Schultern hinweg.
„Sagen Sie, sind nur Sie hier? Ich möchte nämlich lieber mit ihrem Mann sprechen", erklärte er arrogant.
Wäre ich eine Gottesanbeterin, ich müsste nie an Hunger leiden!
Einige Tage später fuhr ich zu einem Baumarkt. Elektrikergips und eine bestimmte Halogenleuchte für den Baustrahler sollte ich besorgen. Ich wollte nicht ewig herumsuchen und bat einen Verkäufer um Hilfe. Für was macht der seinen Job?
„Na, ist doch wieder einmal klar. Die werten Herren stehen zu Hause am Bau und schicken ihre ahnungslosen Frauen zum Einkaufen. Ich soll dann wieder alles wissen!", beschwerte sich dieser werte Herr in seinem orangeblauen Jäckchen.
Sind solche Aussagen nicht echt diskriminierend? Mich überkommt immer ein seltsames Gefühl, wenn ich in einen Baumarkt gehe. Da muss ich zunächst an der Cafeteria vorbei, in der die ganzen Bauarbeiter sitzen, die vor allem Frauen scannen, die diesen maskulinen Laden betreten. Zwischen all den Regalen in der Elektro-, Farben- oder Werkzeugabteilung schwebt über mir deren Frage wie ein Damokles-

schwert: „Mädel, bist du hier überhaupt richtig? Die Garten- und Haushaltsabteilung ist da ganz unten am Ende des Ganges."

Ich bin mir des Weiteren auch nicht sicher, ob sich zugunsten der Frauen etwas ändern wird, nur weil es Frauenparkplätze gibt, wenn nicht einmal die Behindertenparkplätze freigehalten werden!

Schwimmen wir einmal im Meer der Arbeitslosigkeit, und es kommt ein herbeigesehntes Rettungsboot mit ein paar Jobs darin zu uns, dann heißt es bestimmt nicht: „Frauen und Jugendliche zuerst!" Dann werden Männer aufgenommen, die nicht schwanger werden können. Schade, dass sie keine Seepferdchen sind! Bei dieser Gattung tragen nämlich die männlichen Tiere ihre Jungen aus. Die sind die echten Frauenversteher!

Als Lilly und Emma noch im Baby- und Kleinkindalter waren, kamen mir die gekennzeichneten Parkplätze in Eingangsnähe der Geschäfte gerade recht. Da hat doch echt mal jemand mitgedacht. Ich steige aus, schnalle zuerst die Große aus ihrem Kindersitz und hoffe, dass sie inzwischen nicht voraus rennt. Dann hole ich den Maxi-Cosi samt Baby darin aus dem Auto, sperre zu und will mir einen Einkaufswagen holen. Der Babysitz ist schwer und schnürt mir im Unterarm das Blut ab, meine Finger beginnen zu kribbeln. Erst dann bemerke ich, dass ich die Einkaufstasche samt Geldbeutel und Einkaufszettel im Auto habe liegen lassen. Also gehe ich mit Kind und

Baby wieder zum Auto zurück und hole das, um überhaupt einkaufen zu können. Wieder bei den Einkaufswagen angekommen komme ich drauf, dass ich gar keine passende Münze im Geldbeutel habe, um mir einen Wagen zu organisieren. Ich gehe mit Kleinkind und Maxi-Cosi im Arm durch das Geschäft bis zur Kasse, um mir eine Münze zu organisieren. Endlich! Geschafft! Nun stelle ich den Babysitz in den Einkaufswagen und kann einkaufen gehen. Eine Packung Windeln, Feuchttücher, Klopapier, Waschmittel, Salat, je einen großen Sack Kartoffeln und Karotten für das Baby, Milch und was man sonst noch so alles an Kleinigkeiten braucht. Die Utensilien lege ich ja normalerweise in den Einkaufswagen hinein, wenn da nicht schon das Baby drinläge! Also staple ich alles gekonnt in die unterste Etage des drahtigen Wagens. Dabei darf man aber nicht vergessen, dass dieses Vehikel nicht abrupt gestoppt werden darf, wenn man sein erstes Kind, das schon laufen kann, vor einem Missgeschick im Geschäft bewahren will. Ansonsten müsste ich eben alles nochmal von vorne einstapeln und den Wagen geschickt einhändig bis zur Kasse fahren, während ich in der anderen Hand mein Kleinkind festhalte.

Nach dem Einkaufen komme ich zurück zu meinem Auto. Natürlich will ich zuerst meine Kinder sicher anschnallen, damit ich in Ruhe den Einkauf in den Kofferraum legen kann. Leider parken zwei Schlauberger so dicht an meinem Auto, dass ich keine meiner Türen mehr ordentlich öffnen kann, geschweige denn den Maxi-Cosi da wieder hineinbekomme. Mit Ach und Krach lässt sich eine der Türen wenigstens einen Spalt weit öffnen, damit ich Emma ins Auto stopfen kann. Beide stoßen wir dabei unsere Köpfe an. Sie beginnt zu weinen, und ich werde beim Anschnallen immer hektischer. Der Einkaufswagen macht sich dabei selbstständig und fährt, samt Baby, auf das schwarze Auto daneben zu. Ich räkele meinen Oberkörper rasch wieder aus dem Auto heraus, die Autotür schlägt auch noch gegen die schwarze Blechkutsche, als ich dabei bin, Lilly zu retten. Alles geht gut aus, bis der Autobesitzer aus dem Geschäft kommt und mich vorwurfsvoll fragt: „Haben Sie den Kratzer da eben in den Lack meines Autos gemacht?"

In solchen Momenten kommt die Gottesanbeterin in mir zum Vorschein.

„Wollen nicht Sie das nächste Mal auf dem Parkplatz für Mutter mit Kind parken? Der ist nämlich breiter als ihr Auto da, und niemand kann dann einen Kratzer in ihr schwarzes Ego machen!"

Eine Woche später fahre ich wieder zu diesem Geschäft, um meine Einkäufe zu erledigen. Natürlich wieder mit beiden Kindern. Natürlich steht mir dieser Frauenparkplatz wieder zu. Er ist besetzt. Macht ja nichts. Ich bin ja nicht die einzige Mutter hier, wenn da bloß nicht dieses kleine rote Mopedauto darauf parken würde, in das nicht einmal ein Kindersitz und ein Maxi-Cosi hineinpassen! Die Freiheiten der Frauen werden einfach nicht akzeptiert und, was für mich das Schlimmste ist, nicht respektiert!

Wenn also in der Öffentlichkeit über beruflich bessere Chancen und Aufstiegsmöglichkeiten so groß gesprochen wird, warum beginnt das Ansehen der Frauen nicht im Alltag? Warum gibt es in Zeiten wie diesen noch immer Frauen, die 3096 Tage lang von Freiheit hoffen und träumen müssen? Kurz darauf ist die Straße zum Lebensmittelladen von Wahlplakaten eingesäumt. Strahlende Gesichter grinsen mir entgegen. In fetten Lettern kann ich die schönsten Wahlversprechen lesen.

Liebe Polizisten/Innen! Darf man während der Fahrt überhaupt lesen?

Durch eine Allee von grünen Bäumen fahre ich lieber als durch eine Allee von Macht, Habgier und Lügen – pardon, ich meine falschen Versprechungen. Am Straßenrand geht täglich eine alte Frau, die eine Mindestrente bezieht, und auf politischer Ebene werden zur gleichen Zeit Sparmaßnahmen beschlossen, während diese Herren fette Gehälter beziehen und damit offensichtlich noch nicht genug davon haben.

Ich schalte das Autoradio ein, um mich etwas abzulenken. In Vorwahlzeiten ist auch das keine gute Idee. Da werden Politiker aller Parteien zu Interviews eingeladen, die zwischen den Zeilen nur für sich und ihresgleichen reden. Einen Satz würde ich gerne einmal genauer erörtern: „Alle Wahlstimmen sind gleich viel wert!", betont einer ausdrücklich.

Würde man die weiblichen Wahlstimmen genauso werten wie die Frauen in der Gesellschaft, nämlich um ein gutes Drittel weniger, dann traue ich mich davon auszugehen, dass man sich um die Stellung der Frau ganz anders bemühen würde, um bei den Wahlen noch besser abzuschneiden. Leider müssen wir Frauen schon dankbar dafür sein, überhaupt zu den Wahlen gehen zu dürfen. Ach, wie ich diese moderne Zeit liebe!

In unserem Land geht eine unheilbare Krankheit um. Es ist eine hochgradig ansteckende Krankheit, die durch Nagetiere übertragen wird. Der Ausbruch der Krankheit ist gegebenenfalls weltweit möglich. Nein, ich spreche hier nicht von der Pest, sondern von der Wirtschaft. Ein Antiserum dagegen gibt es vereinzelt, aber es ist zu wenig gewinnbringend. In dieser schnelllebigen Zeit will niemand einen Schritt zurück *back to the roots* machen, wenn alle nach vorne hasten. Dabei würde gerade das allen guttun.

ALS ICH NEULICH TRÄUMTE

Ich träumte, dass eines Tages weltweit Frauen als wertvolle Menschen angesehen werden – dass sich eines Tages kleine Mädchen und kleine Jungen nicht voneinander durch Ekel differenzieren wollen. Es soll keinen *Mädchenkram* mehr geben und kein *Jungs-müssen-stark-Sein*. Es darf kein Kriegsspielzeug mehr hergestellt werden.

ALS ICH NEULICH TRÄUMTE
Ich träumte, dass Frauen und Männer so bald wie möglich die gleiche Anerkennung bekommen. Frauen sollen in Wetterhäuschen nicht das *schlechte Wetter* prognostizieren und Männer das *gute*. Regen bringt doch Leben in die Natur!
Lasst den Frauen ihr Selbstbewusstsein ausleben. Lasst ihnen ihre Entscheidungen und hört, was sie zu sagen haben. Wir leben in einer modernen Zeit, also seht auf zu den Frauen, was sie leisten und schaffen! Schüttelt eure Vorurteile und alten Klischees von euch ab, indem niemand belächelt wird, egal ob Mann oder Frau, die sich für ein erfolgreiches Leben zu Hause bei den Kindern entschieden haben!
Diese Träume sind in uns allen vorhanden und wir sollen sie auch leben. Also lasst uns gemeinsam damit beginnen! Leben wir doch endlich unsere Träume und lassen uns nicht von Geld und Wirtschaft in die falsche Richtung dirigieren. Lasst uns unsere Träume wieder leben und helft einander, nie mit dem Träumen aufzuhören! Glaubt an euch selbst und eure eigenen Bedürfnisse und nicht an materielle Dinge!
Männer – glaubt an eure wertvollen Frauen!
Frauen – glaubt an eure geschätzten Männer!

Lasst eure Kinder wieder Kinder sein!
Lasst uns endlich wieder mehr Zeit füreinander haben!

34. Zeitausgleich

Es ist Zeit für einen Ausgleich. Die Termine und Dringlichkeiten in der Arbeit und nebenher zu Hause hatten in den letzten Wochen überhandgenommen. Einmal wieder gemütlich ausschlafen und in Ruhe eine Tasse Kaffee trinken oder Tee oder beides. Egal. Zeit hätte ich für beides. Einen Tag tun und lassen, was ich will, stand mir wirklich zu. Endlich könnte ich mein Buch zu Ende lesen, das auf dem Nachtkästchen verstaubt lag. Eine entspannende Badewanne täte mir auch wieder einmal gut.

Das hörte sich echt nach einem gerechten Ausgleich an. Die Arbeit der letzten Wochen im Haushalt blieb unverrichteter Dinge liegen. Scheinbar verhielt ich mich wie die Pechmarie! Da lag die Wäsche im Wirtschaftsraum, die gebügelt werden wollte, Bettbezüge, die gewaschen werden sollten und Böden, die endlich gewischt werden mussten. Diese Arbeiten hob ich mir auf für einen Tag, an dem ich zu Hause etwas mehr Zeit hatte.

War das der Ausgleich, der mir zustand? Deutlich schief stand die Waage zwischen dem Berg Arbeit im Job und dem zu Hause. Nun hätte ich ja Zeit, um die Waage wieder zu tarieren.

Abermals schloss sich ein Teufelskreis in meinem Leben. Da macht man extra Überstunden, damit man sich zu Hause wieder etwas Freizeit gönnen kann, und dann bleiben die häuslichen Pflichten auf der Strecke. Nun schob ich nicht die Hausarbeit, sondern meine Wellnessgedanken auf die lange Bank. Wenn ich mich beeilte, könnte ich den Nachmittag noch für mich nützen. Vielleicht. Außerdem lässt es sich in einem sauberen Haus angenehmer erholen, versuchte ich mich selbst zu trösten. Also begann ich mit den vernachlässigten Hausarbeiten wie einst Forrest Gump im Film, als er seinen Lauf quer durch Amerika startete. Ich bezog alle Betten neu und startete die Waschmaschine mit dem ersten Teil der angehäuften Wäsche und als ich das erledigt hatte, da dachte ich, könnte ich doch noch alle Böden saugen und wischen. Nebenher staubte ich in allen Räumen ab. Als ich so weit mit dem Haushalt gekommen war, da dachte ich, könnte ich doch noch die Bügelwäsche erledigen und nochmals die Waschmaschine einschalten und auch noch mit dem Fensterputzen weitermachen. Als ich so weit mit dem Hausputz gekommen war, da dachte ich, könnte ich doch auch noch mit der Gartenarbeit weitermachen.

Vorbeigehende Leute stellten mir die Frage: „Wieso putzen Sie?".

Sie konnten nicht fassen, dass jemand putzt, wenn er eigentlich freihat! Ohne irgendeinen erdenklichen

Grund gab es Leute, die sahen einen Sinn, in dem, was ich tat. Ich bekam Gesellschaft. Erst nach einiger Zeit bemerkte ich sämtliche Nachbarinnen, wie sie emsig wie die Ameisen rund um ihre Häuser putzten, wischten und Wäsche aufhängten.

Bei so einem Anblick muss ein Mann doch glauben, dass wir Hausputz toll finden! Wenn ich Hunger kriegte, dann aß ich und wenn ich müde wurde, dann – genau! Da war doch noch was! Der Tag war fast zu Ende. Ich hatte eine Menge Hausarbeit geschafft, aber eine wesentliche Sache hatte ich vergessen. Mich!

Mein Buch lag jetzt zwar abgestaubt auf meinem Nachtkästchen, aber ohne dass ich nur eine einzige Zeile darin gelesen hatte. Die Badewanne wollte ich mir nach der Putzorgie auch nicht mehr einlassen. Jetzt, wo sie gerade erst poliert worden war. Zufrieden aber müde setzte ich mich endlich mit meinem Buch auf das Sofa. Es war unter mir noch nicht einmal warm geworden, als es an der Haustür läutete.

„Hallo Schatz!", hörte ich meinen Mann rufen, als er von der Arbeit nach Hause kam.

„Was gibt es denn zum Essen?", fragte er.

„Endlich ist Wochenende! Es hat sich in den letzten Wochen ja so viel Arbeit zu Hause angehäuft. Das können wir beide jetzt zwei Tage lang alles in Ruhe erledigen", fügte er hinzu, als er seine dreckigen Schuhe auszog und einfach im Vorraum stehen ließ.

„Ich meine, du hast ja nur das bisschen Haushalt, das du nebenher immer schaffst, aber ich muss dringend den Gemüsegarten umstechen, die Obstbäume schneiden und die Gartenhecke stutzen. Wenigstens nahm ich mir am Montag Zeitausgleich, damit ich mich auch mal erholen kann!", berichtete er. Da putzte ich doch glatt die ganze Bude, damit er sich am Montag ausreichend erholen kann!

35. „Partnerschaft" oder „Was den Partner schafft"

Der erste Arbeitstag nach einigen schönen Urlaubswochen gestaltete sich eigenartig. Es erschien mir ungewohnt, sich morgens innerhalb eines bestimmten Zeitraumes um unabdingbare Pflichten kümmern zu müssen, wenn man sich gerade erst an ein Hineinleben in den freien Tag gewöhnt hatte!
Außerdem hielt sich das Sommerwetter nicht an meinen Urlaubsplan. Meine ganzen geplanten Freizeitaktivitäten waren doch von sonnigen Tagen abhängig. Also konnte ich nur die Hälfte davon genießen. Der erste Arbeitstag begann mit ferienhaften Temperaturen! Wie hätte es auch anders sein sollen? Auf meine Kolleginnen freute ich mich trotzdem wieder, mit denen ich in den nächsten Monaten wieder mehr Stunden täglich verbringen sollte, als mit meinem eigenen Mann.
Unsere Urlaubserfahrungen gestalteten sich ähnlich. Während unsere Männer den Urlaub wahrhaftig genossen, kümmerten wir Mütter uns um unsere Kinder. Mit dem Gefühl, nichts versäumt zu haben, fuhr ich von meinem ersten Arbeitstag relativ erholt nach Hause. Der berufliche Alltag sollte sich wieder einpendeln. Dazu gehörte unter anderem der hekti-

sche Einkauf nach Dienstschluss, Kinder abholen, Auto ausladen und zu guter Letzt den Briefkasten entleeren. Sämtliche Prospekte flogen mir entgegen und landeten am Boden, bis schließlich ein besonderer Brief in meine Hände fiel. Er war aus keinem gewöhnlichen Papier, und in der linken unteren Ecke zierten zwei goldene, ineinander verschlungene, Ringe den orange-roten Umschlag. Darin war bestimmt schon mal keine Rechnung verborgen. Also musste dieser als erstes geöffnet werden! Eine Einladung zu einer Hochzeit!

Ist ja so ähnlich wie eine Rechnung. Im Laufe eines Ehelebens zahlt man auch mal drauf! Er war von meiner Schulfreundin Annika, die ich bestimmt einige Monate nicht mehr gesehen habe. Die Besuche davor gestalteten sich nicht mehr regelmäßig wegen unserer Kinder. Dass sie an mich dachte, empfand ich äußerst nett von ihr, und schon überlegte ich mir ein passendes Geschenk für sie, während ich die Einladungskarte auf meinem Küchenkalender gut sichtbar fixierte. Ein Magnettier, das wie ein Marienkäfer aussah, sollte das zukünftige Eheleben meiner besten Freundin vorerst festhalten. Ihr Hochzeitsgeschenk sollte ein möglichst originelles Geschenk sein. Immerhin bedeutet Ehe ja auch, dass man sich für einen Partner entschlossen hat, mit dem man gemeinsam möglichst glücklich alt werden möchte, ohne dass dieser Schuld darüber trägt, vorzeitig zu altern!

Es schien wohl der richtige Mann für Annika zu sein. Immerhin hatte sie bereits zwei Kinder mit ihm. Bestimmt kannte sie schon all seine Macken und Vorlieben. Bestimmt brachten die gemeinsamen Kinder beide oft genug an ihre persönlichen Grenzen. Es gehört schon einiges dazu, jemanden zu lieben, obwohl man ihn kennt.

Wenn sie jetzt heiraten, dann sind sie füreinander bestimmt. Ob er ihr wohl einen netten Heiratsantrag gemacht hat? Immerhin kennen sich die beiden schon lange genug, und sie hatten bisher ein eheähnliches Zusammenleben, bei dem Romantik nicht mehr an erster Stelle steht!

Wie macht Mann da wohl einen Antrag? Ich stellte mir vor, wie die beiden abends auf dem Sofa sitzen und sich gemeinsam einen Krimi anschauen. Nachdem drei Leute ermordet wurden und die Polizei nach einer Spielfilmlänge doch den Täter ausgeforscht und verhaftet hatte, könnte er so etwas in der Art gesagt haben: „Schatz, was ist, wenn wir einmal sterben? Dann wären die Kinder allein, ohne dass wir für sie vorgesorgt hätten. Wollen wir nicht doch endlich heiraten?"

Er könnte aber auch vorzeitig von der Arbeit nach Hause gekommen sein, mit einer roten Rose in der Hand und ihr zum Hochzeitstag gratulieren. Sie hätte ihn verdattert angesehen, weil sie doch gar nicht verheiratet sind. Er hätte dann als Antwort gegeben:

„Doch sind wir. Ich möchte dich genau heute in einem Jahr heiraten!"
Nein. Ein Mann müsste sich schon mehr Gedanken machen, als nur einen coolen Spruch loszulassen. Entsetzt musste ich feststellen, dass auch meine romantischen Gedanken etwas eingerostet waren. So in etwa müsste sich ein Mann fühlen. Von dieser Seite aus betrachtet, sind sie dann echt arme Kerle. Ich legte den Stapel Post auf den Wohnzimmertisch, auf dem schon die aktuelle Fernsehzeitung lag. Auf dem Sofa erinnerte mich ein Stapel Bügelwäsche an meine abendliche Pflicht. Gott sei Dank ist mein Sofa nicht liebesbedürftig – sonst hätte ich keines mehr. Außer ein paar Liebesschnulzen hatte das heutige Abendprogramm nichts Sehenswertes zu bieten. Eine Liebeskomödie täte mir wieder einmal gut und dessen Inhalt ist so einfach, dass ich ruhig nebenher bügeln könnte. Diese Filme laufen alle gleich ab. Die Rollen sind zwar von unterschiedlichen Schauspielern gespielt, aber die Charaktere sind, wie im Kasperltheater, immer gleich angelegt. Es geht doch ohnehin immer um eine Frau und zwei Männer oder um einen Mann und zwei Frauen. Der eine bekommt, was er will, der andere ist eifersüchtig. Dann kommt noch eine zweifelhafte Schwiegermutter oder ein Schwiegervater hinzu, der oder die sich dann doch für den Auserwählten ihres Kindes entscheidet, nachdem der Eifersüchtige nichts taugt.

Wo bleiben in diesen Filmen die Macken der Partner? Da sitzt keiner schmatzend bei Tisch, kommt chronisch zu spät von der Arbeit nach Hause oder latscht mit regennassen Schuhen über den frisch gewischten Boden und versteht die Aufregung danach nicht. In den Filmen lässt auch niemand die Zahnpastatube ständig offen liegen oder isst am liebsten am Herd stehend aus dem Topf. Es gibt Filme, für die braucht man keine 3D-Brille. Bei solchen Filmen braucht man eine rosarote Brille.

Vielleicht ist gerade aus diesem Grund die Organisation des Hochzeitstages so extrem wichtig. An diesem Tag muss alles klappen! Alle sollen glücklich und zufrieden sein, denn das Eheleben danach ist knallhart. Klar – es gibt immer Höhen und Tiefen im Leben, aber man weiß nie, wie lange ein Hoch dauern wird oder wann das nächste Tief kommt. Sicher ist, dass nur eine gefestigte Partnerschaft die Hürden im Leben schafft. Man wiegt sich in zufriedener Sicherheit, endlich den Partner fürs Leben gefunden zu haben, aber es gibt keinen Beipackzettel zu der Person.

Über die Wahrheit wird im Allgemeinen ungern gesprochen, aber warum gibt es keinen, der auf die verschiedenen Varianten eines ehelichen Tiefs hinweist? Das ist doch unterlassene Hilfeleistung, oder? Gedankenversunken steckte ich mein Bügeleisen an und widmete mich einem Liebesfilm. Vielleicht kommt mir dann eine zündende Idee für ein passendes Hochzeitsgeschenk für Annika und ihren Markus.

Nach eineinhalb Stunden Spielfilmlänge waren der Film und ich beim Happyend angelangt. Fertig gebügelte Wäsche stapelte sich auf meinem Sofa und das Liebespaar, gegen dessen Ehe die Eltern der Braut waren, durfte am Ende doch heiraten. Und da wurde mein Lieblingsspruch ausgesprochen!

„Nehmen Sie Ihre/n Braut/Bräutigam an als Ihre/n Frau/Mann und versprechen Sie, ihr/ihm die Treue zu halten in guten und in bösen Tagen, in Gesundheit und Krankheit und sie/ihn zu lieben, zu achten und zu ehren, bis dass der Tod Euch scheidet?"

Ich würde dieses Eheversprechen gerne einmal anders formulieren, nämlich so, dass Mann als auch Frau endlich versteht, was es heißt, sich ewig aneinanderzubinden. Filtert man den Text zwischen den oben genannten Zeilen heraus, dann würde das in etwa so klingen:

„Liebe Braut! Nimmst du deinen Mann an mit all seinen Macken und Eigenheiten? Versprichst du, ihm die Treue zu halten, selbst wenn er beim Essen schmatzt und mit vollem Mund spricht, wenn er seine gebrauchten Socken überall herumliegen lässt oder wenn er nachts schnarcht? Willst du ihm ständig gute Tage bescheren und seine schlechten ausbaden, und willst du ihn ständig loben, auch wenn er im Unrecht ist? Willst du für seine Gesundheit sorgen, auch wenn du selbst gerade krank bist und du dich auch am liebsten ins Bett legen würdest? Willst du ihn lieben, achten und ehren, auch wenn er beginnt, anderen Frauen nachzuschauen, während du dich um die gemeinsamen Kinder kümmerst und du keine Zeit mehr hast, dich abends schick angezogen mit Freundinnen zu treffen? Willst du das alles auf dich nehmen bis dass der Tod euch scheidet, so überlege gut und antworte erst danach."

„Lieber Bräutigam! Nimmst auch du deine Frau mit all ihren unerklärbaren Lebenseinstellungen an? Versprichst du, ihr die Treue zu halten, selbst wenn sie dich mit dem Staubsauger zu verfolgen scheint und dich ständig der Unordnung anklagt? Willst du ihr genügend Platz für all ihre Schuhe schaffen, auch wenn sie dir überhaupt nicht gefallen? Willst du ihr an ihren allmonatlich wiederkehrenden schlechten Tagen den Rücken massieren, und kannst du ihrem schwankenden Hormonhaushalt standhalten? Willst du dafür sorgen, dass deine guten Tage genau dann sind, wenn sie ihre guten Tage hat? Wirst du erkennen, wenn sie krank ist, auch wenn sie behauptet, es gehe ihr gut? Wird es dich auch nicht stören, wenn eure gemeinsamen Kinder oftmals zwischen euch stehen oder zwischen euch im Bett liegen und eure persönlichen Grenzen austesten? Willst du sie lieben, achten und ehren, auch wenn sie eine heiße Badewanne dem ehelichen Bett zu bevorzugen beginnt? Willst du das alles auf dich nehmen, bis dass der Tod euch scheidet, so überlege gut und antworte erst danach."

„Gibt es hier Schwiegereltern unter Ihnen, die gegen diese Eheschließung sind, so mögen sie jetzt sprechen oder für immer schweigen und das neue Schwiegerkind freundlich in der Familie aufnehmen."

36. Basima hat gelächelt!

Ich fuhr mit Lilly gerade vom Kindergarten heim. Sie war so eigenartig still und saß nachdenklich auf der Rückbank meines Autos auf ihrem Kindersitz, der mit den Fillypferden bedruckt war. Sie freute sich einst so sehr darüber und sitzt inzwischen wie auf einem Thron darauf.
„Mama", begann sie plötzlich. „Wir haben ein neues Mädchen in unserer Igelgruppe. Sie heißt Basima und kommt aus Syrien. Das ist ganz weit weg, hat Anja uns erzählt. Dort sprechen die Leute eine andere Sprache. Basima ist mit ihrer ganzen Familie zu uns gekommen, weil sie in Syrien nicht mehr bleiben können. Da ist nämlich Krieg", ließ sie mich wissen.
Dann war sie wieder still und blickte aus ihrem Fenster hinaus. Lilly wusste irgendwie, was mit dem Mädchen los war. Es hatte immerhin sehr viel Gepäck mitgebracht, aber der Inhalt passte in keinen Koffer, und das spürte meine kleine Tochter. Mit emotionalen Belastungen, für die Erwachsene die Schuld tragen, kann kein Kind der Welt fertigwerden.
Am nächsten Tag war Samstag. Kindergarten-, schul- und arbeitsfreier Tag. Wir saßen gemeinsam am Frühstückstisch, als mich Lilly fragte: „Mama, wie ist das, wenn Krieg ist?"

Ich wusste, dass diese Frage irgendwann kommen würde, dennoch suchte ich nach den passenden Worten. Kann man so eine unfaire Sache kindgerecht erklären? Erwartungsvoll blickte sie mich an.
„Ein Krieg ist ein absoluter Ausnahmezustand, den es gar nicht geben sollte!", begann ich. „Meistens streiten sich zwei Politiker oder Präsidenten zweier Länder. Wenn sie sich nicht einigen können, schicken sie ihre Soldaten aus, und die müssen gegeneinander kämpfen, ob sie wollen oder nicht. Die haben Maschinengewehre und Flugzeuge, von denen aus sie Bomben auf das Land des anderen werfen. Oft werden benachbarte Länder zu Feinden. Bei so einem Krieg sterben nur Menschen, die gar nichts dafür können, auch Frauen und Kinder. Sie alle müssen sich Schutz in ihren Kellern suchen, wenn die Bomben vom Himmel fallen. In Syrien können die Kinder nicht, wie ihr, im Garten spielen. Wir haben es hier schön. Wir brauchen keine Angst zu haben, wenn wir auf die Straße gehen!", erklärte ich ihr.
Allein die Vorstellung an diese Situation schnürte mir innerlich die Kehle zu. Kriegssituationen kannte ich Gott sei Dank nur aus der sicheren Entfernung. Aus dem Fernsehen und den Erzählungen meiner Großeltern.
„Warum kämpfen dann die ganzen Soldaten, wenn sie es eigentlich gar nicht wollen? Dann sollen diese Poli-

tiker selbst miteinander raufen!", meinte Emma berechtigt.

Bei dem Gedanken, wie zwei Großmächte wie im Kindergarten zanken würden, musste ich doch etwas lächeln, aber es wäre vielleicht sogar die Lösung.

„Weißt du, die Soldaten werden bestraft, wenn sie nicht gehorchen!", gab ich zur Antwort.

Das konnten die beiden mit entsetzten Augen nun wirklich nicht verstehen.

„Kinder in Syrien können jetzt nicht, gerade wie wir, ruhig bei Tisch sitzen und gemütlich frühstücken. Die sitzen womöglich in einem Bunker oder Keller und haben vielleicht nicht einmal etwas zu Essen zu Hause, weil alle Geschäfte schon zerstört sind", gab ich zu bedenken.

Gezeichnet von meinen Erzählungen saßen meine Kinder nun bei Tisch. Ich merkte, wie sie sich innerlich mit diesem Thema weiter beschäftigten. Wie mag es wohl einer Kinderseele gehen, die Gräueltaten mit- und überlebt? Am Abend brachte ich Emma und Lilly ins Bett. Lilly hatte sich auch schon eine Geschichte ausgesucht und das Buch auf ihr Bett bereitgelegt: *Rabe Socke – vom Zanken und sich wieder vertragen.*

„Mama, was ist, wenn bei uns Krieg ist? Müssten wir dann auch weit weg fahren?", fragte mich Lilly.

„Ja, das müssten wir!", sagte ich, und mein Hals wurde dabei trocken.

„Und was ist dann mit unserem Haus? Wäre das dann auch kaputt?", bohrte sie nach.

„Ja wahrscheinlich schon", antwortete ich und wartete, worauf sie hinaus wollte.

„Aber das meiner Freundin Anna nicht, oder?".

„Doch. Anna müsste ebenfalls mit ihren Eltern flüchten, und wahrscheinlich würden wir uns aus den Augen verlieren", erklärte ich betroffen. Ich erinnerte mich an die Erzählungen meines Großvaters und bekam eine Gänsehaut dabei.

„Dann hat Basima gar keine Freundinnen mehr, und ihr Kindergarten ist dann auch kaputt!", stellte sie fest. Sie starrte auf ihre Bettdecke und fuhr mit ihrem Zeigefinger die Pferdefiguren darauf nach.

„Ja, für sie ist alles neu und fremd, und sie braucht dich und Anna und die anderen Kinder, denn sie hat schlimme Dinge erlebt", sagte ich mit leiser Stimme.

Lilly wollte einfach nur wissen, ob ein Streit zwischen zwei Ländern genauso schnell endet, wie eine Auseinandersetzung zwischen ihr und ihrer Schwester. Sie rechnete nicht damit, dass ein Krieg so endgültig, kompromisslos und zerstörerisch ist.

Bisher war ich froh, dass ich meine Kinder mit diesem Thema noch nicht belasten musste. Ich finde es ja selbst schade, dass man nach zwei Weltkriegen noch immer nicht weiß, dass militärische Auseinandersetzungen keine Lösungen sind.

An diesem Abend schliefen meine Kinder das erste Mal nicht mehr sorglos ein. Sie wussten über eine Sache Bescheid, vor der ich sie am liebsten abgeschirmt hätte! Als ich am Montag Lilly vom Kindergarten abholte, war sie wie ausgewechselt! Freudestrahlend kam sie mir entgegengelaufen.
„Mama, Mama! Basima hat gelächelt!", rief sie.
„Sie kann schon meine Sprache sprechen. Sie hat meinen Namen gesagt, und dann ich ihren, und dann hat sie gelächelt!", erzählte sie mir ganz aufgebracht.
Aus ihrem Kopf war der Krieg verschwunden, weil ein Kinderlächeln eine größere Bedeutung für sie hatte!
Plötzlich musste ich auch lächeln und ich wünschte, dass dieses Lächeln in diesem Moment um die Welt gehen würde und dass alle Soldaten ihre Waffen niederlegen würden, um miteinander zu lächeln!

37. Schuldig in allen Anklagepunkten

Vor über siebzig Jahren endete endlich der Zweite Weltkrieg. Gerichtliche Urteile gegen Massenmörder werden heute noch verhängt. „Dieser Krieg darf nie in Vergessenheit geraten!", lehrten uns die Geschichtslehrer. „Ihr seid die Generation, die alles besser machen muss und die sich von einer einzigen Person nie in eine falsche Richtung führen lassen darf!", warnten sie uns weiter.

Dann gingen wir von der Schule nach Hause und durften abends die Nachrichten sehen. Wir sahen *Krieg im Libanon, Krieg in Jugoslawien, die Golfkrise*, und aktuell weiß unser Land nicht mehr, wo wir die vielen Flüchtlinge aus Syrien und Teilen Afrikas unterbringen sollen!

Hey! Das ist ja das gleiche, wie wenn ein Kettenraucher seinem Kind verklickern will, dass Rauchen ungesund ist und er auch selbst weiß, dass er nicht qualmen soll – aber es halt trotzdem macht!

Ich meine, überall auf der Welt kracht es, und wir werden noch immer vor den Folgen des Zweiten Weltkrieges gewarnt! Unlängst wurde ein weiterer Fall aufgerollt, der selbst nach über vierzig Jahren noch immer nicht verjährt ist! Verurteilt werden soll meine Mutter!

Ihr werden viele Dinge zur Last gelegt. Jedenfalls ist die Anklageschrift sehr lang. Sie soll nun verurteilt werden, weil ich anderen von meiner Kindheit erzählte! Hätten wir diese Kindheit nicht überlebt und wären wir jetzt nicht erfolgreiche Erwachsene, wir kämen womöglich ins Heim. Zum Beispiel hat sie meinen Bruder und mich als Babys nahezu verwahrlosen lassen, nur weil ihr Geld wichtiger war als die eigenen Kinder, hieß es in der Anklageschrift. Sie wickelte uns in Stoffwindeln und steckte uns anschließend in Plastikhöschen, damit der Darminhalt schön drin bleibt und die Kleidung länger sauberblieb. Dabei gab es damals schon Pampers teuer in der Apotheke zu kaufen. Sie hat lieber selbst die vollen Stoffwindeln gewaschen!

Zu essen gab sie uns keine Gemüsegläschen, die mit Obst und Gemüse aus streng kontrolliertem Anbau gefüllt waren. Nein! Die gnädige Dame hat uns lange genug gestillt, damit sie nachts keine Fläschchen richten musste! Sie hat uns tatsächlich probiotische Milch verwehrt und uns Kartoffel- und Karottenbrei gekocht, deren Zutaten aus dem eigenen Garten stammten. Sie konnte unkontrolliert handeln, und das nutzte sie schamlos aus! Später hat sie uns keine Kabanossis zwischendurch gegeben oder Milchschnitten mit wertvollem Kalzium drin. Wir durften diese ganzen Emulgatoren und krebserregendes Aspartam nicht essen. Und überhaupt ließ sie uns manchmal sogar hungern, nur damit wir dann auch artig unser Mittagessen oder das Abendbrot aufaßen!

Als nach der Tschernobylkatastrophe eine Giftwolke über unser Land schwebte, da ließ sie uns doch tatsächlich die Karotten aus dem Garten essen, die wir uns mit unseren schmutzigen Fingern auch noch in der Regentonne abwuschen und den Rest Gartenerde in unsere Hosen schmierten. Sie hat damals nicht dafür gesorgt, dass die gesamte Gartenerde metertief abgetragen und als Problemstoff entsorgt wird. Nein! Wir konnten ungestört in unserer Sandkiste weiterspielen. Nur die Chantal durfte auf einmal nicht mehr zum Spielen kommen, damit sie diese verseuchte Luft nicht zu viel einatmete! Deren Mutter hat richtig gehandelt und ihr Milchpulver als Kuhmilchersatz gegeben und Obst und Gemüse aus Argentinien.

Fahrlässig im übertragenen Sinne hat meine Mutter auch gehandelt, als sie uns ohne Helm Fahrradfahren und Skifahren ließ! Und man stelle sich vor: Unsere Schaukel bestand aus einem simplen Brett und einem Hanfseil aus Papas Werkstatt, die einfach an einem dicken Ast unseres Apfelbaumes aufgehängt wurde, ohne Fallschutzmatten darunter und ohne TÜV-Plakette darauf! Kein einziger Baumarkt musste damals Insolvenz anmelden, weil keine Spielgeräte verkauft wurden. Wir galten als eine echt arme Familie, denn wir besaßen nicht einmal ein Klettergerüst oder ein Trampolin. Wir mussten noch auf Bäume klettern.

Wir durften auch bei keinerlei Freizeitförderungsprogrammen mitmachen. Unsere Mutter scherte sich einfach nicht darum! Anstatt uns unsere Freizeit zu verplanen, überließ sie uns selbst mit all den Nachbarskindern. Wir mussten den ganzen Tag draußen spielen und durften Spaß haben, damit sie drinnen in aller Ruhe ihrer Hausarbeit nachgehen konnte. Wenn sie gerade am Kuchenbacken war und ihr ging eine Zutat ab, dann schickte sie uns doch glatt alleine zum Einkaufen! Dabei sollten wir ohne erwachsene Begleitperson die stark befahrene Dorfstraße überqueren! Hinterher ärgerte sie sich auch noch, wenn diese Verkäuferinnen die Situation von *Kind darf alleine einkaufen gehen* schamlos ausnützten, und uns Waren mitgaben, die nicht mehr ganz so frisch waren, oder von der Wurst nur mehr die Randstücke aufschnitten.

Aber schlimme Äußerungen zeigten sich wie folgt:
„Das geht dich nichts an, dafür bist du noch zu klein!"
„Warum?"
„Weil das so ist!"

Ich schwor mir damals zigmal, dass ich mit meinen Kindern nie so reden werde! Mit diesem Vorhaben stand ich nicht ganz alleine da. Heute wird den Kindern alles, aber auch alles erklärt. Und wenn diese schon gar nicht mehr zuhören, weil sie auf ihren Wischhandys schon alles nachgoogeln können, dann wird noch immer alles mit übertrieben gespielter Geduld erklärt. Würde ich in der heutigen Zeit so aufwachsen, dann würden viele laut aufschreien, wie verantwortungslos und grob fahrlässig sich meine Mutter verhält.

Aber so ändern sich eben die Zeiten. Nun bin ich selbst Mutter und muss tunlichst aufpassen, dass ich nicht auch einmal angeklagt werde, weil ich meine vierjährige Tochter am Bildungsweg hindere, indem sie noch keinen Kindercomputer von mir bekommt, oder ich sie stark vernachlässige, weil ich nicht jederzeit via Handy mit ihr in Verbindung sein kann.

Bei einem groben Vergehen habe ich mich dennoch selbst schon erwischt, und ich fühlte mich auch noch im Recht, als ich mich mit meinem Mann über unsere Chefs unterhielt, und wir uns gegenseitig unseren Frust schilderten.

„Mama, was ist ein Ameisentätowierer?", will Emma wissen.

„Das geht dich nichts an, dafür bist du noch zu klein!", herrsche ich sie an.

„Warum darf ich n...", beginnt sie nochmals.

„Weil das so ist!", würge ich jegliche darauffolgenden Fragen ab.

Vor über vier Jahrzehnten habe ich mir geschworen, dieses schwere Vergehen, ein Kind vor Erwachsenenkram so lange wie möglich zu bewahren, selbst nicht zu machen. Jetzt knalle ich ebenfalls die verbale Tür direkt vor ihr zu, um sie noch länger Kind sein zu lassen.

38. Hausfrauen haben immer frei

Hausfrauen arbeiten nicht! Hausfrauen haben immer Wochenende! Sie gönnen sich täglich Zeitausgleich! Sie sind immer zu Hause, jederzeit und immer für alle da, und sie treffen sich ständig mit anderen Hausfrauen zum Kaffee. Nein – das Arbeiten haben die nicht erfunden!

Das ist die große graue Wolke, die über uns Müttern schwebt, wenn wir zu Hause und zu lange in Karenz bleiben, um für unser eigen Fleisch und Blut zu sorgen. Hausfrauen absolvieren leider kein amtlich anerkanntes Diplom, also kann das, was wir zu Hause leisten, keine wertvolle Arbeit sein. Dabei werden diese Frauen, die nur daheim bleiben, so dringend am Arbeitsmarkt gebraucht! Es gibt so viele Berufe, die kein Mann machen möchte, weil sie sonst zu wenig verdienen würden! Wir müssen uns auch noch rechtfertigen, wenn wir auf ein eigenes Gehalt verzichten, um eine Vollzeitmutter zu sein. Unter dem Decknamen Gleichberechtigung durften einst Frauen ohne die Zustimmung ihres Gatten einer echten Arbeit nachgehen. Vom Herumhocken zu Hause wird man nicht gescheiter. Also muss man sein Wissen aus Quizshows beziehen, um es anschließend in Kreuzworträtseln zu überprüfen, munkeln viele Antihausfrauen.

Die Wertschätzung von Frauen ohne Beruf hat sich im Vergleich zu früher eklatant verlagert. Früher wurde eine Frau gesellschaftlich mehr anerkannt, sobald sie verheiratet war. Sie bekam viele Kinder und war zuständig für deren Erziehung und die Haushaltsführung. Sobald Kinder auf der Welt waren, gingen sie der natürlichen Aufgabe nach, für diese auch zu sorgen. Da hat keine Frau die andere gefragt: „Wie hältst du das Leben zu Hause bloß aus?", oder „Fällt dir auch schon die Decke auf den Kopf?", oder der beste Satz, den ich je zu Gehör bekam: „Ich brauche endlich Pause! Die Karenzzeit war ja so was von anstrengend!"

Als ich nach meiner Babypause wieder zur Arbeit ging, wurde ich wieder ein anerkanntes Mitglied in der leistungsorientierten Gesellschaft. Bis zu meinem ersten Arbeitstag nach der langen Pause, wurde ich in regelmäßigen Abständen gefragt: „Ja, wann gehst du denn wieder arbeiten?"

Kinder sind unsere persönliche Bereicherung. Somit werden uns auf unserem neuen Lebensabschnitt noch viele andere Dinge zugesteckt: viele, viele Erwartungen. Nämlich jene, dass alle von uns verlangen, weiterzumachen wie bisher. Vollzeit berufstätig und flexibel wie eine Single. Machen wir da nicht mit und arbeiten nur Teilzeit, rutschen wir später in die Altersarmut und das nur, weil wir Kinder zur Welt brachten! Das System schätzt keine Familien mit Kindern. Stattdessen werden wir Mütter vor die vollendete Tatsache gestellt, nach längstens zweieinhalb Jahren doch endlich wieder arbeiten zu gehen oder du kannst selbst sehen, wo du dein Geld herbekommst. Die Bildung und die Berufstätigkeit der Mutter schaden keinem Kind, sagen viele. Die sind früher auch nebenher gelaufen. Ja, aber in einer Großfamilie und im gewohnten zu Hause und das Wichtigste: Es gab noch keinen Fernseher, kein Handy und keine Playstation, wovor man die Kinder eben mal parken konnte.

Heute wird die Großfamilie durch Betreuungseinrichtungen ersetzt, und die Hausfrauen können endlich arbeiten gehen. Die Betreuung der Kinder übernehmen zum Großteil Frauen, weil die das von Natur aus gut können. Zum heutigen Standard zählt, seine Kinder schon früh in Institutionen zu fördern. Möglichst früh sollen sie mit verschiedenen Sprachen konfrontiert werden, frühmusikalische Erziehung erleben und viele motopädagogische Kurse absolviert haben.

Weniger Wertschätzung kommt den Betreuerinnen zu. Handelt es sich bei dieser Berufsgruppe doch nur um bezahlte Hausfrauen? Man muss nichts können, um auf Kinder aufzupassen. Man darf den ganzen Tag mit Kindern spielen! Das ist die gesellschaftliche Einstellung über Betreuerinnen in Kitas. Wir Mütter gehen also arbeiten. Wir verrichten unterbezahlte

Jobs, erledigen zu Hause zusätzlich den Haushalt und haben uns gefälligst gleichberechtigt zu fühlen!

So undankbar darf man doch nun wirklich nicht sein! Hausfrau und Mutter zu sein, ist nicht nur ein erfüllender und abwechslungsreicher Beruf, sondern unsere weibliche Berufung, auf die wir erhobenen Hauptes stolz sein können! In sich Leben zu tragen und es zu gebären, ist von Natur aus uns Frauen vorbehalten und darauf dürfen wir uns wirklich etwas einbilden! Unsere Generation wird, dank medizinischer Neuerungen immer älter, und wir gehen deshalb lange genug arbeiten. Also lassen wir uns nicht unter Druck setzen, wenn wir den Grundbedürfnissen unserer Kinder nachkommen wollen! Unsere Kinder werden ebenfalls gute Eltern werden, weil sie letztendlich auf das Erlebte aus ihrer eigenen Kindheit zurückgreifen können. Nämlich darauf, wie schön ihre Zeit war, in der ihre Mütter oder sogar ihre Väter Zeit für sie hatten. Eventuell greifen sie auch auf Aussagen zurück, die sie gehasst haben. Wie zum Beispiel: „Nimm die Knie und die Ellenbogen vom Tisch!" Oder: „Zieht eure Schuhe draußen aus, ihr wart doch eben in der Sandkiste!" Oder: „Am Abend wird nicht mehr genascht!" Oder: „Vom vielen Fernsehen bekommt ihr noch viereckige Augen!"

Wir Mütter wissen nie genau, ob wir unsere Lebensaufgabe richtig machen. Jahrzehnte nach der Kindererziehung bekommen wir unser ungeschriebenes

Zeugnis, nämlich dann, wenn unsere Kinder sagen können: „Mama, Papa – ihr wart immer für uns da, wenn wir euch brauchten. Ihr habt zu uns gestanden, wenn wir etwas anstellten und im Anschluss gelogen haben. Danke, dass wir uns gestritten haben, denn wir wissen jetzt, wie man sich wieder vertragen kann. Danke, dass ihr uns manche Dinge nicht erlaubt habt, denn wir wissen genau, wo im Leben die Grenzen sind."

Was aus den kleinen, unscheinbaren Samen, die wir gesät und mit elterlicher Fürsorge hegten, geworden ist, sehen wir Mütter erst dann, wenn unsere Kinder erwachsen geworden sind. Wir tragen so viel Liebe in uns, die wir unseren Kindern gerne geben, aber leider aus zeitlichen Gründen nicht immer aufbringen können. Was sollen wir sagen, wenn unsere Kinder uns bitten, Zeit für sie zu aufzubringen und wir aus beruflichen Gründen ablehnen müssen?

„Mama, morgen Vormittag sind alle Eltern im Kindergarten eingeladen, weil wir mit Lucy zeigen, was wir in Englisch gelernt haben. Mama, ich kann schon bis zehn zählen – wonn, tu, srie, for, feif, six, sewen, eit, nein, ten!"

Oder: „Mama, am Freitag sind alle Mamas zum Muttertagsfrühstück in den Kindergarten eingeladen. Bitte, du musst kommen!"

Oder: „Mama, kannst du mich morgen früher von der Schule abholen? Die letzte Stunde fällt nämlich aus."

Wer im Berufsleben steht, der muss dort einhundert Prozent Leistung zeigen. Da kann man sich nicht dauernd wegen irgendeinem Kinderkram freinehmen. Es ist schon schwer genug, wenn wir uns abmelden müssen, wenn eines unserer Kinder krank geworden ist. Unsere Kunst, mit Terminen zu jonglieren, klappt so lange, bis unsere Kinder sagen: „Die Mama vom Moritz hat immer Zeit, und die Mama von der Julia geht bei all unseren Ausflügen mit, aber du gehst immer nur arbeiten."

Diese Hausfrauen haben echt immer frei. Frei für Entscheidungen solcher Art, die unsere Kinder ihnen irgendwann hoch anrechnen werden. Sie verfügen über freie Zeiteinteilung zugunsten ihrer Kinder. Sie geben ihren Kindern das Gefühl, dass sie frei und ganz für sie alleine da sein können. Sie sind nicht dem Druck ausgesetzt, zwei Jobs unter einen Hut bringen zu müssen. Sie sind nur überspitzten Bemerkungen ausgesetzt, gerade weil sie sich voll und ganz ihren Aufgaben zu Hause widmen, und das auch noch ohne Bezahlung! Würden Frauen wie Männer gleichberechtigt verdienen, gäbe es bestimmt mehr Hausmänner oder keine Kinder mehr! Was würden dann die Leute sagen?

„Seht euch diesen Mann an. Wie der im Haushalt geschickt ist. Was der wohl für eine ungeschickte Frau haben muss, wenn er jeden Tag kocht?"

Hausmänner hätten einen besseren Status als wir Hausfrauen! Unsere Kinder sind glücklich, wenn wir es auch sind. Wir haben es nicht notwendig, uns vor anderen zu rechtfertigen für das, was wir sind und was wir machen oder nicht machen. Wir sind alle Menschen und wollen meistens das haben, was wir im Moment nicht besitzen. Es scheint unsere lebenslängliche Aufgabe zu sein, mit dem zufrieden zu sein, was wir in der Gegenwart erleben. Wir leben mit unseren Männern zusammen. Hätten wir diese nicht und hätten sie uns nicht, gäbe es keine Gesprächsthemen mehr.

Wir bekommen Kinder, an denen wir wachsen und die in uns Glücksgefühle der besonderen Art auslösen, und wir sind Frauen, die doch eigentlich gebraucht werden wollen! Wer von sich behauptet *„Ich bin doch nur Hausfrau"*, darf sich nicht wundern, wenn andere sich ein schlechtes Bild dieser Berufsgruppe machen. Keine andere berufstätige Frau sagt von sich selbst: *„Ich bin doch nur Lehrerin oder Sekretärin."*

Alle, die ihren Haushalt selbst erledigen, sind Hausfrauen. Bei Berufstätigen versteckt sich dieses Dasein hinter dem dominanten, bezahlten Job. Nachmittags und abends sind wir alle Hausfrauen. Nur Berufstätige trauen sich zu sagen: „Hey, ich manage meinen Haushalt auch noch neben meinem Beruf!" Warum sagen Vollzeithausfrauen nicht ehrenhaft, was sie sind?

Es gab da mal einen Werbespot, in dem eine Mutter mit Recht behauptete: „Ich führe eine kleines, erfolgreiches Familienunternehmen!"

Jeder, der sich beruflich selbstständig gemacht hat, weiß, über wie viel Freizeit diese tatsächlich verfügt. Kaum bis gar keine.

Hausfrauen sind ebenfalls selbstständig. Zu unseren Lebensaufgaben zählt die erfolgreiche Versorgung der Familie. Als Selbstständige haben wir ständig zu tun. Also gehen wir selbst damit ehrenwert um, und wir werden dafür auch mehr geschätzt. Auf unserem Planeten geht es drunter und drüber. So vieles läuft schief. Also fangen wir doch endlich zu Hause an, um dem Weltfrieden etwas näherzukommen. Die Welt braucht funktionierende Familien und Frauen, die Mütter werden wollen, die es schaffen, für stabile Familienverhältnisse zu sorgen.

Klären wir diese wirtschaftlichen Profitstreber auf, dass es für uns Mütter nichts zu vereinbaren gibt. Wir bekommen gar nichts spielend unter einen Hut. Uns wird nur immer mehr zugetraut, und wir machen da auch noch mit, weil wir perfekt sein und alle Erwartungen erfüllen wollen.

Vielleicht hilft es aber auch, für den Begriff Hausfrau ein anderes Synonym zu finden. Früher hieß es Putzfrau, heute sagt man Reinigungskraft. Früher hieß es Arzthelferin, heute heißt es Assistentin. Bis jetzt hieß es Hausfrau, ab sofort soll es *First Consultant* heißen.

Unsere Firma für die wir arbeiten, nennt sich dann: *Consulting GmbH for value business, family coaching and engineering*. In dieser Firma arbeiten ausgesuchte Spezialisten im Bereich *Work-Life-Balance*. Na, wie klingt das jetzt?

39. Kindsein hört nie auf

Ich wollte meiner Mutter wieder einmal einen Besuch abstatten. Einfach so, weil ich mal wieder daheim sein mochte. Schön – mein Mann und ich waren uns einen Tag zuvor nicht einig, und die Termine der Kinder wurden uns zu viel, aber das ist Schnee von gestern.
Sie freut sich auch immer sehr, wenn ich sie besuche.
Das Schönste an diesen Besuchen ist, ich darf ohne telefonische Voranmeldung kommen! Einfach so und wann ich will! Wie früher, als ich noch ein Kind war und stundenlang draußen mit all den Nachbarskindern spielte. Gegen Abend gingen wir erst wieder heim. Genauso ist es jetzt noch. Ich war nur kurz weg und komme heim zu Mama.
Es gab einmal eine Zeit, da war es mir peinlich, meine Mutter noch mit Mama zu bezeichnen. Im Teenageralter ist einem diese blutsverwandte Person als Ganzes unangenehm, und man will nur eines: sich abnabeln. Dieses Vorhaben machen wir aber meistens ohne unsere Mütter, denn wir vergessen das unsichtbare Band, das nie abreißt.
Wenn ich morgens das Haus verließ und zur Schule ging, stand sie am Küchenfenster und winkte mir nach. Jeden Tag. Wenn ich am Nachmittag nach Hause kam, kam es mir vor, als ob sie den ganzen Tag

am Fenster gestanden und auf mich gewartet hätte. Sie winkte mir entgegen, sobald sie mich erspähte. Manchmal wollte ich gar nicht zum Küchenfenster schauen, obwohl ich wusste, dass sie da stand, auf Zehenspitzen, um über den Vorhang hinwegzublicken, der auf halber Höhe auf zwei goldenen Haken eingehängt war.

Wenn es mir nicht gut ging, oder wenn ich wegen irgendeiner Sache beleidigt war, vergrub ich meine Blicke lieber im Boden als in Richtung Küchenfenster zu schauen. Wenn ich mich wohlfühlte, hopste ich die Straße entlang bis zu unserem Haus.

„Ach Töchterlein", sagte meine Mutter immer, wenn sie mich trösten wollte. „Ich weiß genau, wie es dir geht. Das sehe ich immer schon daran, wie du die Straße runterkommst", meinte sie immer.

Unsere Straße war ja wirklich wie ein Laufsteg. Das Haus meiner Eltern lag am Ende einer Wohnstraße, die von Häusern samt Vorgärten eingesäumt war. Ich hätte also durch die Gärten aller Nachbarn schleichen müssen, um den Adler-such-Augen meiner Mutter zu entkommen.

Es waren nicht die Blicke, sondern auch ihr Gespür, zu wissen, wann sie sich nach meinem Befinden erkundigte und wann nicht. Der mütterliche Gesichtsscan gab ihr die nötige Information. Wenn ich heute mein Elternhaus betrete, dann schreite ich durch das Tor der Verwandlung. Wie in *Stargate* könnte man sich

das vorstellen. Ich bin erwachsen, selbst eine Mutter von zwei Kindern und berufstätig. Ich manage den ganzen Alltag. Besuche ich meine Mutter, dann lege ich das alles wie einen unsichtbaren Mantel ab. Das Töchterlein ist einfach wieder daheim.
Nach Hause zu kommen ist, wie eine Oase aufzusuchen. Man kann den eigenen Pflichten für einen Moment entfliehen. Von einer Oase ist noch immer jeder glücklich und gestärkt weitergegangen. Das ist aber auch der Grund dafür, weshalb unsere Mütter nie aufhören werden, welche zu sein. Sie besitzen einfach immer diese zwanzig bis fünfunddreißig Jahre mehr Vorsprung im Leben und werden deshalb immer alles besser wissen, auch, und gerade dann, wenn man selbst eine Mama wird. Wir Kinder dachten bis zu diesem Zeitpunkt immer, dass wir frei entscheiden dürfen, sobald wir Erwachsene sind. Absoluter Irrglaube! Kind sein hört nie auf.
„Kleines, ich zeige dir, wie man Babys badet."
„Ja Mama."
„Beim Wickeln wirst du selbst auch nicht immer trocken bleiben, wenn du dir nicht gleich eine frische Windel daneben vorbereitest."
„Ja Mama."
„Du musst deinem Kind fixe Stillzeiten angewöhnen, sonst schläft es nicht durch!"
„Jaaaa Mama!!!"

„Vergiss nicht, der Kleinen immer eine Mütze aufzusetzen!"
„Jaaaaaaaaaa Mama – ich weiß!"
„Aber ich sag doch nichts – ich mein ja nur ...!", bringen uns unsere Mütter erstaunt entgegen.
Es ist wirklich anstrengend, wenn Mütter es gut mit uns meinen. Und weil eine Mutter nicht genug ist, bekommt man auch noch eine Schwiegermutter dazu, die es ebenfalls nur gut meint. Dann kommt der Stein erst so richtig ins Rollen. Ich weiß nicht, wer da die größere Herausforderung ist. Ein neugeborenes Kind oder Mütter, wenn sie Omas werden. Es heißt, wir Mütter lassen eine Gehirnhälfte im Kreißsaal liegen. Legen unsere Mütter ihre zweite verbleibende Gehirnhälfte auch noch ab, sobald sie Oma werden? Ja! Das klingt jetzt gemein, aber ich stelle jetzt folgendes gegenüber. Nur zur Veranschaulichung.
Mama sagte früher: „Zu viel Süßes ist nicht gut für deine Zähne!"
Oma sagt heute: „Kinder, ich habe für euch eure Lieblingsschokolade eingekauft, aber ihr müsst teilen – es sind fünf Tafeln für euch beide!"
Mama ermahnte früher: „Solange du deine Füße unter meinem Tisch hast, wirst du essen, was darauf steht!"
Oma sagt heute: „Na, was soll ich heute für euch kochen? Hühnchen mit Reis oder Schnitzel mit Pommes? Egal – ich mache beides, dann dürft ihr

euch aussuchen, was euch schmeckt. Den Rest isst dann sowieso der Opa."

Mama erklärte früher: „Ihr seid um sieben Uhr im Bett. Kinder brauchen ihren Schlaf, damit ihr groß und stark werdet!"

Oma erlaubt heute: „Natürlich dürft ihr den Film sehen, der bis zehn Uhr dauert!"

Wo sind denn da die guten Erfolgsrezepte in puncto Erziehung geblieben?

„Ach Töchterlein, du bist jetzt eine Mama geworden, aber ich bin eine Oma, und bei der Oma dürfen meine Enkel etwas mehr."

„Ja Mama!"

Schon wieder haben sie diesen Vorsprung im Leben, der uns wieder daran erinnert, dass wir noch immer Kinder sind, die sich noch immer etwas sagen lassen müssen von der ach so erfahrenen Generation.

Wenn ich groß bin, werde ich auch eine Oma! Bis es so weit ist, bin ich froh, wenn ich ab und zu noch Kind sein darf und bei Mama zwischendurch abhängen kann, um danach selbst wieder eine gute Mutter zu sein.

Eines weiß ich jetzt schon: Ich werde glücklich und traurig zugleich sein, wenn meine Kinder ausziehen werden, um die Welt zu erkunden. Ich kann mir aber sicher sein, dass sie wieder zurückkommen werden. Heim zu Mama.

40. Nur eine halbe Stunde

Seufzend stand ich am Abend in meiner Küche. Das war ein Sonntag, wie ich ihn mir so überhaupt nicht vorgestellt hatte. Die Kinder wachten an diesem Morgen schon um sechs Uhr auf und sprangen in unseren Betten herum. Bis hierher geht's ja noch. Abgesehen davon, dass ich wenigstens bis um halb acht gerne ausgeschlafen hätte, aber macht ja nichts. Dann gehe ich eben am Abend früher ins Bett! Als Lilly akuten Hunger anmeldete, reckte ich mich noch gemütlich in meinem Bett. Um ein supertolles Frühstück für meine Familie zu richten, das werktags eher mager ausfiel, musste ich mich doch aus den Federn räkeln.

Da gab es nun Ei und selbstgepressten Orangensaft, vier Scheiben Schwarzbrot für meinen Mann und mich, acht Scheiben Weißbrot für Emma und Lilly, und dazu die Limited Edition von einem Glas Haselnussaufstrich, die gleich ein ganzes Kilo Schokoschmiere beinhaltete. Es gab auch noch frisch gebackene Waffeln mit Ahornsirup. Endlich konnte ich das Waffeleisen einmal ausprobieren, das mir mein Mann zu Weihnachten schenkte.

Schade, dass es das Christkind nicht wirklich gibt. Echte Christkinder schenken tolle Sachen aber kein

Waffeleisen! Egal. Nächstes Weihnachten schreibe ich auch einen Brief an das Christkind!

Marmelade, Schinken, Käse, Tee oder Kaffee nach Wahl wie in einem Hotel – und die Honigmelone, die es im Angebot gab, schnitt ich auch noch auf. Aus dem Garten holte ich noch Rosenblüten und zündete eine Kerze an. Mein Mann kam mit den Kindern huckepack die Stiege herunter, blieb abrupt stehen und ließ die Kinder an seinem erstarrten Körper herunterrutschen: „Sag mal, habe ich schon wieder den Muttertag vergessen oder den Hochzeitstag versäumt?", fragte er mich argwöhnisch.

„Nein Schatz, mir war einfach danach, dass wir als Familie wieder einmal anständig bei Tisch sitzen und gemütlich frühstücken", gab ich zur Antwort.

Erleichtert setzten sich alle hin. Ebenso zufrieden und satt verließen alle den Frühstückstisch wieder.

„Hey Emma! Räum deinen Teller gefälligst selbst bis in die Küche!", rufe ich ihr nach, als sie wieder in ihr Zimmer sauste.

„Ach Mama", versuchte sie zu protestieren, „die ganze Woche muss ich dir bei solchen Dingen helfen. Ich habe auch Wochenende. So viel Arbeit habe ich nicht verdient!", ergänzte sie und verschwand endgültig in ihrem Zimmer.

Na toll. Vorpubertäre Phasen zeigten sich auch nur an jenen Tagen, an denen man selbst frei hatte und eigentlich Zeit für Ruhe. Mein Göttergatte verschwand in seinem Garten Eden, und ich kümmerte mich erst einmal um das Frühstücksgeschirr.

„Schatz, kannst du mir schnell einmal im Garten helfen?", bat er mich, während er seinen Kopf zur Terrassentür hereinsteckte.

Das olle Geschirr konnte ich auch später in die Geschirrspülmaschine einräumen, und wenn ich schnell genug bin, dann kann ich mich ja wenigstens noch eine halbe Stunde an den Computer setzen. Schon wieder ist mir ein Kapitel für mein Buch eingefallen, das zu Papier gebracht beziehungsweise auf den Bildschirm kommen musste.

Der Göttergatte hatte die ausfahrbare Leiter vor der zu groß gewachsenen Zypresse aufgestellt.

„Und?", fragte ich genervt. „Was soll ich jetzt für dich machen?".

„Du hältst bitte die Leiter!", wies er mich an. „Ich schneide ganz oben die Spitze ab", erklärte er mir und stieg die Sprossen empor.

In unserem Garten geschah noch nie ein männliches Vorhaben ohne Zwischenfall. Ich stand unten, gehörte also zum Bodenpersonal und hielt in Brusthöhe die Aluleiter, mit dem Vertrauen, dass der Göttergatte sie wohl korrekt aufgestellt hatte. Aufgestellt ja, aber das ausziehbare Mittelteil war schlecht eingerastet, und als mein Mann oben ankam, hakte das Mittelstück aus. Das oberste Stück der Leiter kippte vornüber, und er machte einen ungewollten Flug in die Hecke.

An manchen Tagen muss ich echt raus aus diesem Garten. Sonst fällt mir noch die Hecke auf den Kopf! Die halbe Stunde am Computer verschob ich auf den Nachmittag. Das Mittagessen musste zubereitet werden. Zankend kamen die Kinder vom Kinderzimmer herunter. Sie stritten sich um die ungerechte Aufteilung von Legoplatten. Ich schlichtete diesen Streit, während meine Kartoffeln auf dem Herd anbrannten. Ich schälte erneut welche und bekam Schweißperlen auf der Stirn bei dem Gedanken, das Essen zum vereinbarten Zeitpunkt fertigzubekommen. Ich dachte dabei an mein neues Kapitel, aber der Inhalt wollte mir nicht mehr einfallen. Mist! Dabei hatte ich doch schon so eine tolle Formulierung im Kopf gehabt! Hätte ich mir doch bloß gleich nebenher Notizen gemacht.

Endlich saßen wir beim Mittagessen. Der Tisch war wieder schön gedeckt und mit jahreszeitlich passen Servietten geschmückt. Schmollend saßen die Kinder da und lieferten sich unter dem Tisch ein Fußduell. Es hatte allen geschmeckt. Übrig blieben lediglich das Gemüse und ein Teller Salat.

Mein Mann richtete wie vereinbart die Fahrräder her, während ich die Küche auf Hochglanz brachte. Schon wieder! Gedankenversunken füllte ich die Getränkeflaschen für die Fahrradtour her. Da kam meine zündende Idee wieder! Mein Notizbuch! Wo hatte ich es nur hingelegt? Hektisch begann ich, es zu suchen.

„Schatz!", rief mein Mann von draußen herein. „Wo bleibst du denn solange? Wir sind alle bereit für die Tour!", hetzte er mich.

Ach, wenn mir dieses Kapitel schon zweimal in den Sinn gekommen war, dann fällt es mir nach dem Ausflug auch wieder ein, tröstete ich mich selbst. Dafür setze ich mich danach aber wirklich an den Computer.

Hungrig kamen wir alle zurück. Rasch kreierte ich eine Pizza Funghi für die ganze Familie. Schließlich strampelten wir uns ordentlich ab. Danach ließ mich meine Familie wieder in der Küche zurück. Schon wieder kümmerte ich mich um das Geschirr, während der Papa mit den Kindern im Kinderzimmer Spaß hatte.

Der Tag ging zu Ende, ohne auch nur eine einzige Zeile meines Kapitels geschrieben zu haben. Dafür verbrachte ich die meiste Zeit in der Küche, und das an einem Sonntag! Den ganzen Aufwand erbrachte ich nur, um endlich wieder einmal eine gemütliche Zeit mit meiner Familie bei Tisch zu verbringen. Ohne diesen Tag hätte ich womöglich dieses Kapitel nicht schreiben können!

41. Das Nagetier

Meiner Freundin Annika ist unlängst ein Kätzchen zugelaufen. Sehr erfreut war sie darüber nicht, denn sie besaß neben ihrer Familie schon einen Hund, drei Meerschweinchen, zwei Hasen, zwei Wellensittiche und einen Kater mit Stummelschwanz. Letzteren hoben sie buchstäblich vom Straßenrand auf, nachdem er unter ein Auto gekommen war. Psychisch ging es dem Kater gut, aber sein Schwanz wurde stark in Mitleidenschaft gezogen und musste daher amputiert werden. Der *king of the road* hat überlebt und inzwischen ein biblisches Alter erreicht.

Annika brachte es nicht übers Herz, den Neuzugang im Tierheim abzugeben. Das Kätzchen, mit den übergroßen Ohren, durfte ebenfalls bei der tierliebenden Familie bleiben.

„Katzen suchen sich ihren Besitzer selbst aus", erklärte mir Annika, als ich sie ungläubig anblickte.

Im Alphatier mit Stummelschwanz kam so etwas wie ein Beschützerinstinkt auf. Beide Katzen lagen zusammen eingerollt auf Annikas Lieblingsplatz auf dem Sofa. Der Wunsch, ein Haustier zu besitzen, wurde auch bei uns zu Hause immer wieder ausgesprochen, aus kindlicher Perspektive auf ein Blatt Papier gekritzelt und demonstrativ auf die Türe des

Kinderzimmers mit ausreichend Klebeband befestigt. Der sehnlichste Wunsch wurde auch dem Christkind mitgeteilt, aber bis jetzt nicht erfüllt.

Wir waren wohl die verständnislosesten Eltern, die diesem Wunsch ihrer Kinder nicht nachkommen konnten. Erklärungen wie, keine Zeit, ein Tier kostet permanent Geld und zu wenig Platz, löste in unseren Kindern blanke Empörung aus. Innerlich hoffte ich, dass uns kein Tier als zukünftigen Besitzer aussuchen würde. Unverhofft kommt oft, und für meine Vorstellungen im unpassendsten Moment.

Es geschah an einem Freitagnachmittag. Ich musste eine erkrankte Kollegin vertreten und kam nicht wie gewohnt pünktlich von der Arbeit weg. Rasch fuhr ich nach Hause und schrieb in Gedanken einen Einkaufszettel fürs Wochenende. Ein Geburtstagsgeschenk für meine Nachbarin wollte ich ebenfalls noch besorgen, die uns am Samstag immerhin zu sich eingeladen hatte. Kopfschmerzen kündigten sich langsam aber deutlich an. Also sollte ich auch noch zur Apotheke fahren, bevor ich die Kinder vom Kindergarten und aus der Nachmittagsbetreuung abholte.

Gedankenversunken versuchte ich, die Punkte auf meiner mentalen To-do-Liste nach ihren Prioritäten zu sortieren, als ich ein ständiges Rascheln hinter dem Beifahrersitz vernahm. Dieses Geräusch war so irritierend, dass ich mich nicht mehr richtig auf die Straße konzentrieren konnte. An der nächsten Kreuzung schaltete die Ampel auf Rot. Ein eigenartiges Gefühl überkam mich. Zu oft hatte ich gehört, dass Katzen oder andere Tiere schon in fremde Autos gekrochen sind. Da ich ja die Nahrungsmittelzustellerin in unserer Familie war, konnte es gut möglich sein, dass eine Maus, Schlange oder am Ende eine Katze dem verführerischen Geruch von Essen in mein Auto gefolgt war.

Ich hoffte, dass ich mir das Geräusch nur eingebildet hatte und dass sich in meinem Auto nichts Lebendiges befand außer meiner selbst!

Das Rascheln hatte aufgehört.

Dafür saß plötzlich ein kleines pelziges Etwas auf dem Beifahrersitz und sah mich mit seinen blitzend blauen Augen an.

Komischerweise erschrak ich mich über die Anwesenheit dieses Wesens gar nicht. Es war kleiner als eine Katze, aber es war keine Katze. Es war eine Mischung aus einem Opossum, einem kleinen Drachen und einer Ratte. Große runde Ohren zeigten einen deutlichen Unterschied im Gegensatz zum Körper. Sein Kiefer glich dem eines Minidinosauriers, und es besaß eigenartige Nagezähne. Sein struppiges, ungepflegtes Fell zeigte alle Farben, die ich je bei einem Tier gesehen hatte. Der dünne Schwanz glich dem einer Ratte, und an dessen Ende befand sich ein schwarzer Fellknäuel, fast wie bei einer Wintermütze.

„Na, was bist denn du für einer?", rutschte es aus mir heraus, als ich dieses seltsame Tier in meinem Auto entdeckte. Trotz seines pelzigen Gesichtes besaß es eigenartig menschliche Gesichtszüge.

„Ich bin dein persönliches Nagetier!", erklärte es plötzlich und kratzte sich mit menschlicher Gestik an seinem kleinen pelzigen Bäuchlein.

Mit offenem Mund starrte ich ein Lebewesen an, das ich noch nie zuvor gesehen hatte. Dieses Tier konnte sprechen! Da erkannte ich wieder einmal, wie man mit zu wenig Schlaf und zu viel reagieren kann!

„Was starrst du mich so an? Du hast mich doch selbst gerufen!", gab es selbstbewusst an.

Dieses Tier saß auf dem Beifahrersitz, schlug die kleinen Hinterbeinchen lässig übereinander und legte seine Vorderpfoten gefaltet auf seinen runden, kleinen Bauch. Also wenn dieses Tier schon sprechen konnte, dann musste ich etwas richtigstellen.

„Ich kann mich nicht daran erinnern, dich gerufen zu haben. Ich hatte heute lange, viel zu lange zu arbeiten und will einfach nur schnell nach Hause kommen, einkaufen gehen, die Kinder abholen und noch rechtzeitig, bis mein Mann von der Arbeit kommt, ein Abendessen auf den Tisch stellen. Außerdem bin ich viel zu spät dran, denn die Kinder warten bestimmt schon auf mich. Wann also sollte ich dich gerufen haben?"

„Es sind deine vielen Termine, die für mich eine große Verlockung sind!", antwortete es diebisch und zog seine schwarzen Augenbrauen vielversprechend hoch.
Ich kam mir vor wie Meister Eder, dem der Pumuckl gerade zugelaufen war, und der von nun an nicht mehr von dessen Seite wich.
„Je mehr Termine du hast, desto besser für mich. Ich nähre mich an deinem Stress!", informierte es mich altklug.
„Wenn ich aber Zeit für mich habe und ganz in Ruhe einen Spaziergang im Wald mache, bist du dann weg?", kombinierte ich.
„Ja, dann schon! Aber für deinen Spaziergang hast du keine Zeit, und wenn du ihn machst, dann nur kurz, weil dir dabei wieder tausend Dinge einfallen, die du danach zu erledigen hast", gab es bestimmt zur Antwort und verschränkte seine Arme demonstrativ über seinem runden, pelzigen Bäuchlein.
Plötzlich keimte in mir ein furchtbarer Gedanke auf.
„Sag mal – kann es sein, dass dich der Ernst geschickt hat?", fragte ich neugierig.
„Was'n für'n Ernst?", fragte es frech zurück und griff nach seinem nackigen Schwanz und zupfte auf dem schwarzen Knäuel herum, kaute ein verfilztes Stück Fell heraus und spuckte es auf die Fußmatte in meinem Auto.
„Hey – lass das!", rief ich empört.

„Was? Das?", fragte es mich und spuckte gleich noch mal auf den Boden meines Autos.

„Hör sofort auf damit!", rief ich, aber ich traute mich nicht, nach diesem Tier zu greifen, um es zu packen und aus meinem Auto zu befördern.

„Haste wohl Schiss, dass ich dir nie wieder von deiner Seite weiche, nur weil du weißt, dass du heute auch noch dein Auto putzen musst, was?", fragte es mich hämisch.

Ich ignorierte seine Frechheiten und stellte meine Frage einfach noch mal.

„Schickt dich der Ernst des Lebens?", wiederholte ich meine Frage.

„Der? Nein! Hab mal für ihn gearbeitet. Der Kerl ist nicht teamfähig und legt einem bloß Steine in den Weg und so. Hab dann gekündigt und mich selbstständig gemacht", gab es kauend an und beendete seine Pelzpflege.

„Selbstständig – du!", stellte ich trocken fest. Der kleine Kerl hatte doch nicht mehr alle Latten am Zaun.

„Und wie heißt deine Firma?", wollte ich wissen, setzte mich aufrechter in meinem Sitz hin und blickte nervös in den Rückspiegel.

Ruckartig richtete es sich auf, sprang auf meinen Schoß, stellte sich auf seine Hinterbeine und stützte sich mit den Vorderpfoten an meinem Oberkörper ab.

Seine rosa Näschen berührte beinahe mein Kinn, und seine blauen Augen blitzten geheimnisvoll.
„S.C.H.L.E.C.H.T.E.S G.E.W.I.S.S.E.N.", gab es mir mit angsteinflößender Stimme zur Antwort. „Wir sind stets zu Ihren stressigen Diensten und nagen an Ihnen, wann immer Sie uns rufen!", fügte es hinzu.
„Du bist also das Nagetier, das immer diesen Blödsinn in mein Ohr flüstert und versucht, noch mehr Druck auf mich auszuüben, wenn ich ohnehin viel zu tun habe!", dämmerte es mir endlich.
Das Nagetier sprang von meinem Schoß und trippelte geschickt und wendig wie ein Wiesel auf das Armaturenbrett meines Autos, bäumte sich hinter meinem Lenkrad auf, streckte sein rosa Näschen in die Luft und breitete seine Ärmchen aus.
„Vor dir steht der große, allmächtige und wahrhaftige MAGNUS. Ich bin zuständig für alle Wichtigkeiten der Menschheit!", gab es protzig an.
„Trägst du jetzt nicht ein bisschen zu viel auf? Die Definition von groß sieht wohl eher anders aus, nicht so pelzig und klein wie du!", stellte ich nun siegessicher fest.
Seine kleinen Arme sanken herunter. Es beugte sich vor, hielt sich am Lenkrad fest und blickte mich sehr eindringlich an. Schnell nahm ich meine Hände vom Lenkrad.
„Es geht nicht um meine körperliche Größe. Es geht um das, was ich mache", erklärte es mir geheimnisvoll.

Es hüpfte wieder vom Armaturenbrett herunter auf den Beifahrersitz. „Bin über Nacht reich geworden. Wollte 'ne Solokarriere hinlegen, aber es gibt einfach zu viele Trittbrettfahrer am Arbeitsmarkt", erklärte es mir mit einer gewissen Routine.

Das war zu viel für mich. Ich kniff meine Augen zu. Wenn ich sie wieder aufmachte, dann wollte ich diesen Magnus nicht mehr sehen!

Plötzlich klopfte es an mein Autofenster. Ein großer, stämmiger Mann mit abgeschmierten Klamotten und tätowierten, muskulösen Armen stand neben meinem Fahrzeug.

Ängstlich ließ ich die Fensterscheibe einen Spalt herunter. Erst jetzt bemerkte ich die ungepflegten langen Haare und den Vollbart, der zu einem Zopf zusammengeflochten war. Dieser Mann sah aus wie ein Wikinger!

„Du Mädel – die Ampel da hat heute nur drei Farben zur Auswahl. Könntest du jetzt mal eine Ausnahme machen und bei Grün losfahren?", fragte mich der große Dicke, der offensichtlich zu dem blauen Lastauto hinter mir gehörte, dessen Fahrertür weit offen stand. Er zeigte mit seiner breiten Hand auf die Ampel, die gerade von blinkend Grün auf Orange und schließlich auf Rot sprang.

Also habe ich mir das Nagetier doch nur eingebildet! Sekundenschlaf an der Straßenkreuzung! Ich hätte doch die sechste Tasse Kaffee trinken sollen! Leicht

verwirrt holte ich die Kinder von den Betreuungseinrichtungen ab und ging mit ihnen einkaufen. Natürlich waren die beiden hungrig. Ich erlaubte ihnen eine Semmel und aus SCHLECHTEM GEWISSEN auch noch eine Süßigkeit danach!
Endlich zu Hause angekommen, konnte ich tatsächlich mein Auto säubern. Kinder, Nahrungsmittel und ein Auto sind drei Komponenten, die nicht miteinander harmonierten. Die beiden tobten sich bis zum Abendbrot noch im Garten aus, während ich die Semmelkrümel von der Rückbank entfernte – und vom Beifahrersitz ein schwarzes Fellbüschel!
Die Fußmatte bedurfte ebenfalls einer gründlichen Reinigung!

42. Rabeneltern

Freitags kaufe ich mir immer das Fernsehprogramm. Eine Zeit lang erhielt ich es zusammen mit der Tageszeitung, aber die Zeitung lag abends immer noch genauso da, wie ich sie am frühen Morgen erhielt. Ungelesen landete sie in der Altpapiertonne.
Ich stornierte das Abo. Zeitung weg. Fernsehprogramm weg. Außerdem beinhaltet dieses nicht alle Satellitensender, die wir empfanden können. Das Angebot an TV-Zeitschriften ist riesig.
Das Angebot an guten Filmen ist nüchtern. Aber am nächsten Dienstag lohnt es sich, *Muttiversum* zu sehen. Dieses Mal geht es um die *Rabenväter*. Sie sind eine weit verbreitete Spezies. Rabenväter sind mittelgroße Sänger mit einem kräftigen Schnabel und robustem Körperbau. Häufig kann man das Phänomen beobachten, wenn diese sich unter der Dusche befinden und die Hits aus ihrer Jugend trällern. Ihre Schwesterfamilie sind aller Wahrscheinlichkeit nach die Würger, nämlich dann, wenn der Rabe mit dem Singen übertrieben hat. Krächzende Raben mit einem ausgeprägten Selbstbewusstsein zählen zu den verwandten Paradiesvögeln. Diese werden kaum echte Rabenväter.

In ihrer Ernährung sind Rabenväter vielseitig und essen alles, je nach Verfügbarkeit. Am besten schmeckt ihnen das Futter, das sie als Jungtiere einst von ihren Müttern erhielten. Innerhalb der selbst gegründeten Familien machen sie sich über achtlos herumstehende Dinge her, wie zum Beispiel den Geburtstagskuchen, der für die Nachbarin bestimmt war, Minigemüse, das für die Schuljause der Kinder liebevoll gerichtet wurde oder eine Tafel Schokolade, die die Rabenmutter nach einem anstrengenden Tag sich selbst hingelegt hatte. Der Rabenvater wird beschimpft, die Rabenmutter ist wütend und zieht ihre Schlüsse daraus.

Nahezu alle Rabeneltern besitzen einen Verstecktrieb, der sie dazu veranlasst, besondere Leckereien zu verstecken, um sie für später aufzubewahren, auch wenn sie nicht darauf angewiesen sind. Der fertige Geburtstagskuchen wird wieder in den Backofen gestellt und ein Geschirrtuch über die gläserne Backofentür gehängt, damit niemand hineinsehen kann. Das Kindergemüse wird auf einem Post-it-Zettel mit dem jeweiligen Namen und unzähligen Rufzeichen dahinter gekennzeichnet – und die Tafel Schokolade wird gut versteckt. Nämlich da, wo niemand nach Schokolade suchen würde: im Putzschrank!

Das Futter wird nicht zentral versteckt, sondern auf mehrere Lager verteilt, die oft nur ein einziges Nahrungsstück enthalten. Die Verstecke werden von den Rabeneltern auch noch Monate später gefunden.

Wenn Rabeneltern einander beim Verstecken beobachten, räumt der Beobachter anschließend meist die Verstecke des Beobachteten aus.

Die Weihnachtskekse leiden also an plötzlicher Schwindsucht! Der so Beraubte lernt dann aus dieser Erfahrung, auch wenn er das Ausräumen nicht selbst mitbekommen hat, und versteckt seine Nahrung fortan nicht mehr, wenn ein Artgenosse in seiner Nähe ist. Dennoch haben Rabeneltern ein sehr vielseitiges Nahrungsspektrum, das sowohl tierische wie auch pflanzliche Kost umfasst. So vielfältig wie das Nahrungsspektrum, sind innerhalb der Familie auch die Techniken, die zum Nahrungserwerb eingesetzt werden. Manche warten, bis die Rabenmutter das Essen fertig gekocht hat, einige ziehen den Mikrowellenherd samt Fertigkost vor, andere wiederum gehen in einen Fast-Food-Schuppen. Aber die meisten essen, was gerade so herumliegt.

Nahrungsstücke werden hauptsächlich mit dem Schnabel bearbeitet. Häufig werden aber die Finger zur Hilfe genommen, um ein Nahrungsstück besser festzuhalten. Mit Pestiziden gespritzte Futterstücke werden vor dem Verzehr in Wasser getaucht. Der Nahrungserwerb kann sowohl allein als auch in Gruppen erfolgen, wobei ein essender Rabe schnell Artgenossen anzieht. Sobald ein Fußballabend bevorsteht, wird es keinen Rabenvater allein mit Chips und ausreichend Bier vor dem Fernseher geben! Diese finden sich dann bei sogenannten Männerabenden in ganzen Scharen in diversen Lieblingskneipen ein.

Umgekehrt bevorzugen auch die Rabenmütter ein gemeinsames Beisammensein mit ihresgleichen und richten Lachsbrötchen und Prosecco für ihre Gäste bei ihren Tupperpartys her. Und wenn eine Rabenmutter ihre Jungen fragt, ob sie gerade Hunger hätten, dann wird diese Frage zunächst mit einem klaren „Nö, jetzt nicht!", beantwortet.

Kaum schiebt sich die Rabenmutter in der Küche stehend schnell einen Happen in den Mund, dann kommen auch schon die Rabenkinder daher und wollen gleich von der Beute etwas abhaben.

Das Sozialverhalten der Raben ist sehr ausgeprägt. Alle Arten bilden kleinere oder größere Schwärme, sogenannte Ein- bis Dreikindfamilien oder noch mehr, die gemeinsam schlafen, essen und miteinander ziehen. Der Vergesellschaftungsgrad verändert sich aber mit der Zeit. Während in Jungfamilien heutzutage drei bis ungefähr sechs Raben leben, bewegen sich adulte Raben grundsätzlich in Paaren. Das Leben in Großfamilien bietet Vorteile bei der Nahrungssuche, wenn die Rabenmutter einmal nicht zu Hause sein sollte.

Rabeneltern leben monogam und bilden eine lebenslängliche Bindung. Vereinzelt kann es zwar auch zu Kopulationen, also *One-Night-Stands* kommen, dennoch wird nur der Lebenspartner versorgt, wenn die Paarbindung länger als ein Jahr gehalten hat.

Die Brutaufzucht wird durch drei Brutsysteme unterschieden. Die Brutaufzucht nur durch das Elternpaar. Rabenmutter als auch der Rabenvater kümmern sich um die gemeinsamen Jungen, auch wenn ein Kuckuckskind unter ihnen ist, verursacht durch einen One-Night-Stand. An zweiter Stelle rückt die Mitversorgung durch nichtbrütende Artgenossen. Dazu zählen Mütter und Schwiegermütter, Onkel und Tanten, Nachbarn und vertrauenswürdige Freunde, die in manchen Fällen den Schwiegerraben vorgezogen werden. An dritter Stelle steht der eigene Nachwuchs, der schon sehr eigenständig ist, um einige Jahre den Geschwistern voraus ist und als Übergangsform betrachtet wird. Und dennoch finden sich darüber hinaus noch etliche Bruthelfer. Sie alle profitieren von ihrer Tätigkeit durch eine höhere Erfahrung, die zu einem gezielten Erfolg führen soll. Diese Bruthelfer mischen sich selbst in Themen ein wie ausgewogene Fütterung, das Flüggewerden, Verteidigung des Territoriums und sogar den Nestbau. Diese manchmal lästigen Bruthelfer, die immer alles besser wissen, können ihre Tätigkeit über mehrere Jahre ausüben. Häufig besetzen sie dann auch noch Territorien in der Nähe!

Dennoch betreiben Rabeneltern eine sehr intensive Brutpflege! Ohne die aufwendige Fürsorge wären

Rabenküken nicht überlebensfähig. Sie sind darauf angewiesen, dass die Rabeneltern sie wärmen und gut versorgen. Die Rabenjungen sind es, die das Nest vorzeitig verlassen und hilflos am Boden herumirren! Dabei sind die Rabeneltern immer in ihrer Nähe, um das Jungtier weiter zu versorgen.

Gerne wäre der Menschenvater ein Rabenvater. Zu gerne würde er sich mehr mit seinen Kleinen abgeben, aber die sogenannten Bruthelfer wissen, wie immer, alles besser und reden ihm ein, dass nur er der wahre Brötchenverdiener sein kann, weil die Frau ja nur die Frau ist. Und wenn wir in Zukunft als Rabeneltern bezeichnet werden, weil wir unserer Jugend gegenüber zu freizügig erscheinen und sie aus dem eigenen Heim gehen lassen, dann nehmen wir das gefälligst als Lob an! Denn wir sind es, die am Samstagabend beim Abholen aus der Disco vorzeitig hinter der nächsten Ecke auf unsere Kinder warten und sie immer versorgen werden, wann immer sie uns brauchen!

Kra-kra!

43. Die Enigma für Männer

Meine Nachbarin Gabi hat sich von ihrem Mann getrennt.
Dabei ist Klaus doch so ein netter Kerl! Als sie in unsere Straße zogen, hatte er ihr zu Ehren ein Rosenbäumchen in das kleine Beet neben der Haustüre gepflanzt. Üppig blühten all die Jahre dicke rote Rosen. Sie waren ein wahrer Blickfang, wenn man an ihrem Haus vorüberging.
Nun ist der schöne Strauch dem Rosenkrieg zum Opfer gefallen. Das Beet, das den Eingangsbereich so geschmackvoll zierte und das Zeichen für existierende Liebe war, ist nun leer. Es ähnelt nun eher einem Hundegrab. Scheinbar war in deren Beziehung tatsächlich der Hund begraben. Gabi dachte, dass das Gras auf der anderen Seite des Zaunes grüner ist, als das im eigenen Garten.
Alles geschah nur, weil Klaus ihre Signale nicht deuten konnte, die sie sendete. Hätte er ihre Gedanken lesen können, wären die beiden womöglich noch zusammen. Wie verschlüsselt die Sprache der Frauen doch ist. Vielleicht sollte unser Leben wie in den Amifilmen ablaufen, in denen die Zuseher die Gedanken ebenfalls hören können, denn wir Frauen haben die Codierung in uns drin. Wir können gar nicht anders.

Nahezu jede Frau war schon in folgender Situation: Wir fühlen uns hundeelend, leiden an Appetitlosigkeit und Gliederschmerzen und wollen nur noch ins Bett. Bis wir mit einer einfachen und direkten Frage konfrontiert werden, die mit einem ebenso einfachen Ja oder Nein zu beantworten gewesen wäre.
„Du siehst heute gar nicht gut aus! Bist du krank?"
Wir antworten darauf: „Nein, nein, es geht schon. Ich war wohl gestern zu lange auf den Beinen."
Wir meinen aber: „Ja, mir geht es echt nicht gut. Ich glaube, ich lege mich ins Bett, bis es mir wieder besser geht."
Da passt doch der eine Satz mit dem anderen überhaupt nicht zusammen! Frauen gegenüber begegnen wir gleich, aber die kennen den inneren Code und würden darauf sagen: „Nichts da, du gehst jetzt schön nach Hause und kurierst dich aus!", wir fühlen uns verstanden.
Wie all die Dinge, die zu viel an Technik beinhalten, sind Fehler vorprogrammiert. Alles, was irgendwo eingespeichert ist, kann nicht überall gleich angewendet werden.
Wenn ein Mann zu uns sagt: „Schatz, ich gehe mit den Kindern auf den Spielplatz, dann kannst du einmal in Ruhe zum Frisör gehen", antworten wir darauf: „Ach so?! Bin ich dir wohl nicht hübsch genug, dass du mich schon zum Frisör schicken musst?"

Der Mann meint aber: „Schatz, ich gehe mit den Kindern auf den Spielplatz, dann kannst du einmal in Ruhe zum Frisör gehen."
Ein guter Mann weiß, dass er die Vorlieben einer Frau ab und an unterstützen muss, um im Endeffekt auch auf seine Rechnung zu kommen – *happy wife, happy life!*
Die Aussagen eines Mannes sind nicht von Geheimnissen umhüllt. Werden seine Sätze trotzdem übersetzt, dann kommt dabei so etwas ähnliches heraus wie beim Stille-Post-Spiel. Mit einem Wort wird begonnen, mit einem komplett anderen endet die Spielrunde. Das Spiel ist lustig.
Für die Beziehung, von der man sich eine lebenslange Bindung verspricht, kann das sehr strapaziös werden. Männer behaupten, sie seien einfach gestrickt. Ihr Strickmuster besteht doch nur aus rechten Maschen. Es beinhaltet keine besonderen Farben und Muster und das Endprodukt erfüllt seinen Zweck. Dann kommen wir Frauen daher. Wir sind in der Lage, auch linke Maschen zu stricken. Außerdem besitzen wir das Talent, so richtig komplizierte Muster anzufertigen. Da kommt es schon mal vor, dass man die eine oder andere rechte Masche fallen lässt. Wenn man dann nicht aufpasst, kann man sich gehörig in der Wolle haben und der rote Faden einer Partnerschaft hat einen Knoten.
Wir Frauen wollen ein schönes Leben leben und mit einem Pullover herumlaufen, der nicht nur bequem,

sondern auch noch gut aussieht und sich von allen anderen deutlich unterscheidet. Gabi ist es mit ihrem Pullover anscheinend zu warm geworden. Aus dem Rosenzüchter war inzwischen ein Mauerblümchen geworden. Klaus war sehr enttäuscht. Hatte er seine Gabi doch auf Händen getragen und trotzdem fühlte sie sich nicht verstanden.

Männer brauchen eine Beziehung mit Untertiteln oder eine Art Dauerschleife im geistigen Bildschirm, die ständig eingeblendet ist und Informationen über die wichtigsten Dinge im Leben gibt oder eine Art Enigma, die ihnen den weiblichen Sprachcode übersetzt.

Vor längerer Zeit waren wir gemeinsam mit den beiden in der Stadt. Fasziniert blieben Gabi und ich vor dem Schaufenster eines Juweliers stehen. Gabi zog ihren Klaus an seiner Lederjacke zu sich und sah ihn dabei gar nicht an. Wie eine Elster starrte sie mit funkelnden Augen in die glänzende Auslage. Die Auswahl war riesig und äußerst geschmackvoll. Der Stil der Schmuckstücke entsprach genau unseren Vorstellungen. Nicht zu bunt und kitschig, sondern nobel und abstrakt. Äußerst nobel gestalteten sich auch die Preise.

„Schau mal!", sagte sie. „Sieht der Ring da hinten links nicht wunderbar aus?"

Ich wusste sofort, worauf sie hinauswollte. Bis zu ihrem Geburtstag war es nicht mehr weit, aber sie

hätte etwas Ähnliches wie: „Schatz, genau den Ring da hinten links mit den zwei Glitzersteinchen darin wünsche ich mir zum Geburtstag!", sagen sollen.
Sie bekam einen Gutschein für ein Schuhgeschäft.
Eine Woche zuvor hatte sie sich aber neue Stiefeletten gekauft. Der Gutschein wurde einen Tag vor ihrem Geburtstag ausgestellt. Gabi war enttäuscht. Sie hatte ihm doch angedeutet, über was sie sich freuen würde. Klaus konnte diesen chiffrierten Text gar nicht entschlüsseln. Mit Andeutungen dieser Art kann ein Mann nichts anfangen.
„Wenn er mich je geliebt hätte, dann hätte er besser über mich Bescheid gewusst!", warf sie ihm später vor.
„Wenn ihr die Beziehung wichtig gewesen wäre, hätte sie sich deutlicher ausdrücken müssen!", stellte er fest.
Früher überkam mich große Angst, nachdem ich einen Horrorfilm gesehen hatte. Danach wollte ich monatelang nicht mehr in den Keller gehen oder gegen Abend einen finsteren Raum betreten. Meistens sprang ich bereits aus zwei Meter Entfernung in mein Bett, damit das große Ungeheuer darunter mich nicht an meinen Knöcheln packen konnte. Dann blickte ich ängstlich hinter die Zimmertüre, ob sich da wohl niemand verstecken würde! Ich hörte auf, solche Filme versteckt hinter einem Kissen anzusehen.
Bei Liebesschnulzen sollten wir Frauen das gleiche tun. Diese Womanizer sind doch nur fiktiv. Die Männer sind im Film auf schön getrimmt, und sie

sagen Sätze, die sie vorher auswendig lernen. Wir Frauen fallen darauf rein und erheben den fixen Glauben an einen Frauenversteher, der uns alle Wünsche von den Augen ablesen kann. Wir sollten aufhören, uns solche Filme reinzuziehen. Die Superbeziehung wird da so übertrieben dargestellt, dass wir glauben, als Einzige eine Niete gezogen zu haben, nach dem Motto: Alle Töpfe haben einen Deckel, nur ich bin eine Schachtel.

Mal ehrlich. Wer will täglich Kaffee von George Clooney bekommen oder Gefrierkost von Pierce Brosnan? Es muss anstrengend sein, dauernd zu grinsen. Irgendwann könnten wir so ein Happy-Leben nicht mehr ertragen. Wir sind eben nur Menschen und streben immer das an, was wir gerade nicht haben. Das Gegenteil fasziniert uns. Irgendwie befinden wir uns alle in einem Rätsel und sind bestrebt, das Lösungswort herauszufinden, einzusenden und hoffen auf den Hauptgewinn, den es wahrscheinlich gar nicht gibt.

Bei genauerer Betrachtung kommt es weniger auf die richtige Lösung an, sondern mehr um das angenehme Gefühl, ein Rätsel gelöst zu haben. Die Männer haben es sich zur lebenslänglichen Aufgabe gemacht, Frauen zu verstehen, während wir Frauen darüber grübeln, warum Männer so sind, wie sie sind. Wäre der Partner nicht so ganz anders als wir, hätten wir viel weniger Gesprächsthemen, und das tägliche Leben würde langweiliger werden.

Ein bisschen ablästern tut gut. Über Partnerschaften würden wir gar nicht mehr nachdenken. Ich könnte dann auch nicht dieses Buch schreiben. Trotzdem darf eine Beziehung nicht in einen Rosenkrieg eskalieren. Wenn wir Pflanzen setzen, dann sollen wir uns an ihrer Blütenpracht erfreuen und uns nicht über den Schatten ärgern, den sie abwerfen.

Wir freuen uns, wenn wir Blumen geschenkt bekommen. Sie sind das geheime Sprachrohr, wenn unsere Männer nicht mehr wissen, was sie sagen sollen. Klaus hat jetzt eine Frau gefunden, mit der er über diese Ebene kommunizieren kann. Sie ist Gartenbauingenieuren und hat ihm das kleine Beet neben der Haustüre wieder bepflanzt. Das Mauerblümchen ist mit Liebe gegossen worden und konnte sich neu entfalten.

44. Und er sah, dass er gut war

Nachdem wir in unser Haus einzogen, waren wir wohl die glücklichsten Menschen von hier bis zum nächsten Megabaumarkt. Im Haus richteten wir uns modern ein. Wir fanden die perfekte Mischung zwischen Glas und uralten Sammlerstücken aus Holz. Teils brachten wir Möbel aus unserer alten gemeinsamen Wohnung mit. Billige Kiefernholzmöbel sollten vorerst für das Kinderzimmer gerade recht sein. Teils kauften wir uns neue, elegante Ledermöbel für den Wohnraum. Aber in unserem Garten Eden musste noch eine schöpferische Hand walten. Und wenn man früher in seinem Lieblingsfach Religion, neben Turnen und der großen Pause, gut aufgepasst hat, dann wissen wir, dass die Schöpfung aus dem Chaos erfolgte.

Ich meine, während Mrs. Perfekt, damals noch eine kleine Miss Perfekt, erzählte, sie lerne schon seit zwei Wochen für die große Matheschularbeit, herrschte in meinem Zimmer noch das große Chaos, und ich begann mit dem Pauken für die große Arbeit erst so richtig in den letzten beiden Tagen . Ich erkannte, dass es gut so war, denn ich hatte immer dieselbe gute Note wie diese Verena.

Unser Garten war am Anfang wüst und wirr. Von Finsternis war er geprägt, und der Blick des Göttergatten schwebte über dem kleinen Stück Land. Er sprach: „Es werde Licht!", und er ging hinaus mit seiner Motorsäge, seiner Schutzbrille und seiner blauen Schildkappe, die unsere Kinder vom letzten Pfarrfest erhielten mit der Aufschrift *Vertrau auf Gott*. Er setzte sie verkehrt herum auf. Sein für ihn zugesandtes Land schnitt er sich Stück für Stück frei. Nun wurde es hell in unserem Garten. Er erfreute sich über das Licht am Tag und verfluchte die zu früh einkehrende Nacht, in der er nicht schöpferisch tätig sein konnte. Außerdem brauchte er ein partnerschaftliches Gegenüber.

Nach dem ersten Tag verfiel er in einen tiefen Schlaf. Als er am zweiten Tage aufwachte, lag ihm zur Seite seine Eva. Erst jetzt erkannte er sich in der Begegnung mit dem neuen Wesen als Schöpfer seines Gartens und die Frau als seine Hilfskraft. Von nun an sollte sie ihm immer zur Seite stehen und ihm sein treuer Handlanger sein.

Er konnte es aber nicht leiden, wenn ihr die Warterei zu blöd wurde. Sie stand nicht gerne nichtstuend neben ihm, um auf eine billige Anweisung zu warten, wie zum Beispiel die Gartenschere zu holen oder den Schubkarren oder schlussendlich das Verbandszeug. Also schlich sie sich manchmal davon, um wenigstens die Wäsche nebenher aufzuhängen oder schnell mal den Geschirrspüler auszuräumen.

„Schatz!", rief er seiner Eva nach. „Du kannst nicht dauernd vor der Arbeit davonlaufen! Ich brauche dich hier. Deinen Kram kannst du doch abends erledigen!", stellte der Göttergatte mürrisch fest.

Dann sprach er: „Der Garten braucht Wasser!" Also musste seine Eva ihm schnell den Krampen und die Spitzschaufel bringen. Zunächst grub er ein großes Loch in der unteren Hälfte des Gartens. Dank seines Eifers war er rasch damit fertig.

Zwischendurch brachte ihm seine Eva etwas zu trinken. Nun erkannte der Göttergatte, dass sie im Baumarkt vergessen hatten, eine Teichwanne zu kaufen. Sein Gegenüber war schuld, ihn nicht daran erinnert zu haben, und er scheuchte sie zurück in die Stadt.

Eva fuhr und kam eine Stunde später wieder zurück. Der ganze Garten war Land unter, als der Göttergatte versucht hatte, einen Anschluss für das Gartenwasser zu installieren.

Mit der Teichwanne in Händen stand die Eva auf der erhöhten Terrasse und sah, dass der Göttergatte mit dem Krampen die Wasserleitung getroffen hatte. Er war gerade dabei, die Wasserfontäne zu stoppen. Als er Evas Anwesenheit bemerkte, gab er ihr mit hektischen Handzeichen zu verstehen, ihm schnell die Teichwanne zu bringen.

Dann sprach der Göttergatte: „Wir sammeln das ganze Wasser unterhalb des Gartens an einem Ort, damit das Trockene wieder sichtbar werde."

So geschah es.

Das Trockene nannte der Göttergatte Garten, und das angesammelte Wasser nannte er Teich.
Er sah, dass es gut war.
Es wurde Abend, und Eva begann mit dem Staubsaugen im Haus. Dann backte sie auch noch einen Rührkuchen. Der Lärm irritierte den Göttergatten dermaßen, dass er sprach: „Schatz, hättest du das alles nicht heute Nachmittag nebenher tun können? Du hattest ja eh kaum etwas im Garten zu tun!"
Und es wurde Morgen. Am dritten Tag sprach der Göttergatte: „Im Garten muss junges Grün wachsen und Bäume, die Früchte bringen!"
So geschah es.
Er säte Grassamen, den teuersten, den es im Baumarkt zu kaufen gab! Er setzte drei Apfelbäume, einen Birnbaum, einen Zwetschgenbaum, einen Kirschbaum und an der Gartenmauer einen Marillenbaum. Eva steckte die Krokus- und Narzissenzwiebeln in die noch nasse Erde. Nach getaner Arbeit sah der Göttergatte, dass es gut war. Die Eva sah sich in Zukunft nur noch in der Küche stehen, um das ganze Obst zu verarbeiten.
Es wurde Abend und es wurde Morgen.
Die Hauseinweihungsparty stand vor der Tür. Lichter sollten im Garten brennen. Sie sollten ein Zeichen dafür sein, damit alle geladenen Gäste zur neuen Adresse fanden.
So geschah es.

Der Göttergatte montierte eine lange Lichterkette quer durch den Garten, damit sie darüber hinwegleuchtet. Dreimal musste er deshalb in den Baumarkt fahren! Die erste Lichterkette war zu kurz, dann fehlten die geeigneten Lampen, und zu guter Letzt benötigte er noch elektrisches Material für einen Stromanschluss im Freien! Seine Lichterkette leuchtete zu seiner Zufriedenheit. Und er sah, dass es gut war.
Es wurde Abend und es wurde Morgen.
Am fünften Tag sprach der Göttergatte: „Das Wasser wimmle von lebendigen Wesen! Die ganze Nacht habe ich wegen der Stechmücken nicht geschlafen. Da müssen Fische in den Teich, die die vielen Mücken fressen und Brutstätten für die gefiederten Freunde, die ebenfalls gerne Mücken fressen!" Drei Stunden später kam er von der Zoohandlung und dem Baumarkt wieder zurück. Schöne schillernde Fische hatte er gekauft und traumhafte Wasserpflanzen. Eva sah, dass langsam alles gut wurde im gemeinsamen Garten. Das erwies sich als Irrglaube.
Stolz marschierte der Göttergatte mit seinen Fischen und den Teichpflanzen in Richtung Teich, als er über einen von vielen Maulwurfshügeln stolperte! Während die Fische hinter der Buchsbaumhecke um ihr Überleben zappelten, fluchte der Göttergatte über den ruinierten Rasen. Die tierliebende Eva konnte die Fische noch retten. Der Göttergatte war in der Absicht, den Maulwurf in ein Wurfmaul zu verwan-

deln. Sein bester Schnaps aus der Bar im Wohnzimmer war es ihm wert, einen Molotow-Cocktail zu kreieren. Er steckte ihn in einen der Erdhügel und zündete ihn an. Kurz darauf erkannte er am anderen Ende des Gartens eine deutliche Stichflamme. Der Birnbaum fing Feuer und ein toter Maulwurf lag neben dem Maulwurfshügel.
Der Göttergatte sprach: „Diese Tiere sind furchtbar, die vermehren sich rasant!"
Entnervt ging er am fünften Tag der Gartenarbeit zu Bett. „Lass uns Menschen machen", sprach er zu seiner Eva. Eva hatte nach der vielen Gartenarbeit Kopfschmerzen. Aber Eva liebte ihren Göttergatten.
Und es wurde Morgen. Es wurde noch einige Male Morgen.
Eines Morgens wurde Eva schlecht. Sehr schlecht sogar. Eva verbrachte die ersten Morgenstunden auf der Toilette, während der Göttergatte im Garten nach dem Rechten sah. Als er von draußen hereinkam, sprach er: „Unser Garten bringt alle Arten von lebendigen Wesen hervor. Die Vögel haben fertig gebrütet, in unserem Teich sind sogar Frösche eingezogen und der Hund vom Nachbarn benutzt unseren Garten als Toilette!"
Der Garten galt endgültig als vollendet.
Neun Monate später gebar Eva eine kleine Tochter.
Das Werk des Göttergatten war vollendet. Sein gepflanzter Birnbaum hatte sich vom Feuer wieder gut

erholt, der Maulwurf wurde getötet, bevor er für Nachwuchs sorgen konnte, und die zweite Partie Fische kaufte er und vergaß dieses Mal auch nicht die Wasserpumpe für die Schuppentiere.

An einem schönen Sommertag saß der Göttergatte abermals mit sämtlichen Freunden und Nachbarn auf den hölzernen Bierbänken in seinem Garten, wie einst bei der Garteneinweihungsparty. Dieses Mal kamen alle zusammen, um die Geburt seiner Tochter zu feiern.

Und er sah, dass er gut war.

Am nächsten Tag wachte er auf und er sah, dass nichts gut war. Nun hatte er schreckliche Kopfschmerzen und ihm war schlecht. Danach wünschte sich Eva einen achten Tag, den sie für heilig erklären würde, denn da wollte auch sie einmal ruhen.

45. Mr. & Mrs. Perfekt

Die Protagonisten für einen Happy-Pepi-Liebesfilm scheint es tatsächlich in echt zu geben! Sie sind es, die uns vorzeigen, dass Familie, Haushalt und Beruf supereasy zu vereinen sind, ohne auch nur einen Nachteil zu erwähnen oder Kompromisse eingehen zu müssen!

In der Kindergartenzeit gehört man zu einer anderen Spezies von Leuten dazu. Den Müttern. Jene Gruppe, die man als Single oder Nicht-Mutter gemieden hat. Allein schon deshalb, weil die verbale Basis eine komplett andere war. Da unterhält man sich nicht über Waschmittel und Flecken, die nie mehr zu entfernen sind, über Schürfwunden, übers Zahnen oder über Kinderkrankheiten. Man gibt auch keine Empfehlungen weiter über Kinderärzte, Babyschwimmen, Babymassage oder Beckenbodentraining für frisch gebackene Mütter.

Spieglein, Spieglein an der Wand, wer ist der beste Kinderarzt im ganzen Land? Und wenn dieser sofort mit einer Sechsfach-Spritze in der Luft herumwedelt, anstatt Globuli und Schüßlersalze zu verschreiben, dann stehen wir wieder mit ausschließlich Müttern zusammen und beschweren uns über solche Fachidioten.

Anti-Mütter führen keine Gespräche wie diese. Die unterhalten sich über Boulder- und Kletterkurse, über Tiefseetauchen und Bungee-Jumping oder über Reisen nach China und Südamerika. Sie wissen, was es heißt, einen Haifisch aus nächster Nähe betrachtet zu haben oder einer Klapperschlange gegenübergestanden zu sein. Sämtliche Safariparks Afrikas kennen sie wie ihre eigene Westentasche. Das gesamte Kursprogramm der Volkshochschule wissen sie auswendig und nehmen überall teil. Sie besuchen die feinsten Wellnesstempel. Und wenn man diese Anti-Mütter fragen würde, ob sie den Südpol oder den Nordpol schöner fanden, sie könnten sich nicht entscheiden und würden beide Pole noch einmal mit einem Spezial-Guide abwandern. Im Reisebüro würden sie nach einem anderen Planeten fragen, weil sie die Erde schon in- und auswendig kennen. Vielleicht bietet Felix Baumgartner ja auch Tandemsprünge aus dem All für Singlefrauen an!
Sie gehen regelmäßig zur Fußpflege und zu Kosmetikberaterinnen und bei einem Frisörbesuch, der unter siebzig Euro beträgt, kann keine gute Frisur dabei herauskommen! Zwischendurch gehen sie auf Musikkonzerte, womit wir Mütter die Haushaltskasse sprengen würden. Unser Guide heißt Magnus, und der scheucht uns ganz schön durch die Gegend!
Natürlich würden wir auch gerne fremde Länder bereisen und mehr Sport betreiben, Sprachkurse

besuchen und bei einem Konzert mal so richtig abrocken, aber dafür haben wir unsere Familien. Wir akklimatisieren uns im Basislager Bügelzimmer und bezwingen unsere textilen Berge ganz ohne Sauerstoffmaske. Furchtlos sehen wir Ringelnattern und Blindschleichen beim Jäten des Gartens oder unserer Hochbeete entgegen. Wir wissen, welche Kältecreme man bei welchen winterlichen Temperaturen für zarte Kinderhaut anwendet. Über interessante Kurse an der Volkshochschule sind wir bestens informiert, können aber wegen Windpockenalarms nicht daran teilnehmen. Keine Zeit bleibt uns, um auf Facebook Babyfotos zu posten. Die Zeit, die wir vor dem Computer verbringen, ist die, um die neueste Mode je nach Jahreszeit für unsere Kinder zu bestellen.

Ab und zu ist ein Massagetermin möglich, und auch dringend nötig, wenn man ständig ein Kleinkind auf seiner Hüfte herum trägt. Sich danach zu Hause noch eine halbe Stunde im Bett zu regenerieren ist nicht mehr drin. Stattdessen kneten wir noch einen Hefeteig für das Laternenfest im Kindergarten zusammen!

Sie schmunzeln jetzt oder fühlen sich bestätigt? Dann gehören sie zur Norm. Trotzdem gibt es sie. Die perfekten Mütter und Väter! Barbie und Ken sozusagen!

Ich lernte eines Tages Verena kennen. Ihr ältester Sohn ging schon zur Schule zusammen mit meiner Emma. Ihre Tochter und meine Lilly besuchten dieselbe Kindergartengruppe, und ihr jüngster Sohn war gerade mal sechs Monate alt. Ein süßer kleiner Fratz, obwohl er weder mit Ingolf, ihrem Mann, noch mit ihr große Ähnlichkeit hatte. Verena besaß eine sehr fürsorgliche Art und was ihre Kinder betraf, war sie immer top vorbereitet. Bereits im März erhielt ich die Geburtstagseinladung ihrer Tochter, die aber erst im Juni Geburtstag hatte.

So war Verena eben. Sie dachte immer an alles. Im Sommer hatte sie schon sämtliche Weihnachtskarten und Geschenke parat. Braun gebrannt, die Haare der Kinder mit blonden Strähnen durchwachsen von der heißen Sommersonne, waren sie verkleidet als Engel auf den Grußkarten zu sehen. Die Engel müssen wahrscheinlich aus der Karibik kommen! Ende Oktober begann sie mit dem Keksebacken für Weihnachten, und drei Wochen vor dem Laternenfest im Kindergarten bot sie sich freiwillig an, die Martinswecken für insgesamt fünfundsiebzig Kinder zur Verfügung zu stellen.

So entstand für mich die Hoffnung, mich nach meinem Massagetermin doch noch etwas zu regenerieren. Sie war bei allen Ausflügen ihrer Kinder als Hilfskraft aktiv dabei. Zwischendurch brachte sie ohne einen erdenklichen Grund eine großzügige Kaffeejause für alle Erzieherinnen des Kindergartens und für alle Lehrerinnen und Lehrer der Schule mit. Gut gelaunt saß sie bei sämtlichen Elternabenden dabei und hatte immer drei Platten belegter Brote mitgebracht. Lachs und feinster Bauernschinken, verschiedenste Käsebrote, herrliche Kräuteraufstriche und dazu reichlich Obst und Gemüse waren für uns berufstätige Mütter, die mit leerem Magen noch nebenher zu diesem Informationsabend hetzten, ein willkommenes Abendessen.

Die ganze Zeit über fragte ich mich, wie sie das alles bloß macht. Bei einem Bastelabend im Kindergarten lernten wir uns besser kennen. Wir fertigten gerade die Laternen für unsere Kinder an, als wir miteinander ins Gespräch kamen. Während alle anderen Mütter über ihre Männer ablästerten und sich prächtig auf dieser Ebene verstanden, schwärmte Verena nahezu von ihrem Ingolf. Sie war so froh, ihn kennengelernt zu haben, einen Mann, der so fürsorglich und nett zu ihr war. Neulich hatte er ihr von einer beruflichen Auslandsreise einen wertvollen Diamantring mitgebracht, einfach so! Zu den Geburtstagen ihrer Kinder überraschte er sie alle Jahre mit einem tollen Geschenk, von dem wir gewöhnlichen Mütter nicht einmal am Muttertag zu träumen wagen! Zum Beispiel schenkte er ihr zum zehnten Geburtstag des ältesten Sohnes einen dreiwöchigen Urlaub in einem der teuersten Wellnesshotels unserer Umgebung! Dann erzählte sie uns, dass ihm der fünfte Geburtstag seiner Tochter so viel wert war, ihr einen zweiwöchigen Karibikurlaub zu schenken!

Wir übrigen Mütter erblassten vor Neid. Wir wären schon froh über eine einzelne Rose zum jeweiligen Geburtstag unserer Kinder, eine kleine Anerkennung dafür, dass wir unser gemeinsames Fleisch und Blut zur Welt gebracht hatten. Immerhin feierten unsere Männer am Tag nach der Entbindung mit sämtlichen Nachbarn und Freunden ausreichend, während wir uns im Krankenhaus wie die Würmer im Bett wanden, als wir unsere Babys das erste Mal stillten. „Das ist gut so", sagten die Hebammen. „Bald bekommen sie wieder einen flachen Bauch!"
Dass die blutunterlaufenen Schwangerschaftsstreifen für immer bleiben, erwähnten sie nicht. Unsere alte Bikinifigur zurückzubekommen, war mit viel Zeit verbunden. Die hässlichen Querstreifen auf unseren Bäuchen wegzubekommen – unmöglich. Sie sind wie ein lebenslängliches Bio-Tattoo! Seht alle her, ich bin eine Mutter!
Bei allen Festen, egal ob Schule oder Kindergarten, glänzten Verena und ihr Ingolf durch ihre Anwesenheit. Dabei hatte Ingolf so einen weitreichenden Beruf! Er arbeitete für eine große Autofirma in einer gehobenen Position. Sein Status in dieser Firma ermöglichte Verena ein glückliches Hausfrauen- und Mutterdasein, das nicht allen Frauen in den Schoß fällt. Ingolf schätzte es sehr, dass seine Frau immer für die gemeinsamen Kinder da sein konnte und dass diese auch fröhlich aufwachsen durften.

Dennoch begann sie eines Tages, als Buchhaltungskraft in einer privaten Baufirma zu arbeiten. Verena erzählte, dass sie das Zuhausesein nicht mehr mit ihrem Gewissen vereinen konnte, weil ihre Liebe des Lebens für sie auch noch finanziell aufkommen musste. Sie ging arbeiten, damit er mehr Zeit für sie und die gemeinsamen Kinder aufbringen konnte.

Diese gegenseitige Aufopferung und Großzügigkeit beeindruckte mich. Mit dem Beginn ihrer beruflichen Tätigkeit, die sie immerhin dreimal die Woche zu erledigen hatte, für satte vier Stunden am Tag, und nebenher drei Kindern im betreuungspflichtigen Alter, hatte sie noch immer Zeit für Dinge, die uns gewöhnlichen Müttern nicht immer möglich waren! Sie fand ihren Ausgleich bei regelmäßigen Tennisstunden und war öfters bei einer interessanten Bergtour dabei. Selbst im Sommer, in einer Jahreszeit, in der in Baufirmen Hochkonjunktur herrscht, war sie diejenige, die bei der Schulabschlussfeier als auch beim Sommerfest des Kindergartens am meisten Zeit für ihre und auch für andere Kinder aufbringen konnte.

Ihre Glückseligkeit konnte ich kaum fassen. Diese Frau erschien für mich immer interessanter. Was brachte die alles nebenher auf die Reihe, und dabei beklagte sie sich nie? Ganz im Gegenteil schwärmte sie nahezu von ihrer Situation! Sie lebte in karitativer Dankbarkeit. Sämtliche Termine konnte sie mit ihren beruflichen Terminen spielend vereinen!

Ihr Leben schien unbegreiflich für mich zu sein. Das Bild einer karrieregeilen Mutter ist tatsächlich umsetzbar! Ein nobler Damenhosenanzug, sabbernde Kleinkinder und ein Ehemann, der abends verwöhnt werden möchte, plus eigene Freizeit sind wirklich möglich!

Mein Magnus selbst erzählte mir eines Abends beim Bügeln begeistert von dieser Frau, was zur Folge hatte, dass ich nächtelang wach blieb. Grübelnd lag ich morgens früh um vier mit offenen Augen in meinem Bett und überlegte, was an meiner Einstellung nicht stimmen konnte. Habe ich für mich tatsächlich den richtigen Beruf gewählt? Wenn ja, warum ereilt mich dann ständig das Gefühl, zu wenig für meine Kinder da zu sein?

Schließlich kam in mir der Gedanke auf, dass mit Verena etwas nicht stimmen konnte. Welche Frau würde sich so gegen alle Frauen auflehnen? Welche Frau würde allen anderen Frauen dermaßen in den Rücken fallen, indem sie allen zeigt, dass viele Kinder, Haushalt, Beruf, Ehemann und eigene Freizeit ein Klacks sind?

Plötzlich kam nicht mehr die perfekte Verena, sondern Ingolf zu sämtlichen Elternveranstaltungen der Schule und des Kindergartens. Er sah müde und verbraucht aus und völlig unglücklich. Neben all den Müttern wollte ich ihn als einzigen hier anwesenden Mann nicht auf meine persönlichen Eindrücke ansprechen.

Es war Frühling und ich ging vom Osternestbasteln als eine der ersten vom Kindergarten nach Hause. Neben meinem Auto parkte Ingolf. Stehend lehnte er mit verschränkten Armen an seinem grünen Auto, als hätte er auf mich gewartet. Er sah mich aus dem Kindergarten kommen, und ich sah ihn da so erwartungsvoll stehen. Eine Art, die ich von meinem Mann kannte, wenn er mir schlechte Nachrichten unterbreiten musste. Mit vielsagendem Blicken sah er mich an, obwohl ich noch nie viel mit ihm gesprochen hatte. Dennoch spürte ich, dass sich hinter seinen Augenaufschlag Probleme verbargen. Probleme, die ich zwar kannte, aber die ich mir von diesem Traumpaar nie im Leben nur erdacht hätte.

In mir lag eine brennende Frage auf der Zunge: „Hallo Ingolf!", grüßte ich ihn freundschaftlich. „Wie geht es eigentlich Verena? Die habe ich schon lange nicht mehr gesehen? Und an ihr Handy scheint sie auch nicht mehr zu gehen!", meinte ich salopp, als würde bei den beiden nach wie vor alles in Ordnung sein.

Nichtsahnend, dass ich mit viel Anlauf und beiden Beinen voraus ins nächste Fettnäpfchen sprang.

„Verena hat sich ihren Zustand selbst zuzuschreiben! Frag lieber, wie es uns damit geht!", antworte er mit einem Hauch von Vorwurf, als wollte er heraushören, dass ich mehr über Verena wusste als er.

Irritiert blickte ich zu ihm auf. „Erzähl! Was ist los?", fragte ich und lehnte mich direkt neben ihn an sein grünes Auto. Bei diesem noblen Schlitten hatte ich Sorge, den Alarm auszulösen, wenn ich nur an ihnen ankomme! Dabei läuteten vor längerer Zeit schon ganz andere Alarmglocken. Ich war nicht nur neugierig, sondern besorgt zugleich.

Mit Daumen und Mittelfinger quetschte er seine Sorgenfalte zwischen seinen Augen oberhalb der Nase zusammen, seufzte und erzählte mir eine Geschichte, die ich kaum glauben konnte!

Verena war mit ihrem jüngsten Sohn in einen schlimmen Verkehrsunfall verwickelt. Schwer verletzt kamen beide ins Krankenhaus. Als ihr Sohn eine Bluttransfusion benötigte, flog der perfekte Schwindel auf. Verenas Blut konnte zum Spenden nicht verwendet werden, weil sie zum Tatzeitpunkt einen erheblichen Promillegehalt im Blut aufwies. Ingolf besaß zwar dieselbe Blutgruppe wie der Kleine, dabei stellte sich jedoch heraus, dass er nicht der leibliche Vater war! Er erzählte mir von Alkoholmissbrauch und von mehrmaligen Entziehungskuren, die Verena erfolglos hinter sich hatte. Diese ganzen Reisen, die Ingolf Verena scheinbar geschenkt hatte, waren erlogen, um eine Fassade aufzubauen, die schon längst bröckelte! Ihre scheinbare Berufstätigkeit entpuppte sich als regelmäßige Besuche in ihrer bekannten Entziehungsanstalt! Verena hatte massive Probleme, und sie konnte diese perfekt wie immer hinter den Berg halten. Offensichtlich kam sie schwanger von einer ihrer letzten Entziehungskuren nach Hause und ließ ihren Ingolf glauben, dass dieses Kind ihre Beziehung endgültig retten sollte! Ingolf war bis dato ein glücklicher Vater und bereit, die wenige Zeit, die er für seine Kinder hatte, zu einhundert Prozent in sie zu investieren. In Aktienkursen gesehen, würden seine Kinder und vor allem die Zeit, die er mit ihnen verbrachte, absolut gewinnbringend sein!

Das Jugendamt betreut und beobachtet inzwischen Mr. und Mrs. Perfekt. Eine Familie, von der ich bisher dachte, dass sie perfekt ist. Inzwischen bin ich froh, dass ich meine kleinen Macken mit mir herumtrage, mich Magnus regelmäßig besucht, und dass ich in Modegeschäften nach einem gutem Nervenkostüm suche, das mich vor dem alltäglichen Wahnsinn beschützt.

46. Stoßgebete

Ich kannte einmal einen hageren, älteren Herrn, der nie lachte und der von der Gottlosigkeit und fehlendem religiösen Glauben aller Menschen völlig überzeugt war.

„Die Leute gehen sonntags nicht mehr in die Kirche, und zu Hause sprechen sie weder ein Tisch- noch ein Abendgebet! Aber wehe, es geschieht den Menschen ein Unglück – dann sprechen sie Stoßgebete zum Herrn der Schöpfung und jammern *lieber Gott, mach!*", schimpfte er fortwährend.

Aber ist der religiöse Glaube nicht etwas sehr Intimes, dessen Inhalt woran man glaubt, jedem selbst überlassen ist? Deshalb zählt es auch wenig, wenn man herum prahlt, wie oft und ob man in der Bibel liest und wie oft man die Hände faltet und betet. Anders herum gesagt erzähle ich ja auch niemandem, wie oft ich meinem Mann sage, wie sehr ich ihn liebe.

Die vielen Wunder dieser Erde zeigen uns, dass es da etwas gibt, woran es sich lohnt zu glauben, dass da so etwas wie Respekt aufkommen sollte. Sind wir nicht alle in einer lauen Sommernacht unter freiem Himmel gesessen und beobachteten Sternschnuppen, die in den Nachrichten vorhergesagt wurden?

Erinnern Sie sich noch an den Tag der Sonnenfinsternis? Haben Sie schon, und wenn ja wie oft, Fotos von beeindruckenden Sonnenuntergängen gemacht? Klar – ich beschreibe hier nur himmlische Ereignisse. Auf der Erde geht es ja schon längst zu hektisch ab, als dass man Erscheinungen überhaupt noch wahrnehmen könnte, aber fragen Sie mal einen Vater oder eine Mutter nach dem Moment, als deren Kind das Licht der Welt erblickte. Es ist dann meist die Rede vom unbeschreiblichen Glück, vom Wunder Mensch und von der unbegreiflichen Tatsache, dass ein kleiner Körper in einem heranwächst und dieser ohne Hilfe genau weiß, wo Arme, Beine, Kopf und sämtliche Organe hingehören und wachsen sollen!

Wenn man für so einen Moment keine Worte findet, dann scheint es, als ob tatsächlich ein Engel auf Erden gelandet wäre. Wie oft beginnen wir Eltern innerlich zu beten, wenn unsere Engel zu hoch auf einen Baum geklettert sind und sie doch keine Flügel haben – scheinbar!

Es gibt auch Situationen, in denen wir unbewusst die Hände falten, wenn beispielsweise die ersten Meter auf dem Fahrrad ohne Stützräder mehr getorkelt als gefahren werden. Nahezu anbetend sitzen wir auf den besten Plätzen in Turnhallen oder Veranstaltungssälen bei Kindergarten- oder Schulaufführungen! Das alles kann doch nicht gottlos sein! Wie oft sprachen wir jenen Gedanken laut aus: „Oh Gott, was hast du nun schon wieder angestellt?"

Gott begegnet uns auf den seltsamsten Wegen, bekamen wir alle schon mindestens einmal zu hören. Kann es sein, dass der *liebe Gott* rein zufällig *Ernst* heißt? Wenn das so ist, dann muss der liebe *Ernst des Lebens* auch katholisch sein, denn sonst hätte er eine Frau und viele Kinder und wüsste genau Bescheid, was es heißt, Beruf und Familie miteinander zu vereinbaren. Er würde den Frauen mehr Achtung zukommen lassen, oder haben Sie schon einmal eine katholische Pfarrerin in der Kirche gesehen?

Lieber Ernst! Kannst du uns Frauen nicht auch endlich einen Sonntag geben? Ich meine damit einen Sonntag, an dem wir nicht zu kochen bräuchten, um danach die Küche sauber zu machen, damit wieder Platz für den Nachmittagskaffee herrscht. Einen Sonntag, an dem wir nicht all die Arbeiten im Haushalt zu erledigen hätten, für die unter der Woche einfach keine Zeit mehr war. Einen Sonntag, an dem wir wirklich zur Ruhe kommen! Wie kann uns der Sonntag heilig sein, wenn wir Frauen an diesem wöchentlichen Feiertag nicht minder zu tun haben, als an den Werktagen?

Soll unsere Erholung die sein, dass wir einmal pro Woche wirklich Zeit zum Kochen haben, als nur schnell nach dem Job innerhalb einer halben Stunde ein Nullachtfünfzehn-Essen? Wie sollen es Frauen jemals bis in eine Chefetage schaffen, wenn die oberste aller Etagen auf Erden schon männlich besetzt ist?

Noch dazu geht der *liebe Ernst* auch nie in Pension! Nur weil einst Eva vom Baum der verbotenen Früchte aß, ziehen wir Frauen auf ewig den Kürzeren! Schlangen, die nichts Gutes verheißen, hat es tatsächlich schon immer gegeben. Wie bereits in einem anderen Kapitel erwähnt, würde mir dennoch ein Stoßgebet ganz besonders auf der Zunge liegen:

„Bitte lass die Männer für einen einzigen Tag eine Frau sein!"

47. Pieps-Geräte

Äußerst unsanft wurde ich aus meinem wertvollen Schlaf und aus meinen schönsten Träumen gerissen. Träume, die einen schönen Wellnessaufenthalt in einem schicken Fünfsternhotel beinhalteten und mir eine wunderschöne Nacht bescherten.

Mit einem lauten Piepston um fünf Uhr dreißig erklang mein Wecker, der mich in einen neuen Familienalltag holte. Dieser Wecker hat einen unbeschreiblich schrillen Ton, bei dem man ganz einfach aufwachen muss! Mein Tag begann also schon mit innerlichem Stress, obwohl die Kinder noch schliefen!

Ein altes chinesisches Sprichwort lautet: *Schläfst du mit einem Lächeln ein, dann folgt ein schöner Tag.*

Toll. Dann bräuchte ich einen Wecker, der mir jeden Tag einen guten Witz erzählt, aber so ein grässlicher Piepston kann einem den Tag schon verhauen, bevor er überhaupt angefangen hat.

Kennen sie die kleinen Pfeifen, mit denen Hunde abgerichtet werden? Die Dinger scheinen kaputt zu sein, weil wir Menschen den Ton, den diese Pfeifen von sich geben nicht mehr hören können. Hunde aber schon! Seitdem ich meinen Wecker besitze, halte ich diese Pfeifen für Tierquälerei! Könnte Amnesty International bitte mal alle Wecker bewerten, denn manche von denen sind echt menschenunwürdig – die grenzen an Körperverletzung!

Mein Kreislauf erholte sich langsam wieder, und ich konnte den Frühstückstisch ganz ohne Herzrasen richten. Ich schaltete den Herd ein, um die Milch für die Kinder zu wärmen. Mein Mann war von diesem technischen Gerät bei dessen Anschaffung völlig begeistert. Er besaß keinerlei Drehknöpfe, die für Kinder erreichbar wären. Nur einen Touchscreen pro Herdplatte. Einfach genial! Somit hatten wir eine Gefahrenquelle für Kinder ausgeschaltet. Piep – und der Herd war entsperrt. Piep – und die Herdplatte war eingeschaltet. Piep, piep, piep, piep – und die gewünschte Temperatur war eingegeben.

Ich richtete nebenher die Pausenbrote. Die Kinder waren inzwischen auch schon aufgestanden und stritten sich frühmorgens um ein Spielzeug, wo sie sich doch eigentlich anziehen sollten. Lilly konnte in ihrer Verzweiflung so schrill schreien, dass ich sie genauso gut als Wecker einsetzen könnte.

Ich ging zur Treppe und rief: „Frühstück ist fertig!" Das sollte erst einmal genügen. Ich wollte am Morgen noch keine Streitereien der sinnlosen Art schlichten.

Piiiiiiiiiiiiieeeeeeeeeeeeeeeep machte der Herd laut und fortwährend. Es hörte sich an wie die Deadline bei den Herz-Lungen-Maschinen im Krankenhaus. Die Milch kochte über, der vollautomatische Herd hatte die Platte abgeschaltet und verkündete das mit seinem automatischen Signalton der besonderen Art. Die Herdplatte putzen musste dennoch ich.

Endlich saßen die Kinder am Frühstückstisch, aber der Kakao war noch nicht fertig. Ich entschloss mich für die schnellere Variante und stellte zwei mit Milch gefüllte Tassen in den Mikrowellenherd. Das war sicherer. Eine Minute eintippen und piep – fertig.

Die Haustürglocke ertönte kläglich. Seit Wochen lag ich meinem Mann in den Ohren, er möge doch endlich den Wackelkontakt beheben. Egal. Der Paketdienst stand vor der Haustür. Piep, piep, piep tippte er in sein kleines elektronisches Gerät ein, auf dem ich unterschrieb.

Endlich. Die Kinder saßen mit ausreichend Frühstück im Magen, geputzten Zähnen und sauberen Klamotten angeschnallt in meinem Auto. Jetzt galt also nur noch: Auto starten, Scheinwerfer ein und ab in den fröhlichen Alltag. An unserer Ausfahrt fiel mir ein, dass ich meine eigene Tasche im Haus hatte liegen lassen. Der Motor blieb an und ich stieg schnell aus. Piiiiiieeeeeeeeeeeeeep machte mein Auto, wie das alle Autos machen, wenn das Licht eingeschaltet ist und die Autotür offensteht.

Nach der Arbeit kaufte ich noch ein paar Lebensmittel im Supermarkt ein. Piep – die Milch wurde an der Kasse gescannt, piep – die Äpfel, piep – das Brot, piep – die Wurst, piep, piep – die beiden Joghurts. Bei der Schokolade wollte das kluge Gerät nicht mehr piep machen. Die Kassiererin ärgerte sich, weil diese Kasse heute schon so oft nicht mehr piep machte. Sie musste den Zahlencode doch glatt händisch eintippen, ganz ohne Piepston.

Schnell und einfach mit der Bankomatkarte zahlen und piep – konnte ich das flache Plastikding wieder aus dem Schlitz nehmen und die Kinder abholen.

Während meiner Abwesenheit im Haushalt hatte sich nichts verändert. Es hätten ja mal nur so die Heinzelmännchen vorbeikommen können und in meiner Bude für Ordnung sorgen können. Also musste wieder einmal ich die Waschmaschine und die Geschirrspülmaschine einschalten und schließlich den Einkauf einräumen.

Piep – machte plötzlich mein Handy, um mir einen SMS-Eingang zu signalisieren. Emmas Freundin wollte zum Spielen herkommen. Kaum war meine Antwort-SMS abgeschickt, läutete auch schon die marode Haustürglocke. Mit gellenden Schreien stürmten meine beiden Kinder zur Haustür, um Lina hereinzulassen. Ein tosendes Geräusch eines Lastkraftwagens lenkte mich von den ärgerlichen Gedanken über die Haustürglocke ab. Piep, piep, piep, piep – fuhr er rückwärts unsere Straße entlang, bis er dann doch endlich bei unseren Nachbarn stehen blieb.

Fenster zu, und draußen blieben die Piepsgeräusche!

Denkste! Die Waschmaschine meldete sich alle zehn Sekunden mit einem lauten Piiieeeep. Fleißig wie die

Goldmarie ging ich gleich in den Keller, um die Wäsche zu holen.

Diese Piepsgeräusche setzten mich allmählich unter Druck, denn sie alle haben eine Tonlage, die man auf dem schnellsten Weg ausschalten muss, wenn man nicht selbst mit der Zeit an Tinnitus leiden möchte! Also hing ich rasch die Wäsche auf und konnte mich dann endlich meinem Garten widmen. Piep – machte die Spülmaschine in der Küche, in der noch das Frühstücksgeschirr eingeräumt stand.

„Mamaaaa!", ertönte es laut aus dem Kinderzimmer. Kurz darauf kamen auch noch alle Kinder in die Küche angesaust, denn sie mussten mir etwas ganz Tolles zeigen.

„Schau mal, Mama, was Lina von sich zu Hause heute mitgebracht hat", erzählten sie mit großer Begeisterung. Sie zeigten mir eine Spielzeugkasse, die der aus dem Supermarkt stark ähnelte. Sogar ein Display besaß das Ding.

„Mama, jetzt zeig ich dir, was diese Kasse alles kann", sagte sie und begann, darauf herumzudrücken. Piep, piep, piep, piep.

Kurz darauf kam mein Mann endlich von der Arbeit nach Hause.

„Na, hat's heute wieder einmal länger gedauert?", wollte ich wissen, weil er später als gewöhnlich nach Hause kam.

„Nein, aber ich ging noch in den Baumarkt und kaufte endlich einen Brandmelder für unser Haus", gab er mir bereitwillig Auskunft.

Ja, mein Mann ist bei solchen Dingen echt pflichtbewusst. Nur ich war mir nicht bewusst darüber, was dieses weiße runde Ding in sich verbarg.

Stolz wie ein Kind führte er mir seine neueste Errungenschaft vor.

Piiiiiiiiiiiiiiiiiiiieeeeeeeeeeeeeeeeeeeeep.

Gott sei Dank fielen meine Ohren nicht ab.

Euphorisch holte er gleich seinen Werkzeugkoffer und verschwand im Haus. Na wenigstens gab es in unserem Garten noch keine Piepsgeräusche! Der Garten war echt mein treuester Zufluchts- und Erholungsort. Scheinbar gab es an diesem Tag im Bauhaus etwas gratis, denn ich sah auch unseren Zaunnachbarn mit einer großen Schachtel grinsend in den Garten marschieren.

„Guten Tag Herr Nachbar, wie geht es Ihnen?", rief ich über den Zaun.

„Guten Tag. Hoffentlich geht es mir bald besser, denn diese Wühlmäuse in meinem Gemüsegarten bringen mich noch zur Verzweiflung. Aber denen geht es jetzt an den Kragen!", klagte er mir sein Leid. Nebenbei öffnete er den Karton und zog ein grünes Ding heraus, das wie eine Solarleuchte aussah, die man in die Erde steckte. Er steckte es in seinen Gemüsegarten und betätigte den Knopf!

Piiieeep machte das Ding alle dreißig Sekunden. Es klang wie unsere marode Haustürglocke, bloß dass dieses Piepsgerät neu war und bewusst so klingen sollte, damit die Wühlmäuse endlich aus seinem Garten verschwanden!

Zum Davonlaufen war dieses Geräusch ja wirklich. Es wurde langsam Abend, und wir machten noch einen kleinen Spaziergang. Wie erholsam! Denn der nächste Tag sollte wieder mit einem lauten Piep, piep, piep beginnen!

48. Das hat sie von mir

„Ach, die Kleine sieht ganz wie du aus!", bemerkte meine Mutter damals, als sie Emma und mich am Tag nach der Geburt im Krankenhaus besuchte.

„Sieh nur!", flötete meine Schwiegermutter. „Diese Augen und der Mund – das Kind ist ganz der Vater. Er hat als Baby genauso entzückend ausgesehen!", fuhr sie fort.

Wenn ich nicht dieses Kind in meinen Armen gehalten hätte, ich müsste die Männlichkeit meines Mannes doch glatt hinterfragen! Während die frisch gebackenen Großmütter diese positiven Ähnlichkeiten, die sie irgendwie auch auf sich zurückführten, allen Leuten stolz weitererzählten, saß mein Mann auf meiner Bettkante, betrachtete unsere Emma in meinen Armen, die kaum drei Kilo wog, und meinte: „Wir haben das hübscheste Mädchen auf der ganzen Welt."

Emma entwickelte sich prächtig und mit ihr auch ihr Charakter. Als sie mit ein paar Monaten zu fremdeln begann, indem sie sich vor Männern mit Vollbart fürchtete, die in den Kinderwagen hineinredeten, stellte mein Mann fest: „Das hat sie von dir. Du magst meinen Dreitagesbart ja auch nicht!"

Und als sie mit knapp zwei Jahren ihre Schuhe schön ordentlich neben unsere in der Garderobe hinstellte, da meinte er zufrieden: „Das hat sie von mir. Ich habe auch gerne Ordnung im Haus."

An welchen Orten im Haus er seine Socken überall herumliegen ließ, gehörte wohl nicht zum Thema Ordnung im Haushalt, sondern zum Bereich Wäsche und dieses Ressort wurde, dank alter Klischees, mir zugespielt.

Als Emma ihr erstes erkennbares Bild malte, besaß sie die gleichen künstlerischen Fähigkeiten wie ihr Vater, und bei ihrem ersten massiven Trotzanfall schlugen natürlich meine Gene durch.

Als Kind mochte ich Vergleiche dieser Art überhaupt nicht! Ich war ich, mein Vater mein Vater und meine Mutter – ja die war eben meine Mutter. Aber auch mich ereilten damals Parallelen zu diversen Familienmitgliedern. Meine sprachliche Begabung war zunächst meiner Weiblichkeit zu verdanken. Dann setzte ich gleich zwei Englischschularbeiten in den Sand. Wie unweiblich! Natürlich war der Englischlehrer daran schuld. Meine Musikalität vererbte mir Onkel Jo. Eigentlich hieß er Josef, aber er brachte sich das Gitarrespielen selbst bei und gründete eine eigene Band. Er liebte amerikanische Hits und wurde deshalb von seinen Freunden Jo genannt. Dann erfand ich gerne Tiergeschichten und schrieb sie nieder, gespickt mit Rechtschreibfehlern, die meine Mutter dermaßen zu Tränen rührten, dass sie diese Aufsätze aufhob. Dieses Talent hatte ich natürlich von ihr und ihrem Vater, denn sie dichtete gerne für sämtliche Familienanlässe, und mein Opa beherrschte eine gestochen schöne Kurrentschrift.

Meine besondere Liebe für Kinder hatte ich meiner Oma väterlicherseits zu verdanken, denn sie gebar sechs Kinder! Meine soziale Ader vermachte mir meine Oma mütterlicherseits, denn sie arbeitete einst als Rotkreuzhelferin während des Zweiten Weltkrieges. Dann muss ich folglich ein Patchwork-Mensch sein!

Von allen Blutsverwandten trage ich ein bisschen in mir. Diese ganze Sache, ein Mensch zu sein, finde ich wirklich eigenartig. Da wird man geboren und erfährt irgendwann, dass man bloß die Zusammensetzung seiner ganzen Verwandten ist. Ein Best-of sozusagen. Wie gespenstisch. Frankensteins Labor scheint es tatsächlich zu geben! Und wenn jemand einen Banküberfall begeht, dann ist bestimmt der Onkel dritten Grades daran schuld, denn dessen Urgroßvater hatte die Mafia in Italien gegründet oder so ähnlich.

Wenn ich morgens im Spiegel mein Gegenüber betrachte, das zeitweise völlig fertig dreinschaut, dann kommt es mir vor, als sähen tatsächlich zwei Menschen hinein. Ich bin jetzt nicht schizophren oder so was, aber es gibt tatsächlich Gesichtszüge, die ich deutlich bei meinem Vater erkenne und welche, die bei meiner Mutter stark ausgeprägt sind und die beide allein in meinem Gesicht wiederzuerkennen sind.

Es war für mich als Kind manchmal sehr eigenartig, dass Leute, die ich selbst nicht kannte, mich auf Grund meines Aussehens der richtigen Familie zuordnen konnten. Sätze wie: „Ach, du musst wohl Erichs kleine Tochter sein. Du bist ja das Abziehbild deines Vaters!", hörte ich oft genug.

Ich war also bloß die Tochter meines Vaters, den im Ort viele kannten, aber ich war nicht ich!

Als ich selbst Mutter wurde, begann ich, mich dann doch für unseren Familienstammbaum zu interessieren. Ich wollte selbst genau wissen, wie weit meine Wurzeln reichten. Ich wollte wissen, wo mein Platz ist. Wie groß unser Familienstammbaum wohl ist? Für diese plötzlich auftretende Wissbegierde hatte ich selbst keine Erklärung, aber meine Mutter, die auch bei diesem Thema wieder einmal alles besser wusste, beruhigte mich und meinte, das sei normal. Man will wissen, woher man kommt, wenn man selbst dabei ist, seinen eigenen Kindern Werte zu vermitteln. Das heißt jetzt nicht gleich, dass mein Kind eine vorgegebene Berufslaufbahn einschlagen muss, nur weil der Vater und sein Vater und der Vater zuvor diesen Beruf ausübten. Ich wollte einfach genauer hinterfragen, zu welcher Familie ich gehörte, bevor ich dabei war, selbst eine zu bilden.

Dann fand ich auch noch Großvaters Fotoalbum. Gut verstaut in der untersten Schublade einer alten Kommode in Omas Vorzimmer. Das Holz der Kommode hatte so einen eigenen Geruch. Es war ein Geruch, den ich noch nie zuvor gerochen hatte, und das machte diese fast schwarze Kommode so einzigartig. Wenn ich als Kind bei meinen Großeltern über mehrere Tage zu Besuch dort war, durfte ich meine Klamotten immer in die mittlere der drei Laden legen. Links und rechts befanden sich goldglänzende Messingringe, die auch notwendig dafür waren, diese schwere Schublade in Bauchhöhe einen Spalt aufzubekommen. Ich musste mich dabei kräftig nach hinten lehnen. Jedenfalls sah ich nie in die unterste Schublade dieser Kommode hinein, in der ein Fotoalbum lag, das mir viel über mein Leben verriet. Es war in kastanienbraunem Leder gebunden. Die schwarz-weißen Bilder wurden einst sorgfältig darin eingeklebt. Daneben malte mein Opa mit viel Fleiß und offensichtlicher Leidenschaft schöne Blumen oder einen Schmetterling mit hellen Buntstiften auf den schwarzen Fotokarton, der ohne diese Zeichnungen einer Todesanzeige glich. Dieser Mann besaß künstlerisches Talent! Zum ersten Mal verstand ich die Vergleiche meiner Mutter, als sie ein Bild von mir sogar einrahmte, auf das ich ihr einen Blumenstrauß zum Muttertag gemalt hatte.
Ich schwöre, ich hatte dieses Album zuvor noch nicht gesehen, aber diese Blumen meines Opas erinnerten

mich mit verblüffender Ähnlichkeit an die meinigen von damals! Ich blätterte weiter und sah ein Foto meines Großvaters zusammen mit einem Mann, der ihm wie aus dem Gesicht geschnitten war. Er hielt eine Geige salopp in seiner linken Hand, während er seinen rechten Arm um Großvaters Schultern hielt. Darunter war mit gestochen schöner und für mich noch lesbarer Kurrentschrift zu lesen: „Mein Zwillingsbruder Josef, gefallen im April 1945. Ich behalte dich für immer in meinem Herzen!"

Nun wurde mir klar, weshalb sein erstgeborener Sohn ebenfalls Josef hieß. Und als ich dieses Bild noch eine Weile betrachtete, fiel mir auf, dass Onkel Jo ihm wirklich täuschend ähnlich sah. Gänsehaut stieg in mir auf und gleichzeitig die innerliche Frage, was aus Opas Zwillingsbruder noch geworden wäre und welche Kinder er gehabt hätte. Hätten die mein Leben womöglich auch noch geprägt?

Ich blätterte weiter. Auf dieser Seite erkannte ich das Bild einer Frau, das ich im Mitarbeiterzimmer meines ersten Arbeitsplatzes hängen sah. Henriette war Opas Schwester. Sie konnte keine Kinder bekommen und war zunächst sehr unglücklich darüber. Das erzählte mir mein Großvater sogar einmal, als Henriette ihn besuchte und ich nicht wusste, wer diese äußerst gepflegte und hübsche Frau mit weißer Perlenkette um ihren dünnen Hals war. Sie heiratete einen wohlhabenden Mann, der viele Ländereien besaß und viel

Kontakt mit allen Bauern der Umgebung hatte. Henriette gründete den ersten Erntekindergarten ihrer Umgebung, damit die Frauen der Bauern bei der Ernte mithelfen konnten. Die Bäuerinnen äußerten sich in großer Dankbarkeit. War es Schicksal, dass ich diesen Beruf ergriff und nach meiner Ausbildung genau in einer Institution arbeiten sollte, die eine entfernte Verwandte von mir einst gegründet hatte? Nun bin ich diejenige, die gerne musiziert, auch mal selbst getextete Lieder für familiäre Anlässe dichtet, als Kindergärtnerin arbeitet und schließlich dieses Buch hier schreibt?

Sind meine Verwandten daran schuld, dass ich der Mensch bin, der ich bin? Was wäre ich ohne sie geworden? Ich beginne zu grübeln. Da muss es doch noch etwas geben, das nur ich mache und noch nicht durch irgendwelche Großtanten oder Onkel vorgegeben sind!

Ja klar! Aber das ist eine völlig unweibliche Sache. Durch einen Zufall machte ich vor ein paar Jahren den Flugschein fürs Segelfliegen. Zu meinem runden Geburtstag bekam ich einen Gutschein zum Mitfliegen geschenkt. „Entweder sie leckt Blut, oder sie steigt nie wieder in so eine Kiste ein!", sagte mein Mann mit einem verschmitzten Grinsen, als ich in das Flugobjekt einstieg.

Diese schwerelose Freiheit gefiel mir nur zu gut! Inzwischen hängen Fotos von mir und meiner Maschi-

ne, in der ich am meisten fliege, im Hangar. Das war endlich eine Vorliebe, die nur mir gehörte. Scheinbar!
Onkel Peter war auf der nächsten Seite des Familienalbums zu sehen. Er ist mein Patenonkel und leitet eine Mechanikerwerkstatt. Zuvor musste er seinen Dienst beim Bundesheer leisten, wo er als Helikopterpilot ausgebildet wurde. Stolz und mit angeschwollener Brust mit seinem Helm unterm Arm war er neben seiner Maschine auf einem Farbfoto zu sehen. Ein dummer Freizeitunfall hinderte ihn daran, diesen Beruf weiterhin auszuüben.
Das gibt es doch nicht! Habe ich denn gar nichts, was nur von mir ist? Haben diese dummen Reden von einst wirklich einen wahren Hintergrund? Auf der letzten Seite des Fotoalbums traute ich meinen Augen nicht. Was ich da las, zog mir den Boden unter den Füßen weg!
Opas große Schwester lernte im Zweiten Weltkrieg einen deutschen Soldaten schwedischer Herkunft kennen und heiratete ihn nach kurzer Zeit. Sein Name war Magnus Larsson!
Das gibt es doch nicht! Sogar mein Magnus ist weitschichtig mit mir verwandt! Lästig wie ein Geschwür ist er jedenfalls! Opas große Schwester Hildegart blieb in Deutschland und heiratete einige Jahre später einen Musiker, der sehr erfolgreich wurde. Inzwischen lässt es mich erahnen, weshalb ich mich auf den Spuren meiner Vorfahren befinde. Erstens kann ich manche

Entscheidungen und Vorlieben, die ich habe, selbst nicht richtig erklären, warum es dazu kam. Zweitens habe ich nun einen Auftrag für meine Nachfahren. Ich muss in meinem Leben noch etwas erreichen, das mich einzigartig macht. Etwas wovon man sagen kann: „Das hast du von deiner Tante oder deiner Oma oder deiner Uroma!"

49. Das Wort zum Sonntag

Wir sind alle Gottesanbeter. Nein. Wir sind nicht mordlustige Lebewesen. Sollten wir zumindest nicht sein. Auf unserer Erde gibt es so viele verschiedene Religionen und Gottheiten, an die wir glauben und wofür wir Leben. Wir beten zu Gott, weil uns der Glaube an ihn von unseren Eltern und Großeltern vermittelt wurde. Es wurde vor dem Mittag- und Abendessen gebetet und vor dem Schlafengehen. In der Schule gehen wir in den Religionsunterricht. Man hört Geschichten aus der Bibel und singt heutzutage schon modernere Lieder als zu meiner Zeit.
Trotzdem wissen wir zu wenig über die ganzen Feiertage Bescheid. Weihnachten und Ostern sind uns allen ja noch ein Begriff. Christi Himmelfahrt ist vielleicht noch erklärbar, aber warum haben wir Pfingstferien, und wieso braucht man an Fronleichnam nicht in die Arbeit gehen? Warum ist Maria Himmelfahrt ein Feiertag? Ist der Dienstag nach dem Ostersonntag und der Dienstag nach Pfingsten auch ein Feiertag? Da haben nämlich alle Lehrer und Schüler frei. Der Rest ist selbst schuld, der eine andere Berufslaufbahn eingeschlagen hat. Weshalb haben alle Schüler, egal ob evangelisch oder katholisch an Allerheiligen und Allerseelen schulfrei aber am Reformationstag nicht? Ganz

besonders schlimm ist, wenn an Maria Empfängnis noch kein Schnee liegt und man eigentlich Skifahren gehen wollte.

Das Kirchenjahr beginnt im Dezember. Das neue Jahr beginnt im Januar. Man organisiert sich einen Kalender und schaut als erstes nach, wie viele Feiertage das Jahr zu bieten hat, streicht sich die Fenstertage schon mal gut sichtbar mit einem Leuchtmarker an und reserviert sich rechtzeitig seine Urlaubstage. Und wenn manche Feiertage auf ein Wochenende fallen, dann ist das echt gemein, weil man dann mehr seiner kostbaren Urlaubstage opfern muss.

Während an diesen Feiertagen die Kirchen gähnend leer bleiben, sind in den Wellnesshotels alle Saunen überfüllt, und man ärgert sich, wieso sich alle an denselben Fenstertagen frei genommen haben, wo das Jahr doch genug andere Wochenenden hat.

So richtig begreifbar wird der Glaube an Gott und Jesus erst dann, wenn man Kinder hat. Wenn sie beginnen, Fragen zu stellen, merkt man erst, wie blank man auf diesem Gebiet ist. Und weil man ja gläubig ist, möchte man ihnen auch die richtige Antwort geben und beginnt nun, krampfhaft und lange nach den richtigen Worten und Umschreibungen zu suchen.

Die Geburt Jesu zu erklären gehört da noch zu den leichtesten Übungen. Josef und Maria hat es tatsächlich gegeben. Jesus war ein immer jung aussehender

Mann mit langem brünettem Haar und einem langen Bart. Er trug immer ein weißes bodenlanges Hemd. Das ist das Bild, das wir übermittelt bekommen.

Dann ist Reformationstag. Die Religionslehrerin setzt sich bei der Schulleitung dafür ein, dass alle evangelischen Schüler vom Unterricht befreit werden, um in die Kirche gehen zu können. Der Pfarrer freut sich, so viele junge Gesichter in seiner Kirche zu sehen. Der Orgelspieler hat an diesem Tag frei. Der Pfarrer selbst spielt an diesem Tag auf seiner Gitarre und wird von einer Jugendband auf dem Schlagzeug und Keyboard begleitet. Die alten Damen, die schon zum kirchlichen Inventar gehören, schüttelten schweigend ihre Köpfe. Was ihnen nicht gefällt, findet bei den Schülern Anklang. Plötzlich sitzen sie nicht mehr lümmelnd in der Bank.

Der Pfarrer hat ein Bild an seiner Kanzel angebracht. Jesus ist darauf abgebildet. Er hat kurzes schwarzes Haar, keinen Bart und eine dunkle Hautfarbe. Grübelnd gehen die Schüler an diesem Tag nach Hause. Zum einen, weil sie all das Versäumte in der Schule nachbringen müssen und zum anderen, weil das vorgegebene Bild von Jesus auf einmal schief hängt.

Klar. Wir sind weiß. Also muss Jesus auch weiß sein. Ein afrikanisches Kind ist schwarz. Also stellt sich so ein Kind, Jesus schwarz vor, wenn es im christlichen Glauben erzogen wurde. Einem asiatischen Kind ist auch vollkommen klar, das Jesus so aussehen muss, wie es selbst. Aber die haben ja ihren Buddha und der ist ja deren Ebenbild. Ja, und dann ist da ja noch Gott. Wie der wohl etwa aussieht?

„Gott sieht alles und Gott weiß alles!", hatte einer meiner Religionslehrer uns immer gepredigt.

„Pass auf kleines Auge, was du siehst. Denn der Vater im Himmel schaut auf dich, denn der Vater im Himmel hat dich lieb", sangen wir. Ohne Gitarrenbegleitung und straff stehend hinter unseren Schulbänken. Irgendjemand hat sich diesen Appell wohl zu Herzen genommen und die Sendung Big Brother gegründet, und auf alle Teilnehmer wird geblickt. Wer geliebt wird, darf bleiben und der Rest wird rausgevotet. Wird dann die Geschichte von Adam und Eva im Paradies im Dschungelcamp nachgespielt? Na hoffentlich geht der Kevin da nicht ins Meer baden, sonst verschluckt ihn noch, wie einst Jona, der große Wal.

Es ist schön, einem Kind Geschichten aus der Bibel zu erzählen. Natürlich will man sie kindgerecht erzählen. Erklären sie einem Kind nur einmal die Weihnachtsgeschichte. Wie soll sich ein Kind heutzutage noch vorstellen können, ohne Auto und Handy zu einem Hotel zu gelangen?

Also: Da war mal der Josef. Der war der Mann von der Maria. Maria sollte ein Baby bekommen, nachdem Gott es ihr prophezeit hatte. Aber der Josef war nicht der leibliche Vater von Jesus.

Von Eifersuchtsdramen haben ja Kinder in diesem Alter noch keine Ahnung. Und ich bin froh darüber, wenn die Aufklärung, wie denn das Kind in Marias Bauch kommt, nicht in den Vordergrund rückt. Andererseits wachsen viele Kinder schon mit zwei Vätern auf.

Fakt ist, dass der Josef damals noch kein Auto hatte. Nur einen Esel als Fortbewegungsmittel. Und er hatte auch kein Handy, damit er schnell mal unterwegs via WhatsApp ein Hotelzimmer buchen konnte. Und wenn man heute anstatt in einem Zimmer mit Fernseher, Bad und WC in einem Stall untergebracht werden würde, dann bekäme der Hotelbesitzer eine satte Klage an den Hals. Das wäre jetzt einmal überspitzt ausgedrückt.

Es ist schön, mit Kindern solche Geschichten mitzuerleben und ihnen die Chance zu geben, einen Glauben selbst zu entwickeln. Immerhin besitzen sie noch ihre eigene, uneingeschränkte Vorstellungskraft.

So wie meine Lilly. Mal abgesehen davon, dass viele Leute von der Kirche enttäuscht sind, weil zu viele Skandale aufflogen. Mal abgesehen davon, dass noch immer ein völlig überaltertes Gelübde abgelegt werden muss, das unmöglich Auskunft darüber geben kann, wie gläubig man ist.

Es ist nicht wichtig, dass man zu Gott betet, sondern dass es einen gibt, habe ich einmal wo gelesen. Glaubhafter wären für mich Geistliche, die genauso im

Familienleben stecken, wie wir. Mit allem, was dazu gehört. Denn wenn man sich einen Gott nicht bildlich vorstellen kann, so sind wir spätestens dann von seiner Existenz überzeugt, wenn wir ein Kind auf die Welt bringen. Wenn es in einem heranwächst. Wenn es ohne eigenes Hinzutun gedeiht und Ohren, Nase, Hände und Füße ganz von alleine wissen, wo sie hingehören. Und wenn so ein Kind ein bombastisches Glücksgefühl in uns auslöst, dann muss es eine überirdische Kraft geben, die uns wohlgesonnen ist.

Dafür bin ich dankbar. Und Dankbarkeit ist eine Tugend, die ich meinen Kindern mitgeben will. Wenn man meine christliche Qualität nach der Anzahl der Kirchenbesuche einordnen müsste, dann wäre ich auf diesem Gebiet miserabel. Vielleicht ergibt sie sich daraus, wenn man seinen Kindern das eine oder andere Gebet beibringt, dass man selbst noch aus Kindheitstagen kennt. Und wenn sich die Kinder ihre eigene Interpretation daraus machen.

Es ist schon spät geworden. Emma und Lilly sind endlich in ihren Betten. Wir haben herumgealbert, die allabendliche Geschichte gelesen, etwas getrunken, dann abermals aufs Klo gerannt, dann Papa noch „Gute Nacht" gesagt, und nun ist es Zeit zu schlafen.

Lilly faltet ihre kleinen Hände schon und beobachtet mich genau, während ich ihr vorbete: „Ich bin klein. Mein Herz ist noch rein. Darf niemand drin wohnen, als Jesus allein. Amen."

„Mama. Aber du darfst auch in meinem Herzen wohnen", beendet sie das Gebet. „Da ist alles für dich drin, was du brauchst: Bad, Klo und deine Küche!", erzählt sie mir mit großen Augen.

50. Der Elternratgeber

Die Kinder nerven heute wieder einmal ganz besonders? Ihr Mann braucht im Büro wieder einmal länger?
Dann tun Sie es nicht. Ich meine wirklich nicht. Kaufen Sie sich keine Entspannungs-CD! Bestellen Sie sich im Internet keinen Elternratgeber! Sie selbst wissen doch am besten, dass die Theorie zwar einladend klingt, aber selten bis kaum umsetzbar ist. Schmökern Sie lieber in Kurzgeschichten, die das Leben uns schrieb!
Mein Geheimnis ist das Erlangen der Erkenntnis, dass wir Mütter und Hausfrauen zusammenhalten müssen. Wir brauchen nichts in uns hinein zu schweigen. Klar erscheint es uns oft so, als ob andere Frauen ihr Leben besser hinbekommen als man selbst. Piiiieeep! Unser inneres Piepsgerät zeigt dabei Error an. Sobald wir merken, dass uns die Arbeit zu Hause über den Kopf zu wachsen beginnt, würden wir unser Berufsleben am liebsten hinschmeißen und sagen: „Das bringt so nichts, ich kann nicht zwei bis drei Berufe gleichzeitig unter einen Hut bringen!"
Leider knechten uns sämtliche Erwartungshaltungen so sehr, dass wir unsere inneren Gedanken nie preis-

geben werden. Dabei sollten wir doch endlich aktiv werden und mit den alten Klischees aufräumen!

Was wäre, wenn eines Tages sämtliche Hausfrauen mit Transparenten auf die Straße gehen würden, um für mehr Anerkennung und Lohn zu streiken? Der Haushalt ist die eine Sache. Die Kindererziehung nebenbei ist keine Sache mehr, sondern harte Knochen- und Nervenarbeit.

Kein Kind lief je nebenher. Auch nicht in früheren Zeiten. Wenn also Leute verschiedener Berufssparten auf sich aufmerksam machen können, dann können wir das auch!

Wer Frust schürt, gelangt zu Hass. Hass gibt es schon genug auf dieser Welt. Wenn wir also in glücklicher Zufriedenheit unsere Kinder erziehen könnten, kämen wir dem Weltfrieden ein großes Stück näher!

Eine neue Geschichte liegt mir so ganz nebenbei auf der Seele. Eine fixe Idee, die ich schon länger hege und die ich mir in der Realität recht spaßig vorstellen kann: Was wäre, wenn die Männer eines Tages …